n（エヌ）回目の恋の結び方

上條一音

Contents

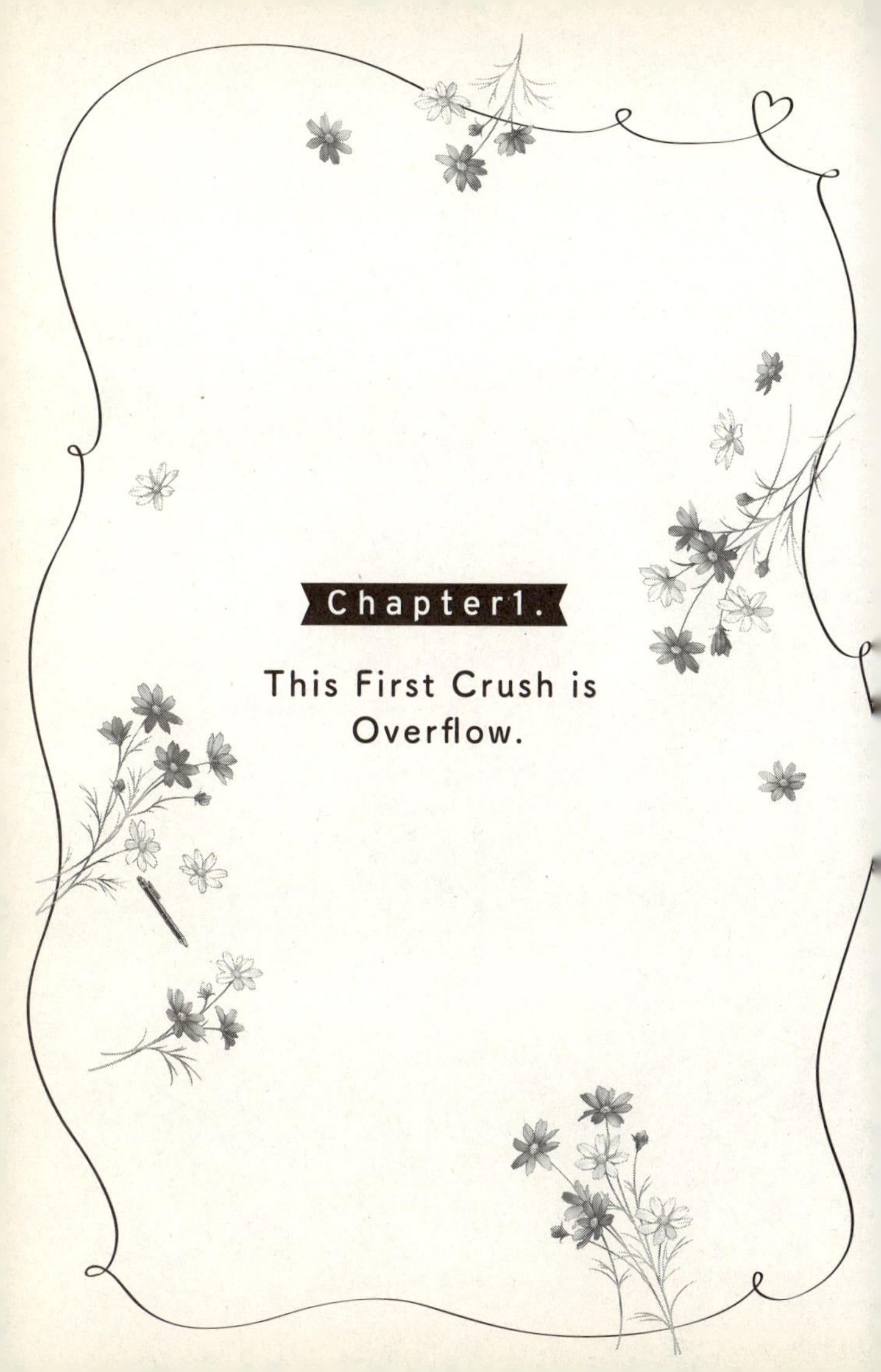

Chapter1.

This First Crush is Overflow.

1st time.

誕生日が嫌いだ。きっちり1年分の経験を得たはずなのに、同じだけ何かを失っている気がするから。

小さな頃から、いつも夢だけは持っていた。5歳の頃はお姫様になってお菓子のお城に住みたかった。8歳の頃は歌手になって可愛いお洋服を着てテレビに出たかった。12歳の頃はパティシエールになって皆が笑顔になれるようなケーキを作りたかった。あの頃の夢は、ぎゅうっと両腕で抱き締めたくなるくらいに大切で、きらきらと輝いていた。

15歳の頃、大企業の社長と結婚して玉の輿に乗ろうと思った。18歳の頃は公務員になって、安定した収入を得ようと思った。20歳の頃はそれなりの会社で事務員をして、寿退社をしようと思った。22歳の頃はとにかくどこでも良いから就職したいと思った。そして今27歳の自分は、幼い頃の希望に溢れた夢の事などすっかり忘れて『人並みに幸せになれれば良いや』とハードルの下がりきった夢を必死に追い求めている。

いつからこうなってしまったのだろうと考えると、不意に虚しくなる。大人になってから得られたものなんて、くだらないくせに大切な事ばかりだ。足掻きもしないのに他人に頼るのは恥ずかしい事。全く正しくない事を言っているのに、絶対に反論してはいけない人が居る事。どれだけ頑張っても報われない時がある事――年を重ねるごとに、そんな〝くだらなくて大切な事〟を当然のように受け入れ始めている自分にふと気が付き、辟易してしまう。誕生日が嫌いになる理由なんて、それで十分だ。

「鎧塚さん。今、お時間よろしいですか？」

そう隣から声を掛けられ、鎧塚凪はキーボードを打つ手を止めた。

「どうしたの？」

首を右に向ければ、同僚である早乙女愛が遠慮がちにこちらを見つめている。

「ヤミーフーズさんの件ですが、変更分の設計書まとめ終わりましたので、共有フォルダに置きました」

「もう出来たの？　さすが早乙女ちゃんってば、仕事が早すぎる！」

「えへへ。そんな事ないですよ」

早乙女が照れたようにはにかんだ。甘い顔立ちと清楚なファッション、そして綿菓子のような可愛い声も相まって、正に『女子力の塊』という代名詞が相応しい彼女は、凪の二つ下の後輩だ。早乙女が入社してきた時はそのあまりの可愛さに、凪の部署だけではなく他部署でさえも色めき立ったと聞いている。そんな早乙女は外見だけではなく性格までも可愛らしいうえに、仕事もテキパキとこなしてくれるので、凪は良い後輩に恵まれたものだ、と常々感謝していた。

「それじゃあ、またご確認お願いします」

小さく頭を下げた早乙女に礼を言い、凪は再びパソコンに向き直った。凪がソフトウェア開発会社である、この『Sync.System』に新卒で入社したのは、今から5年前の事だ。Sync.Systemには二つの開発部署が存在しており、凪は第一システム部に所属している。この部署は、主に中小企業向けのシステムを開発しており、顧客の業種は医療関係、食品関係、アパレル関係、通販関係など多岐に亘る。まあ平たく言えば、システムの何でも屋といったところだ。入社当時は、ソフトウェア？　システム？　プログラミング？　何それ美味しいの？　というレベルだった凪だが、今はシステムエンジニアとして業務の前線に立っている。学生の頃は、まさか文系出身の自分がこんな職に就く事になるとは露ほども思っていなかったのだから、人生というものは全く先の読めないものである。

「……ふう」

凪はタンブラーのコーヒーを一口飲み、目の前のモニターに意識を戻した。画面には先ほど早乙女が報告しに来てくれた『ヤミーフーズ』のシステム設計書が開かれている。ヤミーフーズは食品加工系の企業で、この度新しくｗｅｂ通販の事業を手掛ける事になったため、その通販サイトをSync.Systemが開発しているのだ。凪はこのプロジェクトのリーダーで、主に顧客との打ち合わせやスケジュール管理、システムの設計を行っている。三か月ほどの規模であったこのプロジェクトだが、いよいよ納品を再来週に控え、作業も大詰めを迎えているところだ。

その時、デスクトップにポップアップ通知が表示された。社内チャットに、後輩である才賀拓巳からメッセージが届いたようだ。今年入社したばかりの才賀には、ヤミーフーズのプロジェクトのプログラミングを担当して貰っているのだが、メッセージの内容は、作業が少し遅れているというものだった。席を立った凪は、斜め後ろの席に座る才賀の元に歩み寄ると、そっと声を掛けた。

「才賀くーん……？」

「……はい？」

モニターと睨めっこしていた才賀がこちらを振り返った。緩くパーマが掛かった明るめの茶髪に、身体に馴染んでいない少し大きめのスーツは、未だ学生らしさを残している。そんな才賀の顔は、そのあどけなさに似合わずしかめっ面で、隠そうともしない不機嫌さ丸出しの態度に、凪は思わずタジタジとしてしまった。

「えっと……ちょっと作業が遅れてるみたいだけど、大丈夫？」

「あー……すみません。ちょっと躓いてる部分があって。会員登録特典の割引クーポン発行する部分、本当なら画面追従させなくちゃいけないと思うんですけど、一定条件で消えちゃうみたいで」

「そっかそっか。確かにあの部分は難しいかもね」

才賀は理系出身で、在学中に授業でプログラミングを学んでいたと聞いている。しかし学校でプログラミングを学んだからと言って、その知識はあくまで実務の一部にのみ応用できるに過ぎない。才賀は特にそのギャップに苦悩しているようで、先輩プログラマーに比べると、やはりまだ半分ほどのスピードでしか組めないのだ。

「まだ原因分からないんで、残業しても良いですか？」

「あ、それならその部分は私が組むよ。才賀君には簡単なメルマガ部分を組んで貰おうかな。ごめんね、ちょっと難しいところ任せちゃったね」

彼のやる気は先輩としてとても有難いのだが、学ぶ事がたくさんあるこの時期に過度な負担を掛けてしまう事は避けたい。凪が少しばかり残業をして才賀が早く帰れるのならば、そちらの方がずっと良い。

「……あ、そうですか。はい」

しかし才賀からの返事は何とも素っ気ないものだった。才賀はそのままディスプレイに向き直ると、心なしか乱暴にキーボードを打ち始めた。こちらを拒絶するかのような背中に向かって「よ、よろしく……」と言った凪は、足取り重く自席へ戻ると人知れず頭を抱えた。

実は凪は、才賀と良好な関係を築けていなかった。と言うのも、どうやら才賀は凪の事をよく思っていないらしい。原因は全く分からない。自分なりに普通に接していたはずなのだが、いつのまにか嫌われてしまっていたのだ。第一システム部の開発チームは更に細分化されており、凪がリーダーを務めるこのチームは早乙女と才賀の三人で構成されている。チームリーダーである凪からすると、勿論仲良くしたいのが本音だ。そう思って、お勧めのお菓子をあげたり、世間話を振ってみたりもしたのだが、才賀の態度は変わらないまま。もっと歳が近ければ話も弾むかもしれないが、新卒の才賀と比べれば凪は五つも年上だ。何ならそろそろ誕生日なので、その差は更に広がる。ああ、やだやだ。不毛な事を考えるのは止めておこう。雑念を脳内から追い出した凪が、気を取り直して仕事に戻ろうとした時だった。

「おい、鎧塚ぁ」

そんな言葉に出端をくじかれた。相手は、営業チームのリーダーである小島だった。凪たち開発チームから少し離れた位置の机から、こちらに向かって手まねきしている。

すぐさま立ち上がった凪は、小島のデスクに足早に近づいた。

「ヤミーフーズの件、進捗は？」

目いっぱい背もたれに寄りかかる小島は、腕を組みながら開口一番にそう尋ねてきた。小島は、ヤミーフーズの営業担当なのだ。

「進捗なら、定期スレッドに報告上げました」

「あー、そうなん？　見てなかったわ」

見てから言ってほしいと思いつつも、もう慣れっこの凪は、黙ったまま小島がスレッドを確認し終えるのを待つ。

「ふーん……まあスケジュール通りって所か」

　モニターを見ながら、小島がそう呟いた。

「そうですね。なんとか」

　凪は『なんとか』の部分にことさら熱を込めて頷いた。システム開発にトラブルは付きものだが、例に漏れずヤミーフーズのプロジェクトもそうだったのだ。それでも一つ一つ着実にトラブルを解決しながら、ようやく此処までこぎつけた。この調子なら再来週の納品も無事に終えられそうだ。

「もっと早く進められねえの？」

　そんな小島の発言に、凪は「えっ」と眼を見開いた。

「ま、まさか納期を早めろって言われてるんですか？」

　納期を前倒しして欲しいと顧客から要望される事は少なくない。だがこのタイミングで言われても困る。これ以上スケジュールを巻くなんて不可能だ。焦った凪だったが、小島は首を横に振った。

「いや、そうじゃねえけど。分かんねえかなあ？　社内原価のこと少しは考えろよ」

　確かに小島の言いたい事は分からないでもなかった。開発を早く進めれば進めるだけ他のプロジェクトに手が回せるので、会社としての利益は増えるのだ。正直、開発スピードは個人のスキルに左右されるところもあるが、それでも誰が組んだとしてもそれなりの時間は掛かる。なぜならシステム開発には、テスト作業が必要となるからだ。テストをおろそかにすれば、それこそバグだらけのシステムが出来上がってしまう。バグの多さはクレームの多さに直結し、結果的に会社の評判を落としてしまうのだ。そのため凪達は、何十パターン、何百パターンとテストを行い、システムの品質を高めていく必要がある。それを分かっているから、小島以外の営業は開発チームに絶対にそんな事は言ってこない。寧ろトラブルが多いこの業界では、納期通りにシステムを納品する事が出来れば万々歳だ。

「勿論承知していますが、現段階では大幅な短縮は見込めないと思います。なるべく善処はしますが……」

言ってやりたい文句は多々あるが、それでも凪は精一杯の低姿勢を保ったままそう説明した。しかし小島から返ってきたのは、舌打ちだった。

「これだからコネ入社は、すーぐ口答えしやがる」

吐き捨てるような言葉に、自分の頬が引き攣ったのが分かった。

「おい、鎧塚。お前は自分が社長の姪だからって調子に乗ってるんだろうけど、俺はお前のこと甘やかしたりしねぇからな」

Sync.Systemの創業者であり、現社長でもある『鎧塚亮』は、凪の父親の弟にあたる人物だ。凪が学生の頃、世間は酷い就職氷河期で、何十社受けても凪を採用してくれる会社は一社も無かった。叔父はそんな凪を自らの会社に入れてくれたのだ。確かに小島の言う通り、凪は完全なコネ入社だろう。凪もそれを痛いほどに自覚していたので、新人時代はとにかく周りから認めて貰うために必死だった。仕事から帰れば毎晩自宅でプログラミングの勉強をして、資格も取得した。ピーク時は3、4時間しか睡眠を取れていなかったせいで、同僚からは幽霊のような顔色だと何度も心配されてしまう程だった。そんな努力のおかげか、単純に時間が経過したためかは分からないが、今では大半の同僚が凪にごく普通に接してくれる。それでもやはり凪を快く思わない人間は、小島以外にも一定数居るだろう。心底悔しいが仕方のない事だ。他人からすれば、凪が費やした時間なんて全く知り得ないものだし、ましてや知る義務など無いのだから。

「ええ、勿論です。まだまだ若輩者ですので、小島リーダーには是非厳しくご指導頂きたいと思っています」

凪が深々と頭を下げると、眉間（みけん）の皺（しわ）を分かりやすく取り除いた小島が「そうそう」と満足気に言った。

「そっちの方が賢いぞ。目上の人間は敬えよ」

時々分からなくなる。社会人になって一番身についたものは何だろうか。プログラミング力だろうか、提案力や、対話力だろうか。それとも、まったく正しくない人の言葉を正しいと自分に言い聞かせるだけの賢さだろうか。

◆

その日、凪が一人暮らしのマンションに帰宅したのは22時を過ぎた頃だった。鍵を開けている最中、スマートフォンが着信を知らせた。ディスプレイには『鎧塚苗』の文字。凪の母親だ。脱ぎ散らかしたパンプスを揃える気にもなれず、足取り重くリビングへと向かいながら電話に出る。

『やっほー、凪ちゃん。お仕事終わった？』

聞き慣れたのんびりした声が聞こえてきた。

「うん。今帰ってきた所だよ」

『今日も遅いわねぇ。お疲れ様』

電車で20分ほどの距離に住んでいる苗は所謂『良いところのお嬢様』で、非常におっとりとしている。性格もさる事ながら、１７０㎝近い凪と比べると身長差も大きく、また顔立ちもあまり似ていないので、初対面の人に親子だと伝えるとほぼ例外なく驚かれる。

「ありがと。それで、どうしたの？」

崩れるようにしてソファへ座り込むと、疲れ切った身体を柔らかなクッションが優しく受け止めてくれた。

『あのね、再来週の土曜日って凪ちゃんの誕生日でしょ？』

壁のカレンダーを見やれば、『9月17日』の文字が眼に入る。途端、ずしりと胃が落ち込んだが、それを苗に悟られないように「その日がどうかしたの？」と尋ねた。

『あのね、その日の夜って空いてるかな？　ママ、いつものレストランを予約しようと思うの』

その日の予定がすっからかんなのはスケジュール帳を確認せずとも分かった。哀しい事に予定が無いのは事実だが、仮に誰かから誕生日のお祝いの誘いを受けたとしても、その日はお断りしていただろう。鎧塚家では、凪の誕生日に毎年決まったレストランで食事をするのが恒例なのだ。ただ一つ気がかりなことは、前日の9月16日がヤミーフーズの納品日だという事だ。しかし今の進捗ならさして問題はないだろう。そう考えた凪は「空いてるよ」と言った。

『良かった！　楽しみにしててねー。ただ、亮ちゃんも誘ってみたんだけど今年はどうしても外せない予定が入ってるんですって。残念ね』

〝亮ちゃん〟とは、凪の叔父であり、Sync.Systemの社長でもある鎧塚亮の事だ。毎年、予定が合えば叔父も食事会に参加してくれるのだが、いかんせん一企業の社長は忙しいようだ。

『それでね、今年は圭吾君にも声掛けてみようかなって思うんだけど、どう？』

「え？　圭吾？」

予想もしていなかった人物の名前に驚いてしまった。結城圭吾は、凪と同い年の幼馴染だ。互いの実家が道を隔てた場所に位置している事もあり、二人は幼い頃から姉弟のように育った。圭吾とは小学校、中学校、高校が同じだけでなく、地元の国立大学まで同じだったのだが、二人の腐れ縁はそれだけに留まらなかった。大学卒業後に凪はSync.Systemへ、そして圭吾は同業他社のシステム会社に入社した。しばらくはほとんど顔を合わせない時期が続いたのだが、なんと今から3年ほど前に圭吾が凪の会社に転職してきたのだ。所属部署は違うものの、ここまで偶然が重なると少し怖くも感じてしまう。

「良いとは思うけど……さすがに参加しないんじゃない？」

未だに年末年始はどちらかの家に集まって皆でご飯を食べたりもするが、果たして貴重な土曜の夜を犠牲にしてまで幼馴染の誕生日を祝ってくれるだろうか。

『だって大人数の方が楽しいでしょう？　それに少し前に圭吾君に会った時、〝俺も参加したい〟って言ってたもの』

「そうなの？　まあ訊くだけ訊いてみても良いかもね」

『うん、そうする。それじゃあ、また連絡するわね。おやすみ』

「はーい。おやすみ」

通話を切った凪は部屋着に着替えると、近くのスーパーで買ってきた3割引の中華丼をレンジで温め、せめてもの健康意識で買った海藻サラダ、そして缶ビールと共にローテーブルへ並べた。スマートフォンでお気に入りの任侠ドラマを観ながら、お惣菜をビールで流し込むのが最近の夕食スタイルだ。疲れていないときは自炊をするのだが、近頃は仕事が忙しいせいでフライパンすら握っていない。苗に知られれば叱られるだろうが、生活の質よりも自由な時間を確保する事の方が凪にとっては重要なのである。

　あっという間にビールを一缶空けた凪は、2杯目のお供にレモンチューハイを選んだ。ほろ酔い気分で缶を開けたとき、スマートフォンがメッセージの受信を知らせた。ドラマを一時停止して確認すると、来月に結婚式を控えた友人からメッセージが届いていた。先日お祝いの品としてコーヒーメーカーをプレゼントしたので、その御礼のメッセージを送ってきてくれたらしい。ベストシーズンな事もあってか、来月10月には友人の結婚式が二週連続で控えていた。結婚式は好きだ。新郎新婦を見ていると、まるで自分もその満ち足りた幸福感の一部に身を置いている気分になる。だからたとえ二週連続で結婚式が控えていようと、今から物凄く楽しみな事に変わりはないし、御祝儀だってそれこそ嬉しい出費と言うやつだ。しかし唯一、式が終わった後に一人で家路に就く時の孤独感は苦手だった。素敵な式だったと思える時ほど、尚更。

　気がつけばアラサーになっていた。未だに相手もいない自分が時折心配になる。もし今すぐ誰かと付き合ったとしても、結婚の話が浮上するのに最低でも1年程かかるだろう。そこから準備をして、式を挙げて、すぐ子どもを産まなければ、30歳なんてあっという間に訪れる。既に子どもが居る友人達は、口を揃えて『子どもは体力がある20代のうちに産んだ方が良いよ』と、さながら脅しのような事を言ってくる。それなら今からジムにでも通って鍛えておけば万事解決ではなかろうかと呑気なことを考えつつも、論点はそこではないと分かっているし、そもそも仕事の忙しさを理由にしてジムに行く気すら起きない。とは言え、これに関しては考えるだけ無駄だろう。自分に出来ることと言えば、来月の結婚式でブーケトスに全力を注ぐ事くらいだ。

　手早く打ち終えたメッセージを送信した時、再び通知が届いた。ポップアップに表示された名前を確認した途端、凪は「あ」と声を上げた。メッセージの送り主は、高坂尚だった。3歳年下の高坂とは、凪の独り身を心配した友人の紹介をきっかけに連絡を取り始めた。未だに直接会った事はないのだが、アプリのプロフィール写真を見る限り、可愛らしい顔立ちの爽やかそうな好青年といった印象だ。高坂とはスローペースながらも、かれこれ三か月は毎日のようにメッセージを交換し合っている。何となくそろそろご飯にくらい行っても良さそうなタイミングのようにも思えるのだが、凪の方からはなかなか言い出せず、高坂の方からもそんな素振りは見受けられないため、二人の関係はまだまだ発展しなそうだ。慎重に言葉を選びながら返信を打っていると、唐突にスマートフォンが震えだした。ディスプレイに表示されている『圭吾』の文字を目にし、やたらと大きな図体をしている幼馴染の顔が頭に浮かぶ。

「もしもし」

『28歳おめでとー』

電話に出ると、開口一番そんな事を言われてしまったので、思わず笑ってしまった。

「うるさいな。まだですけど？」

わざと怒ったように言うと圭吾が『失礼しました』と、おどけた調子で謝ってくる。ここ数年ほどは、早生まれの圭吾が先に誕生日を迎える凪の事をからかってくるのが恒例行事と化していた。

『さっき苗さんから連絡あったんだけど、再来週の飯、俺も行くわ』

「え？　本当に？」

貴重な休みの日に時間を割いてくれるとは、甚だ驚きである。

「まさかですけど、圭吾さんってば奢ってくれるんですかあ？　さっすが、イケメンは違うなー」

『ふっ。もっと言ってくれて良いぞ』

調子に乗った凪に、圭吾が息をするように乗っかってくる。圭吾は贔屓目なしに見てもそれなりに整った顔立ちをしているし、学生の頃から頭も良かったのだが、普段はアホっぽい言動が多く、そのせいか女子から『残念なイケメン』と言われていた。だが凪は圭吾のそういう自分を飾らないところが好きだった。

「いやあ、本当に圭吾は優しいと言うか、器が大きいと言うか、予定がなくて可哀想と言うか……あ、ごめん。口が滑った」

『非常に残念だ……今ので奢る気失せたわ……』

「あっ、嘘嘘！　冗談です、冗談！」

　慌ててそう言うと、電話の向こうで圭吾が吹き出した。

『分かってるよ。まあ、マジで財布は持ってくるなよ』

「本当に良いの？」

『うん。たまにはな』

「やった、ありがとう！　楽しみにしてる！　圭吾の誕生日は期待しといて！」

『おー。期待せずに待ってるわ。んじゃまたなー』

「おやすみー」

　電話を切った凪は、上機嫌のまま床へ大の字に寝転がった。ヤミーフーズの件もそれなりに順調だし、今年の誕生日は圭吾がご飯を奢ってくれる。それになんと言っても、高坂ともゆっくりながら良い関係を築けている。もしかすると誕生日の頃にはもっと距離が縮まっているかもしれない。

　これで良いのだ。壁のカレンダーを眺めながら、凪はそう思った。もうお菓子のお城に住みたいなんて大層な夢を抱いたりなんかしない。ただ目の前に延びる道に、飴玉(あめだま)のような小さな幸せがぽつぽつと落ちていてくれれば良い。きっとそれだけで十分幸せなのだ。

2nd time.

事件は、次の日早々に起こった。

「鎧塚。ちょっと良いか？」

凪が小島にそう声を掛けられたのは、午前11時を回った頃だった。いつものような横暴な呼び方ではなく珍しくまともな調子で呼ばれたので、不思議に思いつつも小島の後に続いて会議スペースに入る。向かい合う形で腰を下ろすと、小島はゆっくりと口を開いた。

「実はさっきヤミーフーズから電話があってな」

勿体(もったい)付けるような言い方と、神妙そうな小島の顔から、あまり良くない話題だという事はすぐに分かった。嫌な予感を覚えつつも、凪は「はい」と頷(うなず)く。

「今開発してる通販サイトなんだけど、機能を幾つか増やして欲しいんだと。とりあえずこれ、箇条書きしたやつ」

小島が差し出してきた紙を受け取った凪は、すぐさま眼を通した。

「これは……多いですね」

凪は、暗い口調でそう言った。システムの開発途中で、顧客からの追加要望がある事は決して珍しくはない。ある程度の小規模な要望ならば無償対応を行う事もあるのだが、今回のヤミーフーズからの要望は全くもって〝小規模〟と言える内容ではなかった。もし要望を取り入れる事になった場合、再来週に控えていた納品期日が延びるのはまず必至だろう。それにしても、凪の見立て通りなら追加料金はそれなりの額が掛かりそうだが、渋らず払ってくれるだろうか。

「先方には、仮に実装するとなった場合に今の納期が二週間程は遅れるとお伝えいただけますか？　ひとまず追加見積もりは急ぎで出しますので」

「いや、価格も納期もそのままでやってくれよ」

凪の頭は、にわかには信じがたい小島の発言によって停止した。

「……はい？」

「先方にどうしてもって頭下げられたんだわ。予算が厳しいらしくってさ。出来るって言っちまったから、マジ頼むわ」

くらりと眩暈がしてしまった。ああ、一体これで何度目だろうか。小島は先方に良い顔をしたいという理由で、いつもほいほいと安請け合いをして、そのくせ凪達システムエンジニアやプログラマーに無茶なスケジュールを押し付けてくるのだ。このままではプログラマーが過労死してしまうと、凪がどれだけ説得をしても聞く耳も持たなかった。

「待ってください。多少なら融通は利きますが、さすがにこの量は厳しすぎます。しかもスケジュールはそのままって……絶対に無理です」

社内原価が云々と言っていたくせに、一体全体この男は何を馬鹿げたことを口走っているのだろうか。この量の要望を無償で呑(の)んだら、とんでもない赤字になるのは目に見えている。しかも納期も変えずにやれだなんて、凪達をスーパーハッカー集団か何かと勘違いしているのではなかろうか。

「そこを何とか頼むわ。俺の顔に免じてさ」

　そもそも免じるような顔もないと思うのだが。小島のヘラヘラとした顔を唖然(あぜん)と眺めていた凪は、慌てて気を取り直した。このままではプロジェクトメンバーである早乙女と才賀まで巻き込まれてしまう。何があっても自分が防波堤になって、二人を守らねば。

「早乙女さんは他のプロジェクトも兼任していてスケジュールが詰まっていますし、才賀君はまだ新人なので過度な残業はさせられません。先方ともう一度納期調整させて下さい。何なら私が直接お話ししますので」

「無理だって。とにかく何でも良いから、早乙女と才賀も使って間に合わせろよ。残業してでも睡眠時間削ってでもやり遂げるのがお前らの仕事だろ?」

　小島の発言の全てが不愉快すぎて、一体どの言葉が腹に据えかねたのかは分からない。ただ、凪だけを軽視するのならまだ良かった。しかし小島は凪の大事な後輩さえも軽んじる発言をした。その事実は、どうにか切れずにいてくれた凪の堪忍袋の緒を、いとも容易(たやす)く引きちぎった。

「――お言葉ですが」

　目上の人間は敬え?　ああもう、そんなもの知ったこっちゃない!

「残業してでも睡眠時間を削ってでもシステムを作るのが私達の仕事と言うのなら、顧客の要望を多少なりともコントロールするのが、あなたたち営業の仕事ではないのですか？　無茶な要望をただ受けるだけなら、誰だって出来ると思うのですが？」

怒りに任せて切ってしまった啖呵の後、会議スペースには痛いほどの沈黙が流れた。

あれ？　言い過ぎた？

我に返った時、凪の目の前には鬼のような表情を浮かべる小島の顔があった。

「テメェ！　それが先輩に対する口の利き方かよ！」

机を勢いよく叩く音と共に、そんな怒鳴り声が響き渡った。

「仕事取って来てやってんのは誰だと思ってんだ！　お前等の食いぶちは俺が稼いできてやってんだからな！　俺がいねえと、お前等なんざの仕事は無えんだぞ！」

何を馬鹿げた事を言っているんだ、と腹の底から叫びそうになった。そもそもヤミーフーズの仕事を取ってきたのは他の営業担当だ。しかしその人のスケジュールに空きが無いからという事で、手の空いていた小島がたまたま営業担当に付いただけの事。そうでなければ、いつもデスクに座りっぱなしで何をしているのかも良く分からないような小島が、仕事を取って来られるはずが無い——と、この場に居るのが凪一人なら間違いなくそう喚き散らしていただろう。

「……っ」

駄目だ。冷静になれ。凪は必死に自分に言い聞かせた。ここで言い返したところで不毛な口論になることは目に見えている。沸々と込み上げてくる怒りをぐっと飲み込んだ凪は「分かりました」と、低い声で呟(つぶや)いた。

「追加費用の件は私が部長に相談してみます。納期に関しても……何とかしてみます」

何とかなるとは到底思えないが、もうそう言うしかなかった。怒りのせいだろうか、眩暈(めまい)どころか頭痛までしてきてしまった。針で刺すような痛みに顔をしかめていると、凪の譲歩によりあっさり機嫌を直したらしい小島が「まあ、心配するなよ」と、踏ん反り返りながら言った。

「今回は俺も特別に開発を手伝ってやるから」

「えっ？」

確かに小島は今の営業職に移る前、プログラマーだったと聞いた事がある。だがそれは凪が入社するずっと前の話だから、もう10年以上はプログラミングに携わっていないはずだ。しかも凪の記憶が正しければ、小島が営業職に移ったのはプログラミングが出来な過ぎたという理由だった気がするのだが。

「久々にプログラミングするなー。まあ俺、それなりには出来る方だったから安心して任せてくれて良いぞ」

小島はそう自信ありげに言うものの、凪はどうしても胸に湧きあがる不安を払拭(ふっしょく)する事が出来なかった。

◆

その日からは地獄の日々が待っていた。小島が助っ人に入ってくれたとはいえ、どう考えてもプログラマーの手が足りるわけがなく、凪はシステムエンジニアとしての業務をこなしつつも、片手間で追加要件分のプログラムを組むしかなかった。しかし当然ながらスケジュールは瞬く間に溢れ返り、進捗の悪さに怒った小島が早乙女と才賀にも残業を強制させるという最悪な結果となってしまった。平謝り状態の凪だったが、それでも早乙女は「鎧塚さんのためなら」と、快く作業を引き受けてくれた。そして才賀はと言うと「はあ、そうですか。別に良いですけど」と、一言発しただけだった。もうこれで才賀との仲は修復不可能なほど拗れただろうと落ち込んだ凪だったが、幸か不幸か、すぐにそれすらも気に出来ないほど忙しくなってしまった。

凪と早乙女と才賀の三人は、毎日真夜中まで作業を続けた。それにもかかわらず肝心の小島は定時で颯爽と帰っていくので、凪はちゃんと小島が自分の作業を進めてくれているのか不安で堪らなかった。しかし何度進捗を尋ねてみても「俺を誰だと思ってんだ」と一蹴されるばかりだったため、凪は早々に諦め、小島には必要最低限の作業しか振らないようにした。日々積み重なっていく疲労と眠気に耐えながらも（小島以外の）三人が頑張った結果、どうにかこうにか納品日当日に完成を迎える事ができた。

「才賀君、マスタの部分は終わりそう……？」

「はい……チェックした感じだと漏れもなさそうです……」

「ありがとー……」

静まり返ったフロア内の一角で、凪達は最終調整に追われていた。時刻は22時。花の金曜日のせいか、凪達以外に人影は無い。入社してから一、二を争う程の修羅場だったものの、早乙女と才賀のおかげで日付が変わる前にはなんとか納品が完了しそうだ。無事に終わったら、ずっと我慢していたお酒を呑もう。どうせなら普段は買えないようなお高めのワインでも買って1日でボトルを空けてやる。それだけを希望に、無心で手を動かしていた時だった。

「……えっ！　嘘！」

納品物の最終チェックを行っていた早乙女がそんな不穏な声を上げた。

「鎧塚さん！　これ、私が組んだ共通処理なんですけど、何か挙動が変だなと思って確認してみたら、訳の分からないコードに書き換えられてしまっていて……」

「え!?　どういうこと!?」

「ログを見たら、何故か数日前に小島さんが処理を書き換えてるみたいなんですけど……」

「嘘でしょ……ちょっと見せて貰（もら）って良い？」

早乙女からマウスを受け取ってコードを確認した凪は、気が遠のいていくのを感じた。

なぜこうなったのかさっぱり分からないが、小島は早乙女が組んでくれた処理を、勝手に書き換えてしまったようだった。しかも最悪な事に、システム全体に大きく影響する箇所をピンポイントでだ。システムというのはとても繊細なもので、数万行のコードの内、たった一文字でも何かが違っていれば、思いもよらないバグが起きる。とは言え人間が組む以上、何かしらの人的ミスは起きるものだ。そのため幾度も幾度もテストを重ね、出来るだけバグを潰していく必要がある。凪達も時間が無い中で必死にテストを重ね、品質を上げてきた。それなのに小島がやらかしてくれたおかげで、また関係箇所を組み直さなければいけない。しかもテストもやり直しというおまけ付きだ。

「このままじゃ納品に間に合わないですよね……?」

泣きそうな顔でそう言った早乙女の顔は青ざめていた。恐らく自分の顔面も同じくらい蒼白になっているだろう。

「……ちょっと先方に電話してみる」

納品は今日とはいえ、本格的な稼働開始は日曜日からのはず。最悪、今日のうちに納品が出来なくとも、稼働開始までに納品が完了していれば間に合うかもしれない。そう考えた凪が急いで先方のシステム担当者に事情を説明すると、何とか納期を日曜日の午前0時までに延長してくれた。首の皮一枚繋がった事にどっと安堵した凪だったが、全く油断できる状況でも無い。およそ24時間後には死んでも納品を終わらせなければいけないのだ。ひとまず明日の昼までに関係箇所の修正を終わらせて、そこからテストをすればギリギリ間に合うだろう。一睡も出来ないが、もう気合いで乗り切るしかない。

　そう心に決めた凪は、ふと早乙女と才賀に心配そうな表情で見つめられている事に気が付いた。二人の顔は疲れ切っており、眼の下にははっきりと隈が浮かんでいる。連日の残業のせいで二人の疲労がピークに達している事は明らかだ。この上、更に今から徹夜の作業を強いるなんて事は、とてもじゃないが出来ない。

「二人とも、後は私がするから今日はもう帰って？　遅くまで本当にありがとうね」

　凪がなるべく明るい口調でそう言うと、早乙女が仰天した。

「え!?　駄目です！　私も手伝います！」

「良いの良いの。二人に休日出勤してもらう訳にもいかないし。今日と明日に作業すれば間に合うよ」

「鎧塚さん一人じゃ無理です！　私も残ります！　残らせて下さい！」

　可愛い顔でそんな風に迫られ、凪は早乙女を抱き締めたくなってしまった。

「本当に大丈夫だよ。それに早乙女ちゃんに残ってもらう方が申し訳なくなっちゃうからさ」

「でも……！」

　早乙女がなかなか譲らない中、それまで黙っていた才賀が口を開いた。

「早乙女さん。お言葉に甘えましょうよ。鎧塚さんも気を遣ってくれてるんですし」

「そうそう、才賀君の言う通り。だからほら、帰ってゆっくり休んで？　お願い」

早乙女はしばし葛藤するような表情を浮かべていたが、やがて渋々と言った様子で頷いた。何度も何度も謝りながら帰っていく早乙女と、疲れ切った顔の才賀を見送り、凪はパソコンに向き直った。さて、一体どこから手を付けようか。いや、その前に明日の食事会に実質参加不可能になってしまったことを苗に連絡せねば。気落ちしながらスマートフォンを手に取った凪は、苗に電話を掛けた。

『もしもーし』

いつものんびりとした調子で電話に出た苗に、凪はどうしても仕事が終わらず、明日の食事会に参加できない事を伝えた。

『そうなのね。それならお食事会は延期にしましょうか。また落ち着いた時にでも行けば良いわよ』

話を聞き終えた苗は、そう慰めるように言ってくれた。

「本当ごめんね……せっかく予約してくれたのに」

『それは全然良いのよ。でもお仕事は大丈夫？　そんなに忙しい事、亮ちゃんは知ってるの？』

社長である叔父の名前が出てきたので、凪は少しどきりとした。本来なら休日出勤は申請を出す必要があるのだが、出勤理由を明記せねばならない。そうなると全ての元凶である小島の立場がまずい事になるので、申請を出さずサイレント出勤をしようと思っていたのだ。

「あー……叔父さんは知らないんだけど、秘密にしておいてくれるかな」

『凪ちゃんがそう言うならそうするけど……絶対に無理はしないでね？　圭吾君には私から伝えておくから』

そうか。せっかく奢(おご)るって言ってくれていたのに、圭吾にも悪い事をしてしまった。

「ありがとう。ごめんねって伝えておいてくれる？」

申し訳ない気持ちでいっぱいのまま通話を終えた凪は、力無くデスクに突っ伏した。

なぜこんな事になっているのだろうか。小島の件がなければ今頃無事に納品を終えて、家でゆっくりと晩酌をしながら明日の食事会に向けて胸を弾ませていたはずなのに。なかなか起き上がれずにいる凪の耳に小さな振動音が聞こえてきたのは、しばらく経ってからだった。スマートフォンに眼を向ければ、圭吾からの着信が入っていた。タイミングを考えると恐らく明日の事だろう。

「……はい、もしもし」

『もしもし？　苗さんから聞いたけど、明日来れないんだって？』

どんよりとした声色で電話に出れば、圭吾が心配げに言った。

「あー……うん。せっかく来るって言ってくれたのに、ごめん……」

『や、そこは全然気にすんな』

あっさりとそう言った圭吾は、続けざまに『仕事のトラブル？』と尋ねてきた。

「うん、まあ、そんな感じ。上司が組んだところに結構大きなバグがあって」

『マジか。納品いつ？』

「24時間後」

『おー……』

圭吾は凪が置かれている状況をすぐに把握してくれたようだった。今の絶望具合を他人に理解してもらえただけでも、幾らか救われた気持ちになった。

『で、その上司は？』

「家じゃないかな？」

今日も定時ピッタリに帰って行った小島を思い出しながら、凪は乾いた笑いを漏らした。

『はあ？　まさか帰ったのか？』

「それ以前に、このような事態になっている事すらご存じないかと」

『いやいや、ありえねえだろ』

圭吾が低い声で言った。ごく当然の反応だろうが、いかんせん相手が小島なので、凪は怒りを通り越して最早諦めの境地に居た。ここで颯爽と助けてくれるような上司なら、そもそもこのような事態にすら陥っていないだろう。

『……今からそっち行くか？』

凪が遠い目をしていると、圭吾が遠慮がちにそう言った。

「あはは……まあ、今なら誰でも良いから隣で応援してくれるだけでありがたいんだけどねぇ……」

『いや、そうじゃなくて。仕事手伝うか？　って事』

圭吾が思いのほか真面目なトーンで返してきたので、凪は驚いてしまった。

「え？　あれ、ごめん。冗談のつもりかと……」

『こんな時に冗談言うかよ。まあとりあえず、環境情報と仕様書の場所だけ教えてくれ。後はログ追ってどうにかするから』

「ちょっ……ちょっと待って！」

何だかトントン拍子に話が進んでいる事に気が付き、凪は慌てて圭吾を止めに入った。

「いや、本当に大丈夫だから！　て言うか、圭吾に手伝って貰ったりなんかしたら……！」

『分かってる。バレたらお互いにヤバいけど、俺が手伝ったっていう証拠は残さないようにするから』

そんな魅力的な言葉に、凪は思わず拒否の言葉を呑み込んでしまった。幾ら圭吾が社内の同僚とは言え、上長の許可も得ずに部署を跨いで勝手に作業を行うのは絶対的にタブーだ。しかし圭吾のスキルが高いと言う評判は凪の耳にも届いている。そんな圭吾に手伝って貰えるなら、これ以上に心強い事は無いだろう。

凪は、作業が24時間以内に終わらなかった場合の最悪なパターンを想像した。凪が処分を受けるだけで済む話なら良いが、このプロジェクトの関係者全員に迷惑が掛かるのは確実だ。文句も言わずに凪をサポートしてくれた早乙女。新人なのに酷い無理をさせてしまって、それでも何とかやり遂げてくれた才賀。プロジェクトに心血を注いできたヤミーフーズの社員さん達。ひいては、部下である凪の責任を取らされるであろう部長や社長達——事の重大さを改めて認識し、ぞっとした。

6年近くシステムエンジニアとして働いてきたし、それなりに経験も積んできた。だからと言って特別頭が切れるわけでも、秀でた才能があるわけでもない自分に、こんな困難を乗り越えられるようなポテンシャルなどありっこない。ここまでどうにかやってこられたのは、後輩たちに不安や弱音を見せないように自分を奮い立たせてきたからだ。

『なあ、凪。たまには頼れよ』

圭吾の声に、ささくれ立っていた心が優しく撫でつけられたような気がした。本当は怖くて堪らない。もう嫌だ。こんなに精一杯やってきたのに、小島のせいで自分が責任を取らなければいけないなんて理不尽すぎる。全て放り投げて逃げ出したい。誰かに助けて欲しい。無条件に慰めてほしい。そうでなければ、もうほんの少しも頑張れる気がしない。

「……ううん、大丈夫」

でも、それ以上に圭吾に迷惑なんて掛けられない。

『おい。大丈夫じゃないだろ』

圭吾が呆れたように言った。その気持ちは本当に嬉しいが、バレてしまった時の事を考えると、やはり手伝ってもらうわけにはいかなかった。

「いやー。やばいとは言ったんだけど、ちょっと頑張れば間に合うと思うんだよね。ごめんね、話盛っちゃった」

凪は努めて明るく言った。

『でもお前一人で作業してたら、明日の飯に行けない事には変わりないだろ』

「まあ、うん」

『誕生日は絶対に苗さんと飯行くって決まってるんだろ？』

そうだ。決まっている。9月17日は〝特別な日〟だから、毎年レストランに行こうって苗と約束をしたのだ。

「そうだけど、今年は仕方ないよ」

『仕方なくないだろ。なあ、凪。そう投げやりになるなって……』

「良いんだってば！」

声を荒らげてしまった瞬間、圭吾が口を噤んだ。

「どう頑張っても無理なんだから……本当にもう良いの」

きっと、とても子どもじみた言い方だった。すぐに失態を取り繕うべきだったのかもしれないが、今の疲れ切った頭ではそれが難しかった。

『凪』

しばし漂っていた沈黙を、圭吾が静かに破る。

『お前が〝親父さんの命日〟の事、もう良いなんて思えるはずないだろ』

まるで寄り添ってくれるような声色だった。にもかかわらず言葉が出てこなかったのは、圭吾に全てを見透かされていたからだ。本当は圭吾の言う通りだ。もう良いだなんて少しも思っていない。思えるはずがない。

『なあ、俺も手伝うから。一緒に一個ずつ解決していくぞ。絶対大丈夫だから』

それらは凪が渇望していた言葉だったはずなのに、鼓膜へと届く前にぽろぽろと零(こぼ)れ落ちていった。聴くという行為を手放していたのかもしれない。その優しさにほんの少しでも触れてしまえば、簡単に座り込んで動けなくなってしまうと分かり切っていた。甘えてはいけない。誰の迷惑にもなりたくない。絶対に一人で頑張らないと。

「……ありがとう。でも本当にもう大丈夫」

ややあって、凪は絞り出すように言った。

「そろそろ仕事に戻るね。連絡くれてありがとう」

『おい、凪……』

「じゃあまた!」

まるで逃げるように通話を切った。すぐにスマートフォンが震え始めたが、凪はそれを無視して鞄(かばん)の奥底に押し込んだ。着信は数回続いたものの、やがてそれも止まり、もう圭吾からの電話が掛かってくる事はなかった。

◆

覚えているのは、うんと大きな身体に優しい声。

（見て見て！　今日ねえ、学校でおとうさんの似顔絵かいたの！）

（おお！　これお父さんか？　スーツ着てて恰好いいなあ。隣に書いてあるのはパソコンかな？）

（うん！　お仕事してる時のおとうさんだよ！　凪のおとうさんは〝しすてむえんじにあ〟なんだよ、って先生に言ったら、凄いねーって言ってた！）

頭を撫でてくれる掌も、軽々と抱き上げてくれる腕も好きだった。けれど、なにより父の笑う顔が一番大好きだった。

『帝都バンクは今月10日、外部からの不正アクセスにより顧客二十万人分の口座情報が漏洩したと公表しました。漏洩した情報の中には口座番号や暗証番号も含まれている恐れがあるとして、帝都バンクでは被害の全容把握を急いでいるとの事です。また警察は漏洩の原因として、システムのセキュリティに脆弱性があった可能性も示唆しており――』

その事件は、凪が13歳の時に起きた。日本のメガバンクに名を連ねる帝都バンクで、大規模な情報漏洩が発生したのだ。絶対的に安全だと思われていた銀行のシステムに脆弱性があったという事実は当時の世間を大きく騒がせた。漏洩発覚から2日後、多くの報道関係者を前に開かれた会見で、帝都バンクの社長と社員は深々と頭を下げた。大量のフラッシュとマスコミからの非難の声を浴びる大人たちの中に、凪の父も居た。帝都バンクに勤めていた父は、情報漏洩を起こしたシステムの総責任者だったのだ。結局、当時の社長は責任を負って辞任し、帝都バンクは他行のメガバンクに〝合併〟と言う名の〝吸収〟をされ、事実上破綻したのだった。

（ねえ、お母さん。お父さん、どうしてずっと家に居るの？　仕事は……？）

（お父さんはね、お仕事で失敗しちゃったの。だから少しお休みするのよ）

いつもスーツを着て会社へ出社していた父は、一歩も外に出なくなった。寝間着を着替える事もせず、1日の大半を眠って過ごし、珍しく起きていたかと思えば、テレビをぼんやりと眺めているか、母が作った料理を機械的に口に運んでいるかだけだった。やがて父は食事すらも摂らなくなり、眼に見えて痩せ細り始めた。その辺りから夜中に大声をあげて起きる事も増え、隣の両親の部屋で母がなだめる声を壁越しに何度も聞いた。そんな父が入院するまで長くは掛からなかった。

（お前はシステムエンジニアになんてならない方が良い。凪は女の子なんだから、誰か

に守ってもらえるような楽な道に進みなさい)

学校帰りに立ち寄った病室で、父が凪にそう言って聞かせた事があった。その頃の父は、自宅に居た時よりも随分と落ち着いて見えたが、身体という器から心だけすっぽりと抜け落ちてしまったかのようにも見えた。父の後ろに広がる9月の空は澄み渡っていて、その空の青さが、やけに綺麗だった事を良く覚えている。それが父から貰った最後の言葉となった。14歳の9月17日。父は遠いところへと逝ってしまった。

(これから毎年9月17日は、皆で良く行ってたあのレストランに行きましょう)

母がそう提案をしたのは、父の死から約1年後。凪の15歳の誕生日を一か月後に控えた頃だった。

(お父さんの席とお料理も用意してもらって、楽しくお食事をするの。凪ちゃんのお誕生日ですもの。お父さんだってお祝いしたいに決まってるわ)

凪は父がそれを望んでいるのか良く分からなかった。凪にとって9月17日は厳かに悼むだけの日であって、とても何かを祝うような日ではないように思えた。

(ねえ、凪ちゃん。自分の誕生日を嫌いになったりしないで。ママ、凪ちゃんが毎年そんな風に沈んだ顔してるのは哀しいいな)

少しも乗り気になれなかった凪に、苗は優しく言った。

(だってせっかく凪ちゃんが産まれて来てくれた、大切な日なんだから)

──母がそう言ってくれたその〝大切な日〟が、凪は今でも嫌いで嫌いで仕方がない。

◆

まず初めに感じたのは、全身の酷い痛みだった。腕から肩にかけてがじんじんと痺れ、腰がとても強張っている。

「うー……」

懐かしい夢を見た気がした。父がまだ生きている頃の夢だ。ゆっくりと起き上がった凪は、寝惚けた頭ながらも何かとてつもない違和感を覚え始めていた。どうして眠りから覚めたというのに、目の前の景色が見慣れた自分の部屋のものではないのだろう。凪は鼻先にあるパソコンのモニターに釘付けになった。ログイン画面には日付と時刻がはっきりと映し出されている。

『9／17 土曜日　11：05』

数秒ほど現実逃避した凪だったが、今自分が置かれている状況を理解した途端、身体中に衝撃が走った。

「嘘でしょ⁉」

弾かれたように立ち上がった凪は、頭を抱えながら必死に昨夜の記憶を辿った。圭吾と電話をした後、日付を越えるまで頑張っていた事は覚えている。しかし、それ以降の記憶が全く無い。どうやら状況から察するに、凪は信じられないほどに熟睡してしまったようだった。

何という事だろう。あまりにも貴重な12時間を居眠りで無駄にしてしまった。最悪だ。絶対に最近の寝不足が原因だ。ずっとまともに眠れていなかったから、だからこんなに爆睡してしまったに違いない。でもだからって、何故こんな大事な時に？

「つ、続き……やらなきゃ……」

とにかく作業を終えねば、あっという間に午前0時は訪れてしまう。慌てて席に着くが、パニックになりすぎた頭では全く考えがまとまらない。どうしよう。どうしよう。このままじゃ絶対に終わらない。

「……っ」

目の前のディスプレイがじわりと滲んだ。今まで散々我慢してきたのに、父の言葉だとか、苗の哀しげな笑顔を思い浮かべると悔しさと申し訳なさで涙が止まらなかった。全部自分のせいなのだ。就活の辛さから逃げるためシステムエンジニアになったのも、小島の言うことに逆らえないのも、早乙女と才賀を帰したのも、圭吾からの助けを断ったのも、大好きな父の命日に悼むことすら出来ないのも、全部、全部、自分が悪いのだ。

溢れる涙を止める事が出来ないでいると、突如オフィスの扉が開く音が聞こえた。凪は慌てて涙を拭い、扉の方を見やった。

「……あれ？　鎧塚？」

「小島さん……？」

なんとそこに居たのは小島だった。見慣れたスーツ姿ではなくラフな私服姿の小島は、凪を見ると少し驚いた表情をしながらも「ご苦労さん」と片手を上げる。思わぬ訪問者に、どん底にあった気持ちが僅かに浮上した。まさかとは思うが凪を手伝いに来てくれたのではなかろうか？

「どうされたんですか？」

気が付けば、一縷の望みを込めて、そう尋ねていた。

「財布忘れたから取りにきただけ」

だが、凪の望みは儚く崩れ去った。小島は凪の真横を呆気なく通り過ぎると、自分のデスクへと向かっていく。引き出しを開けた小島は「お、あったあった」と呟きながら、財布をポケットにしまった。

「ああ……はは、そうですよね」

一瞬の高揚感は、針で突いた風船のように弾け飛んだ。期待した自分が馬鹿だった。

「それはそうと、お前何してんの？　もしかしてヤミーフーズの作業？　でも納品って昨日だったよな？」

目的を果たしたらしい小島は、不躾に凪のモニターを覗き込んできた。

「色々あって納期が今日の夜になって……」

理由をはっきり口にしなかっただけ自分を褒めてやりたい。ふうん、と気のない返事をした小島は、化粧がぼろぼろに崩れている凪の顔、そして昨日と全く変わっていない服装をじろじろと見回した。

「えっ、お前もしかして昨日からずっと居んの？」

仰天したようにそう言った小島の口元は確かに笑っていた。そこには心配や申し訳なさは無く、ただただ嘲笑があるだけだった。

「ええ……まあ、はい」

「うわ。徹夜するくらいなら、もうちょっと平日に作業振り分けておけよな。相変わらず計画性無い奴だな、お前は」

一瞬、身体の中で凄まじい怒りが膨張し、爆発しかけた。脳内が真っ赤になって、目の前の小島にパンチを喰らわせて少しでも痛めつけてやりたい衝動に駆られた。しかしその怒りは発生した時と同じくらいの勢いで、へなへなと萎んだ。小島を殴った所でもう何の意味もないのだ。あっという間に虚無感に襲われ、凪は乾いた笑いを浮かべるしかなかった。

「はは……そうですね」

心底可笑しくて堪らなかった。もう分からない。一体自分は、なんのためにこんな事をしているんだろう？

「——……失礼しまーす」

そんな明るい声と共に、オフィスの扉が唐突に開いた。凪と小島が同時に入口を見やると、一人の男性がオフィスに入って来る。アップバングされた短めの黒髪に、濃いグレースーツを纏った長身の男性は、その切れ長の目でオフィスを見回すと、すぐに凪達を見つけた。

「ああ、居た居た。お疲れ様です」

こちらへ向かってスタスタと歩いてくる人物に、凪はポカンと口を開けた。なぜならそれは、此処に居るはずの無い人物——幼馴染である結城圭吾の姿だったからだ。

「お前……確か第二システム部の……」

小島が訝しげに言った。

「はい、結城です」

圭吾は小島に向かって頭を下げた後、呆然としている凪に顔を向けた。

「鎧塚さん。お仕事中申し訳ないのですが、少しお時間よろしいでしょうか？」

他人行儀に話しかけてきた圭吾に焦りながらも頷くと、彼は「実は」と話を切り出す。

「社長から鎧塚さんへの伝言を預かっていまして」

「……え？　社長から？」

「ええ。ヤミーフーズさんの件で」

一気に血の気が失せて行くのを感じた。このタイミングで社長からヤミーフーズの件で伝言があるなんて、どう考えても悪い内容に決まっていた。今回の事で怒られる理由なんて、嫌というほどある。始末書だろうか。事の次第によっては減給だってあり得る。

いや、最悪の場合はクビなんて事も――

「ヤミーフーズさんの件、作業が全て完了したとの事です」

深い絶望の中に居た凪は、圭吾の言葉を呑みこむのに、しばらく時間を要した。

「…………え？」

ようやく呑みこんだものの、圭吾の言っている事が良く分からず、凪はそう訊き返す。

「いえそれが、朝社長が会社へ出社されたらしく、その時にソースの修正と、テストを全部行って下さったようでして」

「お、おじさん……じゃなくて、社長が……？　嘘、本当に？」

仮にも一企業の社長が、こんな下っ端の仕事を肩代わりするなんて聞いたことも無い。

驚きすぎて敬語を使う事すら忘れてしまった凪に、圭吾は「はい」と頷く。

「恐らくサーバーに修正済みのソースとテスト仕様書がアップロードされているのではないかと思います。ご確認してみては？」

そう言われ、慌ててパソコンにログインをする。いやまさかそんな、とは思いつつもサーバーを確認した凪は言葉を失った。圭吾の言うことは本当だった。本来ならば凪が手を加えるはずだった修正が、全て綺麗に終わっていたのだ。

「ザッと見た感じ、問題なさそうですか？」

凪のモニターを一緒に覗き込みながら、圭吾が言った。

「はい、大丈夫そうです……」

凪は信じられない気持ちで頷いた。ソースが完璧ならテスト仕様書の中身も完璧で、もうこれ以上、凪が何かする必要は無いレベルだった。これなら今すぐにでも納品が出来るだろう。凪は、じわじわと安堵感が広がっていくのを感じた。何だかもう良く分からないが、本当に助かった。どうやら最悪のパターンを免れたようだ。

「ところで、鎧塚さん。早く納品に行った方が良かったりしません？」

心底安心して泣きそうになっていた凪は、圭吾の言葉にハッとした。そうだ。先方の担当者に待って貰っているんだった。

一分一秒でも早く納品せねば。手当たり次第鞄に荷物を詰め込んだ凪は、慌てて席を立った。

「あの、伝言を伝えて下さってありがとうございました！　失礼します！」

圭吾に向かって頭を下げた凪は、バタバタと扉へ走る。

「お気をつけて」

脱兎のごとくオフィスを飛び出した凪の背中を、そんな圭吾の言葉が追いかけた。

◆

ドアの向こうへ消えた凪の足音が聞こえなくなった頃。

「ったく、忙しない奴だな。あいつは」

「お忙しい方なんでしょうね」

オフィスに残された圭吾と小島は、そんな会話を交わしていた。

「忙しいっつーか、まだまだ半人前なだけなんだよ」

小島が呆れたように言った。

「そうなんですか？　僕の部署では、鎧塚さんは客先での評判が良いって、よく聞きますけどね」

圭吾の言葉に「あいつがか？」と、小島は鼻で笑った。

「今回の事だって、確かに多めの追加要望があったとは言え、何日も前から分かってた事なのによ。こんなにギリギリで納品するとか、スケジュール管理できてねえ証拠だよ」

手厳しい小島の意見に、圭吾は「おおー」と感心したような声を上げた。

「さすがは小島さんですね。小島さんのスケジュール管理は凄いって僕の部署でも有名ですよ」

そんな賞賛の言葉に、小島は満更でも無い様子で頭を搔く。

「なになに、そんなに俺の評判って広がっちゃってるわけ？　照れるなぁ」

「ええ。本当に有名ですよ」

圭吾が薄く笑った。

「――小島さんは、プログラマーの事を家畜だと思ってるような糞スケジュールを組むって」

　しん、と静寂が響いた。

「……は？」

　ややあって、頬を引き攣らせた小島が疑問の声を上げた。自分が何を言われたのか、理解しきれていないような表情だ。

「何か？」

　何食わぬ顔の圭吾が首を傾げると、小島はますます混乱した表情を浮かべる。

「いや、何かって……」

　僅かに後ずさった小島の手が不意に凪のマウスに触れた。小島が圭吾の視線から逃れるようにしてディスプレイに眼を向ける。モニターには〝社長が組んだ〞らしいヤミーフーズのソースが映し出されていた。

「………」

　小島は何かに気を取られたようにモニターに釘付けになった。食い入るように画面を凝視していた小島は、「……嘘だろ、おい」

　やがてポツリと言葉を落とす。

「俺が組んだところ……全部１から組み直されてる」

　小島は、慌てたようにマウスを手に取ると、画面を操作し始めた。

「此処も、此処も……おいマジか。どうなってんだ？　昨日の夕方までは元のソースだったはず……修正だけならまだしも、こんなの社長一人で組み終わるはずが……」

ブツブツ言いながら頭を掻いていたが、突然ハッと口を噤んだ。何かを考えるように黙り込み、静かに口を開く。

「……なあ、おい。これ、本当に社長が書いたのか？　確かうちの社長、プログラミング経験ほとんど無いって聞いた事あったような……」

「ああ、そうらしいですね」

あっけらかんと答えた圭吾に、小島は「はあ？」と声を上げた。

「じゃあ誰がヤミーフーズのソース書いたんだよ？」

「誰でしょうかね」と、圭吾が肩を竦める。次の瞬間、小島は何かに気が付いたように息を呑んだ。

「まさか――お前か？」

小島は不自然なほど落ち着き払っている圭吾を見つめる。

「……本当は最低限の修正に留めるつもりだったんですけどね」

次に口を開いたのは、圭吾だった。

「小島さんが組んだソースが余りにも酷いスパゲッティーコードだったもので。どうしても気になって結局全部作り直しさせて頂きました」

「なっ……1日で全部……？」

一瞬言葉を失った小島だったが、すぐにその顔には激怒の表情が浮かんだ。

「お前、他部署のやつが勝手にこんな事して良いと思ってんのかよ！」

「宜しくはないでしょうね」

「だったら……！」

「まあ、小島さんがされていた事に比べれば可愛いものだと思いますが」

圭吾はおもむろにスーツの胸ポケットから一枚の紙を取り出すと、それを小島に差し出した。

「ご確認下さい」

圭吾から紙を受け取った小島が、恐る恐る中身を開く。そこに記された内容を確認していくうち、小島の顔色は徐々に悪くなっていった。

「……なんだよ、これ」

「小島さんが業務時間内に会社端末からアクセスしていた出会い系サイトやアダルトサイトのログです。リーダー業務でお忙しいでしょうに、1日の大半は全く業務に関係のないサイトをご覧になっているなんて、さすが、時間の使い方がお上手なんですね」

圭吾の痛烈な皮肉に、小島が顔面にパンチを喰らったような顔をした。

「な、何でお前がこんなものを……」

「実は僕、社長から社内ネットワークの管理者に専任されておりまして。最近、海外の違法サイトへのトラフィックデータが不自然に増加していたので、調査を任されていたんです」

小島の顔は青いを通り越して、今や真っ白になっていた。

「どちらの立場の方がまずいかは、小島さんならお分かりになりますよね」

にこりと笑った圭吾が「では、失礼します」と頭を下げ、小島に背を向けた。

「ああ、そういえば言い忘れていました」

オフィスを出て行く直前で足を止めた圭吾が、呆然とした表情の小島を振り返った。

「小島さんには、僕の幼馴染が随分とお世話になっていたようで」

圭吾の顔には、もう一切の笑みは無かった。細められた双眸には、はっきりとした冷ややかさと怒り、そして軽蔑が浮かんでいる。

「貴方が鎧塚凪に行っていた明らかなパワハラ行為は、先程の件と合わせまして僕の方から社長にしっかりと報告させて頂きます」

それでは、と丁寧に言って圭吾は今度こそオフィスを後にした。

◆

月曜日の朝、Sync.System の社長である鎧塚亮は、目の前のパソコンを信じられない気持ちで凝視していた。静かに電話を手に取った亮は、ある社員に内線を掛ける。

『はい、結城です』

「お疲れさま。ちょっとメールの件で聞きたい事があるんだけど、社長室に来れる？」

『大丈夫です。すぐに伺います』

圭吾から送られたメールを再び確認していると、すぐに社長室の扉がノックされた。

「失礼します」

慣れた様子で部屋に入ってきた圭吾は、素直に亮の元へと歩み寄ってきた。

「これ、どういう事か説明してくれるかな？」

亮はPCをくるりと裏返し、メールの本文と添付ファイルを圭吾に見せた。圭吾は画面をじっと見つめた後、しれっとした様子で肩を竦めた。

「説明も何も、第一システム部の小島さんが業務時間内にアクセスしていた出会い系サイトやアダルトサイトのログです」

「いや、そうじゃなくてね？　僕が訊きたいのは、どうして圭吾が小島君の端末のログを――」

その後の亮の声は、突如鳴り響いた電話のコール音によって掻き消されてしまった。

圭吾に「どうぞ」と促され、亮は電話を取る。

『お疲れ様です。鎧塚です』

電話から聞こえてきたのは、姪である鎧塚凪のハキハキとした声だった。

「ああ、凪か。お疲れさん」

会社では社長と一社員という間柄の二人は、仕事で電話のやり取りを行う事はほとんど無い。亮は少し驚きながらも「どうした？」と尋ねた。

『ヤミーフーズさんの件なのですが、本当にありがとうございました。お陰様でとても助かりました』

「……うん？　ヤミーフーズ？」

『社長があんなに綺麗なコードを書かれるなんて全然知りませんでした。さすがですね』

「ごめん、凪。ちょっと良く……」

分からない、と続けようとした亮は、ふと目の前の圭吾がひらひらと手を振っている事に気が付いた。亮が言葉を濁している間に、圭吾はデスク上に置いてあるメモに〝話を合わせて〟と走り書きする。その文字を目にした亮は、とっさに話を方向転換した。

「あ……ああ、ヤミーフーズさんの件だね。いやいや、それほどでもないよ」

『御謙遜を。とにかく本当にありがとうございました。いずれお礼をさせて下さい』

凪はそう熱を込めて言った後、急に声のトーンを落とした。

『……叔父さんはお金は要らないだろうから、今度手料理作ってあげるね。でも味には期待しないで』

冗談っぽく囁くと、凪はまた元の声のトーンに戻って明るく言った。

『それではお仕事中に失礼しました』

「いや。わざわざありがとう」

静かに電話を切った後、亮はゆっくりと隣の圭吾に顔を向けた。

「ありがとうございます。話を合わせてくれて助かりました」

その飄々とした笑顔に苦笑いをしながらも、亮は「ちゃんと説明してくれる？」と姪の幼馴染を促した。

「……なるほどなあ」

圭吾から事の顚末を聴いた亮は、背凭れに身体を預けて長く息を吐いた。

「いきなりネットワーク管理者になりたいなんて言い出したのは、そういう事か」

正直、誰もが嫌がる仕事なので、特に理由を聞く事もなく二つ返事で了承をしたのだが――まさか、小島のログを調べあげるためだったとは。

「しかも小島君のソースを1日で作り直すって……小島君も面目丸潰れだねぇ」

「勝手に亮さんの名前借りちゃってすみません」

さらりと謝罪を述べる圭吾に、亮は力無く笑いを浮かべる。姪の幼馴染である結城圭吾を、亮は凪同様に昔から可愛がっていた。凪の親と圭吾の親が仲良かった事もあり、それこそよちよち歩きの頃から、叔父として二人の成長を見守ってきた。そんな圭吾も立派な社会人として働いているのだから、時の流れとは恐ろしいものである。圭吾は昔からパソコンが好きな男の子で、よく自分で簡単なシステムを作っては、システムエンジニアだった亮の兄――凪の父親に褒められていた。兄は圭吾の事を〝天才だ〟と言っていたし、亮もそう思っていた。だからと言って、圭吾はそれをひけらかす事もない素直な男の子だった。だからこそ亮は、自分の会社に圭吾を招き入れたのだ。そして圭吾は期待通り大きな成果をあげ続け、3年連続で社内MVPにも選ばれている。しかし実を言うと、そんな圭吾にもたった一つだけ困った所があった。

「まあ、確かに小島君の件は見逃せないね。後はこっちで預かるよ。それから部署を跨(また)いで無断で作業したことも、今回は大目に見てあげよう」

本来ならば守秘義務の観点からして禁止されている行為なのだが、原因が原因なだけに圭吾を処分するわけにもいかないだろう。だが当の圭吾は、くつくつと肩を揺らし始めた。

「いやいや、寧(むし)ろ亮さんからすると、ありがたいんじゃないですか？　ヤミーフーズさんって、確かうちと昔から付き合いがあって、かなりお世話になってる会社さんですよね。あのままじゃ納品間に合ってなかったか、もしくはバグだらけの糞(くそ)システム納品する所でしたよ。良かったですね。うちの評判ガタ落ちせずに済んで」

残念ながら、ぐうの音も出なかった。

「分かった、分かった。今度飯おごるよ。これ以上は年寄りを虐めないでおくれ」

亮が白旗を掲げると、圭吾は「いや、別に飯は良いです」と首を横に振った。

「それより例の件をお願いしたいんですけど」

「それって……異動の件？」

「はい」

「本当にそれで良いの？」

「それ〝が〟良いんです」

きっぱりと言い切った圭吾に、亮は「分かったよ」と頷いた。

「ありがとうございます」と頭を下げた圭吾は、

「――早くしないと、また〝アイツ〟が小島さんみたいな人にちょっかい出されると、たまったもんじゃないんで」

そう冷ややかに呟いた後、「それでは」と言って部屋を出て行った。

「……ほんと、敵に回したくないタイプだよなあ」

結城圭吾の、たった一つの困った所。それは幼馴染である鎧塚凪の事になると、少々度が過ぎてしまう所だった。

3rd time.

昔から何でも長続きするタイプで、物持ちも良い方だった。小学生の頃に買って貰ったRPGのゲームソフトは、繰り返し遊んだせいで、もう何十回クリアしたのか覚えていない。中学生の頃にお年玉を貯めて初めて自分で買ったパソコンは、部品を入れ替えながら未だ現役で動いている。そして小学生の頃に初めて知ったプログラミングは、それを職業にした今でも楽しいし、一生続けていきたいと思っている。それらを好きだと思うのに理由は無かった。もちろん、生まれ持った自分の性格だとか、幼少期の体験だとかが重なり合ってそういう結果になったのかもしれないが、基本的には好きだと思ったから好きになった。そして今、27歳の自分は他の何よりも根拠の無い〝好き〟という気持ちを心底大事に抱き続けている。〝超〟が付くほど鈍感な幼馴染に向けて。

「それでは結城君の配属を祝して、乾杯！」

そんな部長の掛け声の後、そこら中で「かんぱーい」と言う声と、ジョッキのぶつかる音が響く。時刻は19時半。会社近くの居酒屋で、圭吾の歓迎会が催されていた。

ぞくぞくと乾杯をしに来てくれる同僚たちの顔と名前を頭に叩きこみながら、圭吾は「よろしくお願いします」と挨拶を返し続けた。圭吾が第一システム部に異動となって、一週間が経過していた。先日の騒動の後、社長である鎧塚亮はすぐさま異動通達を出してくれた。急な通達だったため、異動までの数日間は、地獄のような引き継ぎの嵐で、あまりの引き継ぎ資料の多さに、同僚なんて最後の方は泣きそうになっていたほどだ。

　そんなこんなでバタバタと迎えた異動の日、朝礼で部長に紹介される圭吾を見て、凪はまさに度肝を抜かれていた。当日まで異動の事を秘密にしていたので、ごく当然の反応だ。その顔を見られただけでも満足だったのだが、圭吾に気を利かせてくれたらしい亮が、凪のチームに配属命令を出してくれていた。かくして圭吾は現在、凪と共にペアを組みながら仕事をしている。まだまだ慣れない事は多いが、新しい部署の同僚たちは気が良さそうな人間が多いようで、一安心していた。

　そろそろ一通りの人間とは挨拶を交わしただろうと思った頃、

「――圭吾、お疲れ様」

　聞き慣れた声が後ろから圭吾を呼んだ。喩（たと）えるなら、橙色（だいだいいろ）。丸みを帯びたように優しくて、それでいて快活な声。自分の心臓が大きな鼓動を打つのを感じながら、振り向いた。

「凪」

　うなじの辺りで切り揃えられたオリーブグレージュのショートカットに、女性にしては随分と高い背丈。少しツンとした涼し気な目元は、しかし笑うと優し気に下がる事を、圭吾は良く知っている。

凪は圭吾のグラスに自分のグラスをこつんと当てた。「お疲れ」と返した時、凪の背後に隠れるようにしていた誰かが、ひょっこりと顔を出した。凪と比べるとずっと背が低い彼女は、「お疲れ様です」と、人懐っこい笑顔を浮かべる。

「あ、圭吾。紹介するまでもないかもしれないけど、同じチームの早乙女愛ちゃんだよ」

「改めまして、よろしくお願いします」

早乙女が、ふわふわとした口調でそう言った。ハキハキしている凪とは正反対だが、この一週間の仕事ぶりを見るに、とてもテキパキと物事をこなす印象を受けていた。

「よろしく。今のチームでは早乙女の方が先輩だから、色々と教えてくれ」

「えへへ。自信無いですけど、頑張りますね」

遠慮がちにはにかむ早乙女の肩の上に、凪がポンと両手を置いた。

「早乙女ちゃんね、ものすっごく仕事出来るから！」

「もう止めてくださいよぉ。私なんてまだまだです。結城さんの方が絶対に凄いですよ」

早乙女が照れくさそうに、凪の腕に軽く抱き着く。きゃっきゃしている二人を見ながら、女子って良いよな、と圭吾は思った。公衆の面前で抱き着いてもセクハラにならないもんな。俺も混ぜてーって言ったら殴られるかな。多分殴られるよな。主に凪に。

「それじゃあ、改めてこれからよろしくね」

「よろしくお願いします」

心行くまでじゃれあって満足したらしい凪と早乙女は、手を振って自席へと戻っていった。さて、いい加減に料理を食べようかと、圭吾が箸を取った時、今度は一人の青年が圭吾の元にやってきた。

「……お疲れ様です」

「ああ、才賀。お疲れ」

同じチームに所属している才賀拓巳とは、まだあまり言葉を交わしたことはないので、どんな性格なのかは分からないが、普段の業務風景を見ていると、なんとなく凪と上手く行ってなさそうな雰囲気は感じていた。しかしわざわざ挨拶をしにきてくれるところを見ると、悪い子ではなさそうだ。才賀と圭吾はグラスを交わすと、飲み物を呷った。

「えーっと、才賀は今年で幾つだっけ？」

どこか緊張している様子の才賀に、圭吾はそう尋ねた。

「23です」

「今年入社したばっかりだもんな。若くて羨ましいよ。その分、伸びしろあるし」

「伸びしろあったとしても、どうせ僕は使いものにならないんで」

空気がピシリと凍る音がした。どうした、才賀。マイナス思考すぎるぞ。

「い……いやいや、そんな事ないだろ。あ、そう言えば、才賀は大学でプログラミング専攻してたんだって？」

空気を変えるべく、圭吾は慌てて話題を逸らした。

「あ、はい。そうですね。情報工学科だったんで」

もしや知らぬ間に嫌われてしまっていたのかとも思ったが、才賀が普通に質問に答えてくれたので圭吾は安堵(あんど)した。

「どんな事してたんだ？」

「ひたすらプログラミングしてました」

「はは、俺と一緒だ。俺もひたすら組んでた。大会とかも出たぞ」

何気なく言った一言で、才賀の表情が明らかに変わった。

「本当ですか？　何作ったんですか？」

心なしか才賀が眼を輝かせながら、身を乗り出してきた。

「その時は、自作の検索エンジン作ったな。俺のスマホにならアプリ化したやつ入ってるぞ。良かったら見るか？」

「見たいです！」

どうやら才賀はプログラミングが好きなようで、圭吾はその後もかなりの質問攻めにあった。ＩＴ会社勤務でも、プライベートでまでプログラミングをしている人間は少ない。自宅でもプログラミングをしている圭吾は、会社の同僚とこれほどまでに趣味に関する話をした事がなかったため、二人の会話は大いに弾んだ。

「――わあ。楽しそうですねぇ」

丁度、最近作った自作ＰＣについての話をしていた頃、そんな声が会話を遮った。先ほど挨拶に来てくれた早乙女だった。

「才賀君。部長が話したがってたよ」

早乙女が、才賀に向かってそう小声で囁く。

「え？　僕ですか？」

「うん。ほら、そろそろ配属されてから半年経つから、何か悩んでる事がないかとか心配してるみたい。お酒の席だし、気軽な気持ちでお酌しに行ってあげると喜ぶかも」

そういう事なら、と嫌そうながらも立ち上がった才賀は、名残惜しそうな眼を圭吾に向ける。

「結城さん。今度、もっとゆっくり話しませんか？」

「良いね。それじゃあ飯でも行くか」

「約束ですよ」と言いながら部長の元へ向かって行く才賀を見送っていると、

「お隣よろしいですか？」

小さく首を傾げながら、早乙女が隣に腰を下ろしてきた。

「結城さんってば、大人気ですねぇ」

「滅多にスポットライト浴びれないんで、今のうちにこの人気ぶりを堪能しときます」

「ふふ。結城さんは目立つんですから、いつでも浴びてますよぉ」

クスクスと笑った早乙女は、不意に圭吾をじっと見つめてきた。

「……ん？」

あまりにも見つめられ、圭吾が戸惑いの声を漏らすと、早乙女は「やだ、ごめんなさい」と慌てた様に両手で頬を包んだ。

「結城さんって身長高いなあと思って。あの、どれくらいあるんですか？」

「多分180ちょっとかな。最近測ってないから正確には分からないけど」

「えー、凄い！　私が155㎝だから……30㎝くらい違いますね！」

確かに圭吾と早乙女が並ぶと、まるで大人と子どもだろう。

「あーあ。もっと私の身長が高ければ良かったです」

コンプレックスなのだろうか、と思った圭吾に、早乙女は「だって……」と言葉を続ける。

「キスするのに丁度良い身長差って、15㎝なんですよ」

危うく咽せかけた圭吾は、ビールを吹き出してしまわないように慌てて口元を手で押さえた。信じられない気持ちで早乙女を見やれば、彼女もまた圭吾を上目遣いで見つめている。

——あれ？　俺、もしかして遠回しに言い寄られてる？

「えーっと……」

逃げるようにして視線を彷徨わせると、ふと離れた席で楽しそうに同僚とお喋りをしている凪の姿が目に入った。こんな会話は絶対に凪に知られたくない。適当に笑って切り抜けようか？　しかし万が一、早乙女の言葉が冗談ではなかった場合、かなり失礼なのでは？　先程、早乙女を可愛がっていた凪の姿を思い出し、圭吾は言葉に詰まってしまった。

「……結城さん？　どこ見てるんですか？」

早乙女が不思議そうに首を傾げた時だった。

「結城ー！　主役がこんな隅っこで何してんだよ？」

そんな声と共に、顔見知りの営業の先輩に肩を組まれた。助かった、と思いながら馬鹿話をしている内に、いつの間にか早乙女は、その場から消えていた。

宴会が始まってから2時間、色んな人と喋りすぎて声が嗄れ気味の圭吾は、休憩もかねてトイレへと向かっていた。料理をまともに食べられないまま、お酌をされすぎたせいで、普段よりも酔いが回っている。少しおぼつかない足取りのまま、廊下の角を曲がった時だった。

「わっ」

鉢合わせた人物の姿を目にした瞬間、圭吾の心臓がどきりと一跳ねした。そこに居たのは凪だった。どうやら圭吾とは行き違いに、トイレから戻ってきたらしい。

「なんだ、圭吾かぁ。ちゃんと楽しんでる？」

「うん。お陰様で」

「良かった」と笑った凪は、ふと真面目な表情になって圭吾をじっと見上げた。凪の眼は、なんというか、眼力が強い。昔から凪に見つめられると、衝動的に目を背けたくなってしまうのだ。

「結構呑んだでしょ」

緊張していると、凪が見透かすような笑顔を見せた。

「え……顔、赤いか？」

「ううん。顔色は普通なんだけど——だって、ほら」

長くて細い凪の指が伸びてくる。キーボードを打ちやすいから、という理由できっちりと爪が切り揃えられた凪の指。何も飾らない自然体なそれが、圭吾の目尻に優しく触れた。

「目がいつもより、ふにゃってしてる」

凪に触れられている部分から、形を伴わない幸せが流れ込んで心臓を満たす。混じり気のない幸福感は、しかし切なさという相反する感情に、あっという間に呑み込まれてしまった。理由は分かっている。ゼロにも等しいこの距離を何よりも遠く感じるからだ。

「ふにゃって何だよ」

苦笑いを漏らした圭吾に、凪が可笑しそうにクスクスと笑った時だった。

「——……マジ？　って事は、小島さんの件って鎧塚が原因なの？」

廊下の向こう側から聞こえてきた声に、二人はピタリと会話を止めた。こちらに近づいてくる男性の声と複数の足音。嫌な予感がした圭吾は、咄嗟に凪の手を引くと近づいてくる声と反対方向に向かった。丁度空いていた半個室に凪を引っ張り込み、戸惑う彼女の口元を覆う。暖簾の隙間から廊下を窺うと、第一システム部の男性社員二人が、トイレへと向かおうとしているのか、二人が隠れる半個室の前を通り過ぎるところだった。

「――噂ではそうらしいよ。まあ、小島さんって鎧塚に明らかに厳しかったもんな」

凪の肩がぴくりと動いた。小島は、あの騒動の後に自主的に退職願を出したそうで、圭吾の異動と入れ替わるようにして会社を去ったと聞いている。小島の新しい就職先は社長が面倒を見たとの事なので、野たれ死にはしないだろうが――いかんせん、小島が退職した本当の理由は、社長と圭吾しか知らないため、誰もが不思議がっているのだろう。

「――でも正直、本当に仕事出来ない人だったし、退職してくれて助かったわ。やっぱり社長が手回したのかなー」

「――だろうな。まあ鎧塚には逆らうなって事だ」

「――あーあ、良いなー。俺も身内の会社に入りてー」

二人は、笑いながら半個室の前を通り過ぎていく。その足音が遠ざかり、やがて完全に聞こえなくなった後も、圭吾は固まったまま動けなかった。

「……圭吾さん、ちょっと苦しいかも」

そんな声が聞こえ我に返った圭吾は、自分が凪を抱き締めるような体勢になってしまっていた事に気が付いた。

「悪い！」

慌てて凪を離したものの、それ以降の言葉が迷子になってしまった。何と言って良いのか分からずにいると、凪が小さく吹き出した。

「まあまあ、気にしないでよ。お酒の席での会話だし、別に悪口言われてたわけじゃないんだから」

凪はそう言って笑ったが、圭吾は全くそんな気にはなれなかった。確かに凪が直接悪く言われていたわけではないが、あの会話を聞いておいて、良い思いをするはずもない。

「……よく言われるのか？　ああいう事」

凪は社長の姪とは言え、それを笠に着る様な事は絶対にしない。寧ろ、そのせいで気を遣われる事を本気で嫌がるような性格なのだ。そんな凪だから、きっと上手く立ち回って、同僚たちと良い関係性を築けているのだとばかり思っていたが――

「はっきり言われることなんて滅多に無いよ」

凪の言い方は遠まわしだったが、それは今のような出来事が少なからずあることを示唆していた。

「コネ入社だってことは自覚してるし良いの良いの。寧ろ仕事で認めてもらえた時に、私の株が上がりやすいから、逆に得なんだな、これが」

凪は、わざとおどけたように言った。きっとこれ以上は圭吾に気にしてほしくないのだろう。それが分かってしまったから、もう圭吾が口に出来る慰めの言葉は無かった。

4th time.

「……ふあー。ねみ」

歓迎会から一週間が経った金曜日の朝。圭吾は周りに誰も居ないのを良い事に、自席で大欠伸(あくび)をしていた。まだ始業の30分前ということもあり、出社している社員はまばらでオフィスは閑散としている。今朝は普段より早く眼が覚めたので、気まぐれに早めの出社をして、コーヒー片手にＩＴ関連のｗｅｂマガジンを流し読みしていたところだ。丁度、最近猛威を振るっているらしいランサムウェアの記事を読んでいた時、コーヒーのほろ苦い香りの隙間を縫って、花のような香りが鼻に届いた。

「おはようございます。今日はお早いんですね」

驚いてモニターから視線を引き剝(は)がすと、いつの間にやら出社してきたらしい早乙女が隣に立っていた。

「あ、おはよう」

「何読まれてるんですか？　あ、ＩＴのニュースですか？」

早乙女がさりげない動作でモニターを覗(のぞ)き込んでくる。甘い香りが一層強くなり、圭吾は無意識のうちに彼女を避けるようにして椅子を引いていた。

「うん、まあ、そんなところ」

「わあ。勉強熱心ですね」

　ははは、と愛想笑いを返した圭吾は、何か気になる記事を見つけた振りをして、じっとモニターに集中した。しかし隣の早乙女に凝視されているせいで、内容が全く頭に入って来ない。

「ど……どうした？」

　遂に耐え切れなくなってそう尋ねると、早乙女はマウスを握る圭吾の手を見つめながら言った。

「いえ、結城さんの指って長くて綺麗だなあと思って。私、指が綺麗な男の人って好きなんですよね」

　圭吾は、この会話を強制終了させる必要がある事を悟った。

「あはは……あー……そう言えば俺、用事あったんだった」

「え？　用事ですか？」

「うん。朝礼までに戻ってくるわ」

　苦しい言い訳とは自覚しつつも、驚いている様子の早乙女を置いて、そそくさとオフィスを出る。誰も居ない休憩室に逃げ込むと、圭吾はようやく安堵の溜息を吐いた。

　もしかしてもしかすると、早乙女は自分に気があるのだろうか。そんな事を考える自分を殴ってやりたいが、さすがにあんな思わせぶりな事を言われると、そうとしか思えない。

〝キスするのに丁度良い身長〟とやらの話以来、圭吾は早乙女との会話を意図的に避けていた。会社では、どこで誰が聞き耳を立てているのか分からない。変な噂が紆余曲折して凪の耳に入る事だけは避けたかったのだ。とは言え、はっきりと好意を明言されたわけでもない。圭吾の勘違いだという可能性も十分ありえるので（寧ろそうであってほしい）、しばらくは様子を見るしかないだろう。

「……あれ？　圭吾じゃん」

背後から唐突に声をかけられ、圭吾は飛び上がった。振り返れば、財布を片手に凪が不思議そうな表情で立っている。

「お、あ……おはよ」

「おはよ。今日は早いんだね」

自販機の前でドリンクを選びながら凪が言った。

「たまたま早く眼覚めてな」

「偉い！　私だったら絶対にベッドでダラダラしちゃうな」

そんな冗談に笑っているうち、早乙女の発言によって掻き乱されていた心が、少しずつ落ち着いていくのを感じた。自販機の前をうろうろしている凪をぼんやり眺めていると、ふとある事に気が付いた。

「……あれ？　なんか今日、いつもと雰囲気違うな？」

圭吾の言葉に、凪が振り返る。普段はカジュアルなダークカラーのジャケットにパンツ姿が多い凪だが、今日はどうも様子が違った。上品な程度に胸元が開いた濃いブラウンのトップスからはシルバーのネックレスが見えているし、オフホワイトのボトムは、珍しくスカートだ。そして良く見れば、いつもはほとんどストレートなショートカットも、ふわふわと巻かれている。なんだなんだ。なんか可愛いな。

「さてはデートか？」

圭吾は、ほんの軽い気持ちで茶化した。

「お、鋭いね」

そして予想外の返答により、圭吾の顔から見事に笑顔が消し飛んだ。え？　冗談のつもりだったんですけど？

「おー……マジか……それなら御祝儀、用意しとかなきゃだなー……」

動揺しすぎて支離滅裂なことを言ってしまった圭吾に、凪は「気が早いよ」と、ケラケラ笑う。

「と言うか厳密にはデートじゃないよ。連絡取ってた子とご飯行くだけ」

その言葉に、失意の底に居た圭吾の心が急浮上した。

「ほー……どんな奴なんだ？」

平静を装って探りを入れると、凪は「見る？」と言ってスマートフォンを取り出した。

「この子だよ」

凪が見せてくれたのは、メッセージアプリのプロフィール写真だった。なるほど。サイダーのＣＭに出ていそうな感じの、爽やか系イケメンだ。

「この子、メッセージもすごく丁寧で、しかも連絡取り始めて五か月くらい経ってから、ようやく会おうって言ってくれたの。軽くない感じが良くない？」

凪が嬉しそうに言った。くそ。イケメンはイケメンらしく、チャラくあれば良いものを。

「まあ、優しそうで良かったじゃん」

とりあえず当たりさわりのない感想を述べると、凪は「うん」と照れくさそうに、はにかむ。その笑顔を間近で見た圭吾は、ついでに凪のメイクが普段よりもバッチリと施されている事にも気が付いてしまった。普段、凪が圭吾に見せている恰好がいかに『平常時の姿』なのかを思い知る。

「……ねえねえ、ところでさ」

気持ちが落ちるところまで落ちていると、凪が改まった様子で声を掛けてきた。

「実は明日、あっちの誕生日なんだけど……何かあると思う？」

「は？　誕生日？」

「わっ、近い近い」

思わず詰め寄ってしまった圭吾に、凪が驚いたように仰け反った。しかしながら圭吾の勢いは止まらない。

「男の方から誘ってきたのか？　行くのは飯だけか？」

「今のところは……」

「何時からだ？　どの飯屋で？」

「……それ、私の質問と何か関係あるの？」

「…………無いです」

「だよね」

　つとめて冷静に返され、少々頭が冷えた圭吾は、ゆっくりと凪から離れた。凪は怪訝（けげん）そうな表情をしていたものの「それでね」と話を続ける。

「何かプレゼントとか渡した方が良いと思う？　どんなもの渡したら良いのか分からなくてさ。そもそも初めて会う人からプレゼント貰（もら）うと気遣わせちゃうかな？　でも完全スルーしちゃうのも良くないよね？　せめて趣味が分かれば良いんだけど……」

　最後の方はほとんど凪の独り言だった。〝誕生日を一緒に迎えて欲しい〟というこじつけをして、ホテルに誘う男は世の中にごまんと溢（あふ）れているだろう。そしてそれは爽やかサイダー野郎も例外では無いはずだ。叶（かな）うのであれば、うんうんと悩む凪に向かって『会うのは止めておけ！』と叫んでやりたかったが、そんな度胸があるはずもない。

「あーあ、残念ですねえ。もっと身近で済ませておけば、そんなに悩まねえのに」

　圭吾が半ば無理やりに笑顔を捻（ひね）りだすと、凪が「身近って？」と首を傾げた。

「俺とか？」

　一瞬の沈黙後、二人は同時に笑いだした。

「あはは。はー、おっかしい。ありがとね。なんか圭吾のおかげで肩の力抜けたよ」

散々笑い尽くしたらしい凪が息を整えながら言った。はて、可笑(おか)しいな。全くリラックスさせようと思ったわけではないのだが。

「あ、そろそろ朝礼だね。私、先に戻ってるよ」

腕時計を確認した凪が、慌てたようにミネラルウォーターを購入し、圭吾を振り返った。

「今日のacsis(アクシス)との打ち合わせ、午後からだからね。忘れちゃ駄目だよー」

部署異動してしばらくは、簡単な雑務やプログラミングを任されるだけだったが、いよいよ今日は、凪が担当している『acsis』というアパレルショップとの打ち合わせに同行する予定だった。

「うん、了解」

「よろしくね」

圭吾に微笑みかけ、凪は心なしか軽い足取りで休憩室を出て行く。扉が完全に閉まったと同時、圭吾は力無く項垂(うなだ)れたのだった。

◆

「え！　お前、まだ鎧塚のこと好きなの？」

ランチ時で賑わう定食屋の中、圭吾は学生時代からの友人である佐伯悠真と昼食を共にしていた。悠真の会社は、Sync.System と程近い場所にあるため、予定が合う時は、たまにこうして一緒に昼食を食べるのだ。

「……悪いかよ」

味噌汁を呑みながら器ごしに悠真を睨み付けると、彼は「そういう訳じゃないけど」と首を横に振る。

「相変わらず一途というか奥手というか女々しいというか、そこまでいくとキモイというか……いや、確かに鎧塚は学生の頃から可愛い方ではあったぞ？　背高いしスタイルも良いしな。胸は小さいけど。でもさすがにまだ片想いしてるって重症にもほどが……」

「ほっとけ！」

ピシャリと言うと、悠真は肩を竦めた。悠真は同じ高校の同級生だったため、おのずと凪の同級生でもあり、彼女のことを良く知っているのだ。

「で、愛しの鎧塚は、今日ほかの男とデートって事か？」

生姜焼き定食の豚肉を箸でつまみながら、悠真が言った。

「デートじゃねえ。飯行くだけだ」

「同じだろ。誕生日前夜に飯とか」

痛いところを突かれ、ぐうの音も出ない。分かっている。圭吾がデートだと思いたくないだけで、世間一般から見れば立派なデートなのだ。

「……誰か紹介するか？」

今にも死にそうな顔をしている圭吾を、悠真は憐れんだ眼で見つめる。

「気遣いだけ貰っとく」

即答すると、悠真の眼に浮かぶ同情心が更に増した。

「まあお前、彼女出来ても長続きしないもんなあ。煙草もギャンブルもしないし、基本的には優しいのに……なんでだろうな？」

圭吾とて、一向に振り向いてくれそうにない凪を忘れようとして、他の女性と付き合ったことは過去に数度あった。ありがたいことに、こんな自分に告白してくれるような子達だったので、圭吾は自分なりに大事にしていたつもりだった。それでも早くて一週間、長くても二、三か月ほどで必ず振られるのだ。なぜなのか、など圭吾が一番訊きたい。

「まあ女の人は鋭いって言うしな」

皿に残ったキャベツの千切りを搔っ込みながら、悠真は言う。

「お前の気持ちが自分に向いてないってなんとなく気付くんだろ。マジで怖いよな、女の第六感って」

「じゃあなんで凪は俺の気持ちに一切気付かないんだよ」

「お前に興味が無いからだろ」

「…………もうお前嫌い」

机に突っ伏すと、悠真が腹を抱えて笑い出した。こいつ、他人事だと思って。

「でも、マジでいい加減、他の女に目をやっても良いと思うぞ」

ようやく笑い尽くした悠真が、真剣な表情を向けてきた。

不意に頭の片隅に浮かんだのは早乙女の顔だった。もし仮に圭吾の勘違いではなく、本当に早乙女が自分に好意を向けているのだとしたら？

「なあ、圭吾。お前が鎧塚を大好きなのは分かったけど、28年間幼馴染だったお前を、鎧塚が今更男として意識すると思うか？」

ふと考え込んでしまった圭吾に、悠真はそう言い聞かせるように言う。分かっている。お互いの嫌な所も良い所もぜんぶ知り尽くしてしまっている圭吾と凪は、言うなればもはや家族の間柄に近いだろう。恋愛に新鮮味は付き物。それが全くない分、この恋は圧倒的に不利なのだ。分かっている。そんなことは痛いほどに分かっている——けれど。

「もう28歳なんだし、自分のためにもそろそろ現実的な道を探せよ」

この恋と共に大人になってしまった自分から、〝その想い〟だけを引き剝がすなんて、出来るはずもないのだ。

◆

「——ひとまず、弊社としましてはこのような形でのご提案を考えております」

大量のハンガーラックと段ボールが所狭しと並べられている事務所の中、そう言って凪が一通りの説明を終えた。目の前には持参した提案書がテーブルいっぱいに広げられ、あちこちに走り書きのメモが記されている。圭吾と凪は、駅から程近い通りに店を構える『acsis』というセレクトショップを訪れていた。今回、この店が現行のオンラインショッピングサイトを移行したいとの事で、提案に来ているのだ。

「うん、良いですね。私達が考えていたイメージに近いです」

提案書にじっくりと眼を通しながら、オーナーの男性が言った。さすがはアパレルショップを経営しているだけあって、髪型も服装もシンプルながら、どこか洒落（しゃれ）ている。

反応を見るに、凪の提案は好感触だったらしい。するとオーナーの隣に座って資料を見つめていた男性が「ちょっと訊きたいんだけど」と口を開いた。彼は店舗の管理を任されている店長で、オーナーよりも前衛的で奇抜なファッションをしていた。

「これってさ、ＣＯＢＯＬ（コボル）で作れるの？」

店長からの唐突な質問に、二人は眼を瞬いた。プログラミングには、様々な『言語』が存在している。日本語、英語、フランス語、中国語……といったように、プログラミングの世界にも何種類もの言語があり、それぞれコードの書き方が違っていたり、言語によってシステムの向き不向きがあったりするのだ。店長が口にした『ＣＯＢＯＬ』もまた、プログラミング言語の一つであった。

「ＣＯＢＯＬ……でしょうか？」

「良く分からないけど、有名な言語なんでしょ？」

「仰る通りＣＯＢＯＬは有名な言語ではありますが、このご時世に積極的に使われる言語ではありません。ですので、あまりお勧めは出来ないかと……」

凪が困ったように言った。プログラミング言語にもファッションと同じように『流行り廃り』がある。ＣＯＢＯＬは多くの企業で広く使われてきた言語ではあるが、それは２０００年以前の話だ。確かに凪が言うように、特別な理由が無い限りは、今どき新規のシステムをわざわざＣＯＢＯＬで作る理由は無い。しかし凪がそれを説明する前に、店長は眉を顰めた。

「作れるのか作れないのか聞いてるんだけど」

不愉快さを隠しもしない物言いだった。穏やかそうなオーナーとは違い、この店長は当たりのきつい言い方をするな、と圭吾は思った。助け船を出そうかとも思ったが、いかんせんメインの担当は凪だ。出しゃばってしまって良いものか迷っていると、隣の凪が申し訳なさそうに口を開いた。

「恐縮ですがＣＯＢＯＬに関しましては弊社での実績が無く、すぐにお答えはしかねまして……一度会社に持ち帰り、検討させて頂いてもよろしいでしょうか？」

今時、凪や圭吾のような若い世代でＣＯＢＯＬを使用した経験のある人間はほんの僅かだろう。偶然にも圭吾は趣味の範囲内で触れた事はあったが、実際の業務で使用したことは一度も無いし、凪だって使用したことがあるはず無い。

「え？　貴女、仮にもシステムエンジニアなのに分からないの？」

「申し訳ありません。私の勉強不足でございます」

そう言って頭を下げた凪の後頭部を見下ろしながら、店長は「ふーん」と顎を弄る。

「なんか、お宅に仕事頼むの不安になってきちゃったなー。仮にもプロなら、客の質問に何でも答えられなきゃいけないと思うんだけどね」

「はい、仰る通りでございます」

「と言うか、そもそも心配だったんだよね。ほら、女性って男性よりＩＴの知識に疎そうだし。それに仕事を途中で放って産休に入っちゃう無責任な人も居るわけじゃないですか。貴女もそうならないとは限らないし……」

「──すみません、少しよろしいですか」

その辺りで、圭吾は耐え切れず口を挟んでいた。

「確かにＣＯＢＯＬは保守性が高く、数値計算が正確なので、金融や証券系の業界では今でも現役で使用されている場合もございます。ですがあまり柔軟性に富んでいない側面もございますので、マーケティング内容によって日々顧客へのアプローチ方法が変わる御社には向いていないかと」

「……あ、そうなんですか？」

唐突に話しだした圭吾に、店長が若干驚いたような表情を浮かべた。

「ええ」と頷いた圭吾は、店長に口を挟ませない勢いで更に言葉を続ける。

「弊社としましては〝Python〟と言う言語をご提案させて頂ければと思っております。Python はＡＩ開発言語として有名ですので、例えば御社のＥＣサイトにＡＩを組み込む事で、登録ユーザーの性別や年代に応じてＴＯＰページに表示するピックアップ商品を変えたり、ユーザーが購入を迷っている動作を感知したタイミングでクーポンやバナーを表示したりして購入を後押しできます」

「へえー！　良いですね」

「流行りのＡＩですか。それ詳しく聞きたいなあ」

オーナーと店長が、すぐに圭吾の話に興味を示した。どうやら話の矛先を逸らす事が出来たようだ。

「では、それらの案も盛り込んだ提案書を再作成致します。ご都合がよろしければ来週にでも……」

「あ、待って。それって明日までにメールで送ってもらえたりする？　実は本社の方から急かされてて」

　圭吾の言葉を遮る様にして店長が口を挟んだ。

「明日……ですか」

　腕時計に視線を落とすと時刻は既に17時を回っていた。提案書を1から作り直するとなると、さすがに1、2時間で終わるとも思えない。すると隣の凪が、圭吾の言葉を待たずして口を開いた。

「承知いたしました。大丈夫です」

「あ、本当？　出来そう？」

「はい。明日の朝までに、メールでお送り致します」

ニコリと笑った凪の言葉を機に、打ち合わせは幕引きとなった。


「おい、凪」

acsisからの帰り道、早足で歩く凪を追いかけながら、圭吾は戸惑い交じりに口を開いた。

「提案書、明日までとか無茶だろ」

「大丈夫、大丈夫。残業すれば終わるよ」

「いやいや、今日飯行くんだろっ？」

「断るよ。仕事の方が大事だし」

凪があまりにもあっさりと言うので、圭吾は言葉に詰まってしまった。

「でも、お前……」

「良いの」

圭吾の反論は優しく遮られた。圭吾はそこに有無を言わせない何かを感じた。〝良いの〟は、凪が昔から良く使う言葉だ。小島の件の時も、作業を手伝おうとした圭吾の提案を、こうして撥ねのけた。

「自分の実力の無さを〝女だから〟って理由にされたくないんだ」

凪は前だけを見据えながらそう言った。圭吾は何となく悟ってしまった。ＩＴ業界は圧倒的に男性の割合が多いし、未だに先程の店長のように女性に対して偏見を持っている人は少なからず居るだろう。きっと凪は、今までも今日のような苦汁を飲まされてきたに違いない。圭吾が何も言えないでいると、凪が振り返って申し訳なさそうな苦笑いを見せた。

「て言うか、ごめんね。異動してきたばっかりの圭吾にフォローして貰っちゃって、情けないや……あ、そうだ。高坂くんに連絡しなきゃ……」

ふと思い出したように呟いた凪が、鞄からスマートフォンを取り出す。恐らく爽やかサイダー野郎に今日の食事をキャンセルさせてほしいと連絡するのだろう。圭吾は咄嗟にその手を摑んで止めた。

「提案書は俺がやるから、今日は帰れ」

凪がぎょっとしたように眼を見開いた。

「いやいや、何言ってるの。私が作るよ」

「元はと言えばＡＩの話持ち出したの俺だろ。それに、前の部署でも実績あるから俺が作った方が早い」

「それは……まあ、そうかもしれないけど……」

困ったように視線を彷徨わせた凪の瞼の上で、綺麗なブラウンがグラデーションを描いていた。唇を彩る淡いリップに、胸元から覗くシンプルなネックレス。そして丁寧に巻かれた髪の、ほんの一本だって圭吾のためではない。そんな事は分かっている、けれど。

「五か月も連絡取り合ってて、今日やっとご飯行けるんだろ？　大事な日なんだし行って来いよ。それに今からやれば日付変わる前には終わるから。な？」

凪を説得するために言ったはずなのに、まるで自分に言い聞かせるような言葉だった。心臓がずきずきと痛みを訴える。何十回、何百回と繰り返してきた苦しい痛みだった。こんなの慣れている。大したことなんてない。凪が誰かを好きになろうと、誰かの彼女になろうと、いつも黙って見ていることしか出来なかった自分には、お似合いの痛みだ。

「でも……」

「頼むから気にせず行って来い。じゃなきゃ勝手に口挟んでＡＩの事を提案した俺が、罪悪感で居た堪れなくなります」

わざとらしく胸を押さえると、凪が口籠った。凪はこんな風に言うと弱いのだ。しばらく考え込んでいた凪だったが、やがて彼女は圭吾の思惑通りに渋々といった様子で頷いた。

「……わかった。ごめん、圭吾」

――うん、全然痛くなんてない。

「よし。今日は全部忘れて楽しんでこいよ」

「本当にごめん……ありがとう……」

「お気になさらず」

ポン、と軽く凪の背中を叩いた時、胸ポケットに入れていたスマートフォンが震え出した。電話の相手は、圭吾が以前所属していた『第二システム部』の同僚だった。

嫌な予感を覚えつつ電話に出ると、

『結城、助けてくれ！』

いの一番に、そんな泣きそうな声が鼓膜に突き刺さってきた。

『結城が担当してた自立支援のシステムあっただろ⁉　実は、顧客が間違えてデータふっ飛ばしちゃったっぽくて……』

「データをふっ飛ばしたあ？」

思わず声を荒らげると、隣の凪が驚いたように肩を揺らしたのでハッとした。〝悪い〟と、ジェスチャーで謝りつつ、圭吾は少し凪から離れて事情を聞く。どうも状況的には首の皮一枚繋がっているが、いつ取り返しのつかない事になってもおかしくはない、といった所だ。

「……分かりました。丁度、近くに居るんですぐ向かいます」

幸いにも現在位置は顧客の会社に程近い。恐らく電車で15分程度の距離だろう。電話を切った圭吾は、すぐ心配そうな顔の凪に近寄った。

「悪い、凪。ちょっと前の部署でトラブルあったらしいから、直接現場行ってくるわ。

一人で会社戻っててくれ」

「え……？　だ、大丈夫？」

「ああ、全然大丈夫だ。とにかくさっさと帰れよ。飯、19時からだろ？　遅れんぞ」

早口にそう言った圭吾は、「じゃな」と手を振り、凪とは反対方向に踵を返した。

◆

「……はあ」

圭吾はとんでもなく疲弊していた。あの後、現場に駆けつけた圭吾の対処により、どうにかシステムは無事に正常復帰した。とんでもないトラブルではあったが、日付が変わる前に解決できただけ、まだ幸せな方だ。せめてものお詫びに、と同僚は飯を奢ってくれようとしたのだが、仕事が残っている事を理由に、クタクタの体を引き摺りながら、会社へと戻ってきたところだ。

――さすがに疲れた。オフィスへと続く真っ暗な廊下を歩きながら、圭吾は長い長い溜息を吐いた。腕時計を見やると、時刻は既に23時を回っていた。今から企画書の修正を始めて何時に帰れるだろうか。そう思うと自分の体が二倍ほど重くなったような気がした。今頃、凪は爽やかサイダー野郎と食事を楽しんでいるのだろうか。時間を考えると既に二軒目か三軒目に行っている頃かもしれない。いや、それとももっと先の――

自分にとって最悪の展開を考えると、胃がじたばたとのたうち回った。行くな、とでも言えば良かったのだろうか？

憂鬱な気持ちでオフィスの扉を開けた圭吾は、刹那、何か違和感を覚えた。誰も居ないと思っていたオフィスの電気が灯っていたのだ。

「あ、圭吾」

あり得ない人物の声が、圭吾の名を呼んだ。

「……は？　凪？」

ガランとしたオフィスには、たった一人、彼女が居た。

「お帰り。大丈夫だった？」

気遣うように声を掛けられ、ポカンと突っ立っていた圭吾は、ハッと意識を取り戻す。

「いやいやいや、お前何やってんだよ！」

慌てて凪のデスクに走り寄って言葉を失った。ディスプレイに映っていたのは——

「それ……例の企画書か？」

「うん。AIの事は調べながらだったから時間かかっちゃったけど……もうほとんど終わったよ」

想定外すぎる出来事に、頭が追いつかない。もしかして疲労のあまり、自分に都合の良すぎる夢でも見ているのではなかろうか？

「め……飯はどうしたんだよ……？」

「ああ、うん。申し訳ないと思ったけど、キャンセルさせて貰ったよ」

あっさりと告げられ、圭吾は呆気に取られてしまった。

凪の事は誰よりも分かっているつもりでいたが、今日ばかりは彼女の行動がさっぱり理解できなかった。どうしてこんな日に限って、明らかに間違った選択を——そして圭吾にとって、あまりに都合の良すぎる選択をしたのだろうか。

大いに戸惑う圭吾に、凪は「だって」と苦笑いを零す。

「圭吾が大変な時に、のうのうとご飯なんて行ってられないでしょ」

「いやいや、でもお前……！」

「良いの」

凪は、また昼間と同じようにそう言う。けれど今度は違った。凪は圭吾を真っすぐ見据え、圭吾のためだけに言葉を紡いでいた。

「圭吾の方が断然大事だもん」

——本当ならば、放っておいてくれれば良いのだ。前を向く凪の背中を見つめることしか出来ない自分なんて。それなのに凪は、振り返ってその手を伸ばしてくれる。いつもそうだ。凪の手が陽だまりのように優しいから。馬鹿な自分は、その度に諦めることを諦めてしまうのだ。

「……っ」

胸にこみ上げてきたのは、切なさだったか嬉しさだったか。

「どうしたの？　大丈夫？」

咄嗟に俯いてしまった圭吾の顔を、凪が驚いたように覗き込む。心配そうにこちらを窺う双眸が、そこにはあった。

〝キスするのに丁度良い身長差〟とやらがあるのなら、それはきっと〝キスがしやすい〟ではなく〝キスがしたくなる〟という意味なのだろうと思った。それくらい、あとほんの少しだけ身を屈めれば、簡単に触れ合ってしまえる距離だった。その唇は、一体どんな味がして、どれだけ柔らかいのだろう――それだけで頭をいっぱいにしながら、手を伸ばす。

「ひゃっ……」

ぴくり、と凪が身じろぎをした。

「……ありがとうな、凪」

圭吾の手は、凪の頭をわしゃわしゃと撫でていた。心の底から礼を言う圭吾に、凪は一瞬不意を突かれたような表情を浮かべた。それからすぐにその目尻を緩める。

「いいえ」

また今日も、〝好き〟が溢れ出すのを感じながら、圭吾も釣られるようにして微笑んだ。昔から何でも長続きするタイプで、物持ちも良い方だった。それは幼馴染である鎧塚凪に対しても同じで、どれだけ長い間この気持ちを抱いているのか、もう覚えていないほどだ。凪の良いところは、たくさんある。他人の気持ちに寄り添えるところ。人を嘲笑しないところ。負けず嫌いなところ。自分の状況を悲観しないところ。努力するところ。凪を好きだと思う理由を挙げ続けるときりが無いが、それでも敢えて一つだけ理由を挙げるとするのならば――

「こちらこそ、いつもありがとうね。圭吾」

凪が見せる笑顔に、自分がめっぽう弱いからという事だろう。

5th time.

その日、凪は一日中そわそわとしていた。それはおろしたてのワンピースを着ているからでも、珍しく髪を巻いているからでも、ネックレスを着けているからでもない。今日は、念願の高坂とのご飯なのだ。二週間前、高坂の誕生日の前日というタイミングで、どうしても食事に行けなくなってしまった時は、嫌われることを覚悟でキャンセルを願い出た。しかし高坂は快く了承してくれたばかりか、『お仕事頑張ってくださいね』とさえ言ってくれたのだ。そんな高坂と改めて約束を取り付けることができた今日という日は、大げさではなく、今後の凪の人生に関わってくる大事な日と言えよう。何がなんでも今日だけは、絶対に失敗をするわけにはいかなかった。

待ち合わせに遅れないように、鬼のようなスピードで仕事をこなしていた凪は、ふとシステム設計書のある部分に眼を留めた。何やら内容がおかしい気がする。不思議に思いながら設計者を確認すると、どうやら圭吾が作成した部分のようだった。

「ねえ、圭吾」

モニターの上から首を伸ばして呼びかけると、圭吾が「どした？」と顔を上げた。

「商品詳細ページの設計書なんだけど、変更部分が反映されてないかも」

「えっ、マジか！　ごめん、確認するわ！」

仕事のことになると機械じみた完璧さを見せる圭吾が、小さいとはいえミスをするとは珍しい。気のせいかもしれないが、今日は何となく普段よりも覇気が無いように感じられた。そう言えば朝、凪の恰好を見て「デート、今日になったのか？」と訊いてきたので、「そうだよ」と答えた時点から、おかしかったような気もする。

体調悪いのかな、と思っていると、圭吾がモニターの隙間から声を掛けてきた。

「悪い、凪！　設計書直したわ」

「あ、了解。ありがとう」

凪が設計書を確認していると、圭吾はのっそりと立ち上がり、オフィスを出て行ってしまった。圭吾は昔から、超が付くほどの健康優良児の凪とは違い、良く風邪を引いていた。学校を休んだ圭吾のために、プリントや給食のデザートを持っていくのは、いつもお向かいの凪の仕事だった。大人になった今では、昔ほど風邪を引かなくなったようだが、本当に体調が悪いのなら少し心配である。自分に無頓着な圭吾のことだから、適当に栄養ドリンクを飲むだけで終わらせてしまいそうだ。何となく心配になった凪は、圭吾の後を追いかけようと、腰を上げかけた。

「鎧塚さん」

すると、完全に立ち上がる前に、背後から才賀に声を掛けられた。

「あ……どうしたの？」

「……忙しいなら、また後にしますけど」

　中途半端な体勢のまま静止している凪に、才賀が怪訝(けげん)そうに言う。

「いや、ごめん！　全然大丈夫！　えーっと、どうしたのかな？」

　ここ最近も、あいかわらず才賀と凪の仲は良好とは言えず、凪は才賀にどこかぎこちない態度を取ってしまう癖が抜けなかった。

「頼まれてた作業が終わったんで報告しに来ました」

「ああ、ありがとう！」

　パソコンでスケジュール表を開き進捗(しんちょく)を打ち込んだ凪は「おお」と思わず声を上げた。

「才賀君、作業スピード早くなったね！　凄(すご)い！」

　業務に慣れてきたのか、数か月前に比べると才賀の作業ペースは各段に良くなっていた。嫌われている事も忘れて興奮気味にそう言うと、才賀は少し面食らったような顔をして、それから俯いた。

「……ども」

　ぶっきら棒ながら、少し照れたような声。才賀が立派に成長し始めている事も相まって、嬉しくなった凪は少し弾んだ気持ちで再びスケジュール表に眼を向けた。

「えーっと、それじゃあ次の作業は……」

　マウスでスクロールしつつ、凪は少し考え込んだ。当初の予定より、もう少し技術的に難しい部分を開発してもらおうか。そうすれば早乙女の作業も楽になるし、結果的に早乙女が凪のサポートにも回る事が出来るので、凪の手も空いて他の業務に時間が割ける。けれどあまり難しい作業をお願いして、新人の才賀に負担を掛けたくもない。よし、やっぱり簡単な部分をしてもらおう。

「才賀君には、この部分をお願いしよっかな。全然難しくないところだから、安心し……て……」

スケジュール表を指さしながら振り向いた凪は、固まった。

先程見せた照れくさそうな表情は何処へやら。才賀は明らかに不機嫌そうな表情で、凪のモニターに映るスケジュール表を睨み付けていた。

「ど……どうしたの……？」

「……いえ、別に。何でもないです。分かりました」

素っ気なく言って自席へ戻ろうとする才賀を、凪は「待って！」と慌てて止めた。

「なんですか」

「いや、なんですかって……」

凪は困り果ててしまった。今まで才賀が仕事を嫌いになってしまわないよう、気を遣ってきたつもりだ。なるべく簡単な仕事をふって、才賀が終えることのできなかった作業は、凪が残業をして全部カバーしてきた。それなのに、どうしてここまで剝き出しの嫌悪を向けられなければいけないのだろう？

――いや、違う。凪は子どもじみた考えを慌てて自分の中から追い出した。才賀のためにした〝つもり〟というのは、あくまで凪の主観にすぎない。才賀は他人なのだから、凪の気遣いを逆に気に食わなく感じるのも彼の自由だ。先輩として、そう思われる自分が悪いだけのこと。

「……才賀君。ちょっと会議スペースに来てくれる？」

自分を無理やり落ち着け、そう促すと、才賀は素直に会議スペースへ付いて来てくれた。向かい合うように座った凪は、深呼吸をしてから、思い切って口を開いた。

「あのね、もし私のことで気になる部分があるなら、遠慮せずに言って欲しい。才賀君には少しでも伸び伸びと仕事してほしいんだ。本当なら言われるまでもなく気が付かなきゃいけないんだろうけど……私は先輩としてまだまだ未熟だから、もし迷惑じゃなければ、才賀君と一緒にこのチームをより良いものにしていきたいの」

才賀のことが苦手な事に変わりはないが、その言葉に嘘偽りはなかった。大して能力が高くもない自分の下に配属され、一生懸命に仕事をしてくれる早乙女と才賀に、少しでも良い環境で、長く働いてほしかった。はっきりと言い終えた凪は、固唾を呑んで才賀の反応を待つ。すると俯いていた才賀が静かに顔を上げ、真っすぐに視線を合わせた。

「言って良いんですか？」

もちろん、と力強く頷くと、才賀が重たい口をゆっくりと開く。

「僕、チームを変えて欲しいんですけど」

信じがたい言葉に、頭が真っ白になってしまった。

「そ……それって、つまり……？」

「鎧塚さんのチームに居たくないって事です」

にべもない発言が、心臓をぐっさりと刺した。本当に動揺すると、人は言葉が出てこないらしい。呆然と才賀を見つめるだけの凪に痺れを切らしたのか、才賀は溜息と共に席を立った。

「まあ無理だと思うんで、別に良いです。鎧塚さんには何も期待してないんで」

才賀が会議スペースを出て行った後、凪は衝撃のあまりしばらくその場を動けなかった。やがてよろよろと立ち上がると、そのまま席には戻らず、オフィスを出た。とてもじゃないが仕事を続けられる自信が無かった。どこか一人になれる場所に行きたかった。

〝——鎧塚さんには何も期待してないんで〟

どこへ向かっているのか自覚も無く歩いている最中も、先程の才賀の言葉が何度も何度も頭を回る。

期待ってなんだろう。期待していたのならそれを言ってくれれば良かったのに。そうすればもっと才賀の望むように動けたのに。いや、今からでも遅くない。もう一回ちゃんと話を聞いて、それで——

「……っ」

凪は、ぶるぶると頭を振った。駄目だ。あれだけ嫌われていて、関係を修復できるはずがない。ショックで泣きそうだったが、そんな中でも頭だけは冷静に今後の段取りを組んでいた。今日は部長が出張で不在だから、週明けに相談をしよう。才賀が本当に働きたい環境で働けるようにお願いをして、そして自分のリーダーとしての在り方が間違っていたことも、ちゃんと報告して。そうだ。チームが変わるなら才賀にお願いする分だった作業はどうしよう？　もう良いや。自分が残業すれば済む話だ。ああ、それから——もし叶うのなら、最後に才賀に謝りたいなあ。

その時、不意に廊下の角から声が聞こえてきた。

「——……分かったよ。それなら今日飯行くか」

「え！　良いんですか？」

圭吾と早乙女の声だ。珍しい組み合わせを不思議に思った凪は、廊下の角からそろそろと顔を出す。

「うん。それなら店は俺が探しとくよ」

「わあ、ありがとうございます！　楽しみです！」

こちらからは圭吾の顔は見えなかったが、代わりに心底嬉しそうな表情を浮かべる早乙女がバッチリ見えた。え？　二人ってそんなに仲良かったの？

石像のように固まっていた凪は、自分が思ったより身を乗り出している事に気が付かなかった。

「……あれ？」

圭吾に向かって溢れんばかりの笑顔を向けていた早乙女の視線が、ふと凪に移る。早乙女の声にこちらを振り返った圭吾が、一瞬で頬を引き攣らせた。

「凪……」

圭吾の表情に台詞を付けるのなら、〝ヤバい〟だった。まるで見られたくない場面を目撃されてしまったかのような、そんな表情。その瞬間、凪は悟ってしまった。

「っあ、ご、ごめん！　聞くつもりは無かったんだけど……！　まさか二人がそういう関係だったとは知らなくて！　全然気が付かなくて申し訳ない！」

「おい、凪っ……」

途中、圭吾が何か口を挟もうとしたが、凪は「良いの良いの！」とその声に被せるようにして叫んだ。

「大丈夫！　誰にも言わないから安心して！　えーっと……さ、早乙女ちゃん！　私は幼馴染って言っても、本当にただの家族みたいなものだし、そういう対象じゃないから、ぜんっぜん心配しないでね！　それじゃ、邪魔者は退散します！　失礼しました！」

一気に捲し立てた凪は、ガバリと頭を下げると勢い良く回れ右をして、元来た道を全力疾走した。圭吾の声が追いかけてきた気がしたが、聞こえない振りをして走った。自分のオフィスすらも通り越し、反対側の女子トイレにまで逃げ込んでようやく足を止める。

「うわー……知らなかった……」

凪はドキドキする心臓を押さえながら、両手で頬を包んだ。いやまさか、圭吾と早乙女が〝そんな仲〟だったとは夢にも思わなかった。今まで圭吾から女性関係の話をほとんど聞いたことがなかったので、あまり恋愛事に興味が無いのかと思っていたのだが、早乙女が相手となれば話も違うのだろう。さすがの圭吾も彼女になら心を奪われて当然だ。

「そっかー……」

何だか感慨深い気持ちになってしまった。もし二人が付き合っているのなら、それはとても嬉しい事だ。これはチームリーダーとして目いっぱいお祝いしなければ、と思ったが、才賀が居なくなる事により、チームの中で自分だけが独り身という哀しい事実に気が付いてしまった。

少し落ち込んでいた凪だったが、いつまでもトイレで現実逃避しているわけにもいかず、仕事に戻ろうとした。

「ん……？」

その時、ふいに心臓に違和感を覚えた。

まるで、自分の心臓が薄っぺらい紙みたいに、くしゃくしゃに丸められてしまったかのような感覚だった。才賀の事がショックだったところに、二人が付き合っていたという衝撃を与えられ、心臓が驚いているのだろうか。

「……戻ろ」

気を取り直した凪は、心臓の真上を撫でながら女子トイレを後にした。才賀のことも、圭吾と早乙女のことも、一旦は置いておいて仕事に集中しよう。なんたって今日は、大事な勝負の日なのだから。そう自分を奮い立たせたものの、胸に残る違和感は、その後もなかなか消えてはくれないのだった。

◆

11月半ばの冷たい風が頬を刺す中、凪はぶるりと震えながら、チェスターコートを掻(か)き抱いた。金曜日という事もあり、飲み屋やレストランが立ち並ぶこのエリアは、仕事終わりの会社員でにぎわっている。髪も崩れていないし、トイレで化粧もチェックしてきた。これで準備万端だ。そわそわしながら待っていると、ふと目の前に誰かが立った。

「あの……凪さんですか？」

顔を上げると、スーツの上からグレーのコートを羽織った男性が凪を覗(のぞ)き込んでいた。何度も写真を確認していたから、すぐに高坂尚だと分かった。写真の通り——いや、寧ろ実物の方がずっと恰好(かっこ)良かった。

「あ、高坂君……だよね？」

「はい。初めまして」

ぎこちなくも挨拶(あいさつ)を交わす。高坂の声は初めて聞いたが、想像していたよりも低く、優し気だった。

近くに店を予約してくれているという高坂の半歩後ろを歩きながら、前を行く高い背中をチラチラと見やる。気を遣って低めのヒールを履いてきた凪だったが、杞憂だったようだ。凪自身は全く気にしていないのだが、やはり男性からすると、170近い身長がある凪は恋愛対象になりにくいようで、何度かそれを理由に振られてきた。その点、高坂なら身長の事を心配する必要はなさそうである。胸を撫で下ろしていると、先を歩いていた高坂が立ち止まった。

「この店です」

目の前には、湯気と活気に満ちた大衆居酒屋があった。年季の入った扉の向こうでは客と客が肩を触れ合わせながらビールと料理を楽しんでいる。焼酎や日本酒がズラリと並ぶカウンターの中では、大将らしき人が職人のような手付きで焼き鳥を焼いていた。

何だ、この居酒屋。最高すぎる！

「こんな隠れ家的な居酒屋あったなんて知らなかった！　私、こういう雑多な感じの居酒屋、大大大好きで――」

興奮しながら高坂にまくしたてた凪は、ピタリと言葉を止めた。高坂が戸惑ったように目を瞬いていたのだ。

「あ……すみません、凪さん。この店じゃなくて、その隣の店なんです」

ゆっくり首を回した凪は、居酒屋の右隣にお洒落なフレンチ店がひっそりと佇んでいる事にようやく気が付いた。早速やらかした事を悟り、顔が真っ赤になるのを感じた。

「……ご、ごめんなさい……」

「いえ、僕こそ。凪さんは居酒屋が好きなんですね。じゃあ次は居酒屋にしましょう」

苦笑いしながらフォローしてくれた高坂にもう一度謝り、エスコートされながら店内に足を踏み入れた。薄暗い店内は落ち着いたクラシックが流れており、上品な空気に満ちていた。凪はその空気に尻込み(しりごみ)をしながら、ギャルソンが引いてくれた椅子にそっと腰を下ろした。

「コース料理なんですが、大丈夫でしたか？」

メニュー表を探して視線をさまよわせていた凪は、高坂の言葉にハッとした。

「も、勿論(もちろん)」

「それなら良かったです。あ、飲み物どうぞ」

手渡されたドリンクメニューを見た凪は、その値段に衝撃を受けた。凪とてたまにフレンチを食べに行く事はあるが、ドリンクの値段を見るに、普段行っているような店よりも頭一つ分……いや、二つ分ほど突き抜けて高い。

「凪さん。もし迷ってるなら、シャンパンは如何(いかが)ですか？　ここ、良い銘柄置いてるんですよ」

メニュー表を開いたまま固まっている凪に、高坂がそう申し出てくれた。

「じゃ、じゃあそれで」

凪が頷(うなず)くと、高坂がギャルソンを呼んで、聞いたこともない銘柄のシャンパンを注文してくれた。やがて運ばれてきたシャンパンは綺麗(きれい)なゴールドで美味(おい)しそうだったが、いかんせんお上品な量だった。

「乾杯」

グラスを合わせた凪は、間違っても一口で飲み干してしまわないように気を付けながら口を付けた。さすがは良いお値段がするだけあって、無駄な甘さもなく、すっきりとした辛めの味わいで美味しかった。

「ところでお仕事は大丈夫でした？　いつも帰りが遅いみたいなので」

慎重にグラスを置くと、高坂がそう口火を切った。

「あ、うん！　超特急で終わらせてきたから大丈夫！」

「それなら良かったです」と言って高坂が笑ったが、会話はそこで途切れてしまった。

あれだけ高坂に会えるのを楽しみにしていたはずなのに、緊張して何を話せば良いのか分からなかった。女性同士ならメイクやスイーツだったりと共通の話題もあるが、男性の場合はそうもいかない。これが圭吾なら話題に事欠かないのだが。

「――お待たせいたしました。前菜でございます」

そわそわしていると、一品目の料理が運ばれてきた。

「わ、美味しそうだね。いただきます」

助かった、と思いながら料理を口に運んでいると、高坂が「そう言えば」と口を開いた。

「最近寒いと思ったら、あっという間に年の瀬ですね。凪さんは、いつもどんな感じで年越してるんですか？」

そう尋ねられ、凪は記憶を遡（さかのぼ）った。

「えーっと……去年は実家で近所の人達と集まってテレビで格闘技の試合を見てたかな」

去年の大晦日（おおみそか）は、凪の家に圭吾達家族が遊びにきて、みんなで白熱した戦いに歓声を上げていた。親同士の仲が良いためか、大晦日は鎧塚家か結城家のどちらかに集まって過ごすのが、毎年の恒例行事なのだ。

「……凪さんは格闘技がお好きなんですか？」

高坂がそう尋ねた。凪は、その声がどこかひっそりとしている事に気が付かなかった。

「うん、大好き！　高坂君は好きなスポーツとかあるの？」

「僕は、あまり見なくて……趣味でスノボとかロッククライミングはしてるんですけどね」

どちらも経験が無い凪は、慌てて次の話題を探すべく頭をフル回転させた。何か共通の話題を見つけなければ。そもそも男の人は、どんな話が好きなんだろう。もし相手が圭吾だったら——

ふと幼馴染（おさななじみ）の顔を思い浮かべた凪は「あ、そう言えば」と声を上げた。

「去年の大晦日は、皆で麻雀（マージャン）もしてたかな！」

そう言った凪に、高坂が驚いたような表情を見せた。

「え？　凪さん、麻雀するんですか？」

「うん。弱いんだけどね」

麻雀好きの圭吾の父親に誘われて、圭吾、圭吾の母親、そして凪の四人で朝まで麻雀をするのもまた恒例の事であった。大抵勝つのは圭吾の両親で、凪と圭吾はどんぐりの背比べだ。

「それでね、うちの麻雀って下位二人が日本酒を呑むルールでさ。去年は私と圭吾が……あ、私の幼馴染なんだけど、二人でボロ負けしちゃって、二人で一瓶空けたんだよね」

嬉々として話していた凪の顔から、ゆっくりと笑みが消えて行った。

「へえ……た、楽しそうですね」

目の前の高坂が、全く〝楽しそう〟とは思っていない声色でそう言った。

「こっ……高坂君は何して過ごしてたの？」

しまったと思い、慌てて質問を投げかけると、高坂は少し考える素振りを見せた。

「えっと……去年はフロリダのディズニーランドで、友達とカウントダウン花火を見てましたね」

危うく呑んでいたシャンパンを吹き出しそうになった。一体どんなリア充なのだ。

「えーっと……もしかして良い所のお坊ちゃまだったりするの……？」

若干戸惑いながら尋ねると、高坂はクスクスと笑った。

「いえいえ、違います。楽しい事が好きなので、そこにお金を掛けてるだけですよ」

「楽しい事……旅行とか？」

「そうですね。去年はバリ島とかハワイとか……あ、オーストラリアにも行きました。自由に時間を使えるのって今しか無いじゃないですか。限られた時間の中、じっとしてるのって勿体ないって思うんですよね。だから常にアクティブで居たいんです」

そう言って、高坂はシャンパン片手にニッコリと笑う。休みの日は家に巣ごもりしたい派の自分には無縁過ぎる言葉だ。

「凪さんは旅行はお好きですか？」

恐れていたことを問われ、凪はドキリとした。

「ま、まあそれなりに……かな？　あはは……」

旅行は楽しいが疲れるので、あまり好きではなかった。もし行くとしても、どちらかと言えば温泉でゆっくりしたい派だ。

「あー……そうですか」

凪の返事が後ろ向きだったせいだろう。高坂はそう言ったきり、もう旅行の話を振って来なくなってしまった。前菜を食べ終わり、次の料理を待つ間も、二人の会話はいまいち盛り上がる事は無かった。凪も、そして恐らくは高坂も、互いの趣味が合わない事をなんとなく感じ取り、迂闊な話題を振ることが出来なかった。

◆

その後、全く味のしないフレンチを食べ終わった凪は、高坂に駅まで送ってもらった。

「今日は楽しかったです。ありがとうございました」

「ううん。こちらこそありがとう」

二人して社交辞令を口にしながらペコリと頭を下げ合う。気を取り直して二軒目に行こう、と言えれば良かったのだが、そんな鋼のような心は無かったし、なんなら凪自身、早く帰りたくて仕方が無かった。

「それじゃあ……また」

控えめに手を振り、二人は改札口で別れた。自宅方面への電車に乗った凪は、座席に崩れ落ちるようにして座り込んだ。

なんだろう、これは。もう何か色々と駄目だった気しかしない。おかしい。こんなはずじゃなかったのに。

スマートフォンを見ると、時刻はまだ21時過ぎだった。この数か月間、あれだけ毎日のようにメッセージ交換をしてきたのに、ほんの2時間で全てが崩れ去るとは夢にも思わなかった。この世の終わりのような気持ちで電車に揺られていた凪は、最寄り駅で足取り重く電車を降りた。駅を出てすぐに、出汁（だし）の良い匂いが鼻を擽（くすぐ）った。匂いの正体は、凪が仕事終わりに時折寄る小さなおでん屋だった。吸い寄せられるようにして店に入った凪は、慣れ親しんだ傷だらけのカウンターに腰を下ろした。

「らっしゃい」

すぐに顔見知りの大将が、何も言わずとも、おしぼりとビールを出してくれた。

「大根と牛筋と卵と……それから、はんぺん下さい」

「あいよ」

すぐにホカホカと湯気の上がるおでんが出てきた。割りばしを手に取った凪は、おでんの出汁を一口すすり、長い長い息を吐いた。ああ、美味しい。なんて身体に染みる味なんだろう。続けてビールを一気に半分くらい飲んだ時、カウンターに置いていたスマートフォンが短く震えた。何の気なしに画面を見た凪は、思い切り咽せそうになった。高坂からのメッセージだ。恐る恐るその内容を確認する。当たりさわりのないお礼から始まり、締め括りには――

「……これからも良いお友達で居ましょう」

ああ、終わった。スマートフォンをそっと置いた凪は、あまりの悲しさにカウンターに突っ伏してしまった。馬鹿な自分を殴りつけてやりたい気分だった。

「……はあ」

凪はのっそりと起き上がると、高坂への返信を打った。今日のお礼と、会えて良かったです、という社交辞令。そして『こちらこそ、良いお友達で居ましょう』と言う締め括りの言葉。文章を打ち終わった凪は、送信ボタンを押す前に、少し高坂とのメッセージを遡って眺めてみた。たくさんやり取りしたなあ。楽しかったんだけどなあ。また駄目だったなあ――

煮え切らない思いのまま送信ボタンを押した凪は、スマートフォンを鞄に突っ込むと、少し温くなってしまった残りのビールを一気に飲み干し、おかわりを頼んだ。2杯目のビールを片手に、良く味の染みた大根を口に運んでいるうち、言いようのない虚しさに襲われた。もう終わったことだ。気にしないでおこう。そう思って頭の中から無理やり高坂のことを追い出したのだが、負の感情というのは連鎖するもので、今度は空いたスペースに才賀が割り込んできた。

(――鎧塚さんには何も期待してないんで)

記憶の中の言葉に、ぐっさりと胸を突き刺された。ああ、月曜日に才賀のことを部長に報告しなければいけないんだった。憂鬱さに押し潰され、凪は再びカウンターに突っ伏した。仕事も駄目。恋も駄目。ぜーんぶ駄目。じゃあ自分には何が出来るんだろう？　しばし真剣に考えたが、もう酸素を二酸化炭素に変えられる事くらいしか思い付かない。もう嫌だ。疲れてしまった。身体も頭も重いし、これ以上は頑張れる気がしない――

ポン、ポン――不意に肩を叩かれ、凪は飛び上がった。

「えっ……むぎゅ」

振り向いた途端、頬にぶすりと刺さる誰かの指。

「引っかかったー」

そう言って愉快そうに笑う男性の姿に、凪は固まった。

「け……圭吾!?　な、何してるの？　こんなところで」

動揺しながら尋ねると、圭吾は凪の隣に腰を下ろした。

「駅出たらお前のこと見つけたから、ちょっかい掛けに来た」

確かに凪と圭吾の最寄り駅は同じだ。しかしまさかこんな所で鉢合わせするとは。ビールを頼む圭吾の横顔を驚きながら見つめていた凪は、突如ハッとした。

「そう言えば早乙女ちゃんは⁉ 今日、ご飯行ってたんじゃないの？」

「駅まで送ってったよ。そろそろ家に着いたんじゃね？」

まだ時刻は21時半だ。自分で言うのもなんだが、恋人たちの時間はこれからではないのだろうか。とは思いつつも、なんとなく訊けないままでいると、圭吾が注文したビールが運ばれてきたので、二人はジョッキを軽くぶつけ合った。二人並んでビールを呷った後、圭吾が口を開いた。

「お前、なんかあったろ。背中に悲愴感が漂ってましたよ」

一体どんな背中だ。認めてしまうのも癪だったので、凪は黙ってビールを口に運んだ。

「例の男と上手く行かなかったのか？」

「……恐らく」

渋々答えると、圭吾は「なんだよ、恐らくって」と苦笑いを零す。

「まあ、もし言いたくなったら言いなされ」

そう言って、すぐに「はんぺん食って良い？」と尋ねてきた。

「良いよ。でも牛筋は駄目」

「ありがと」

ほんの二口ではんぺんを頬張って「うま」と言っている圭吾を見ていると、良く食べるなあと呆れてしまう。まあこれだけ身長が高いと、たくさん食べなければお腹が空くのだろう。

「どんくらい呑んだ？」

その食べっぷりをぼんやり眺めていると、圭吾がそう尋ねてきた。

「そんなに呑んでないよ。シャンパン3杯と、このビールで2杯目」

「ならあと5杯は呑めるな。送ってやるから気が済むまで呑みな。でもそれ以上は呑むなよ。お前、爆睡してマジで起きなくなるから」

からかうように言われ、凪はムッと唇を尖らせる。

「外では爆睡しませんー。それ言ったら圭吾の方が起きないじゃん」

「いやいや。俺はちゃんとセーブして呑みますんで」

「良く言うよ。今年のお正月、呑み過ぎて私の家の花壇で寝てたじゃん」

「ああ、俺らが麻雀でボロ負けした時か！　いやー、起きたら激寒だし目の前は花畑だしで、あの時はマジであの世に行ってしまったのかと思ったわ」

圭吾の馬鹿話に大笑いしていると、何だか少しだけ気が晴れた。お洒落なクラシックなんて掛かっていないし、料理もお上品とは言い難いし、座っているカウンターは傷だらけな上に、少し油っぽい。けれど、そんな空間で交わすくだらない会話がなに

より も気楽で、気が付けば才賀のことも高坂のことも、頭から消えていた。

それから圭吾に釘(くぎ)を刺された〝あと5杯〟目のお酒を頼んだ頃——

「……ってわけで、私どこを直したらいいと思う⁉」

それなりに出来上がった凪は、ジョッキをカウンターに勢いよく置いた。酔いと共に口も軽くなり、先ほどの高坂との食事がどんなものだったのかを一通り話し終えた所だ。

凪の話を聴いた圭吾は、笑い半分、同情半分といったような妙な表情を浮かべていた。

「爽(さわ)やかサイダーも可哀想になあ……」

「え？　なに？　サイダー？」

「いや、なんでもない。それにしても、お前……中身だけ親父すぎるにも程があんだろ」

「いやいや、だって圭吾だって格闘技見るし、麻雀(マージャン)もするでしょ⁉」

「それはたまたまお前と趣味が合ってるだけ。話聞く限り、高坂って奴は全然違うタイプじゃん？」

ズバリと指摘され、圭吾の方に詰め寄っていた凪は、大人しく身体を戻した。

「あーもう、やらかした……圭吾基準で考えた私が馬鹿だった……」

数々の失言を思い返してしまい、凪は頭を抱え込んだ。

「誰か他に基準に出来そうな奴は居なかったのかよ」

「だって圭吾のことなら何でも分かるから、基準にしやすいんだもん」

凪が何気なくそう言うと、不意に沈黙が訪れた。突然静かになった圭吾を不思議に思い、顔を隣に向ける。圭吾は、手の中のジョッキを黙って見下ろしていた。

「何でも、ねえ……」

溜息とも笑いとも取れるような短い息を吐き、彼はゆっくりと凪のほうを向く。

「何でも分かるなら、俺が今なに考えてるか当ててみ？」

「いやいや、いきなり何のゲーム？」

「良いから」と言われ、しばし考えた凪は、やがて「分かった！」と言って圭吾に顔を向けた。

「今日の凪ちゃんは可愛いなーとか？　なんちゃって。あはは」

自分の冗談に自分で笑った凪は、ゆっくりと笑顔を引っ込めた。圭吾が一切笑っていなかったのだ。それどころか、真顔で凪をじっと見つめている。あれ、ここ笑うところなんですけど。突っ込みを入れようとした時、圭吾が口を開いた。

「大正解。思ってるよ」

――じわりと頭の芯が滲んだ。凪は圭吾の発言の意味を、深く考え込まなければいけなかった。

「え……っと……」

お酒のせいだろうか。どこか熱っぽい圭吾の視線は、まっすぐ凪に注がれている。自分でも動揺しているのが分かったし、圭吾にそれを見透かされているのも分かった。それなのに眼を逸らせなかった。目の前に居るのはあの圭吾のはずなのに、今この瞬間だけは、二人を取り巻く空気感が、まるで違っていた。

「……ははっ、なんつって」

そんな言葉と共に、圭吾の唇がニヤリと上がった。からかわれた——そう気が付いた凪は、圭吾の脇腹を抓った。

「痛って」と言って凪の指から逃げた圭吾を、「酔ってるでしょ」とじろりと睨み付ける。

「酔ってませんよ」

「酔ってるよ。今の圭吾、酔ってる時の圭吾だもん」

凪は、ムスッとしながらジョッキを傾けた。少し薄くなったハイボールを喉に流し込んだ後、いつの間にやら自分の喉がやけに渇いていたことに気が付いた。圭吾は昔から、酔うとこんな風に凪をからかってくる時があった。しかも糞真面目な顔をして今のような事を言ってくるものだから、尚更にタチが悪い。

「そういう殺し文句は早乙女ちゃんに言ってあげたら？」

「……なんで早乙女？」

眉根を寄せた圭吾に、凪も同じように眉根を寄せた。

「だって付き合ってるんでしょ？」

そう言うと、なぜか圭吾は嫌悪感剝き出しの表情を浮かべた。

「……まさかとは思ったけど、やっぱり勘違いしてたか」

「え？　違うの？」

「今日の事は、悩みがあるから相談に乗って欲しいって言われて、飯食いにいっただけだよ。マジでただの同僚です」

「そうだったんだ。私てっきり……」

「言おうと思ったのに、お前が話も聞かずに逃げてくからだろ」

確かにあの時、圭吾が何かを言っていた気がするが、それを振り切るようにして逃げてしまった。

「なーんだ……」

どこか拍子抜けした気持ちで居ると、圭吾がひょいと顔を覗き込んできた。

「で、他に聞いてほしい事は？」

そう問われ、少し驚いてしまった。さすがは幼馴染だ。どうやら圭吾は、高坂のこと以外にも悩みがあるのだとお見通しのようだった。

「……ちょっと仕事のことで聞いて欲しいことがある」

小さな声で言った凪に、圭吾が「うん」と柔らかい調子で頷く。

箸を置いて聴く体勢に入ってくれた圭吾に、凪は今日の才賀との出来事を話し始めた。

「あー……成程なあ」

話を聴き終えた圭吾は、少し考える素振りを見せた。圭吾は、凪のことも才賀のことも否定せずに居てくれた。凪が愚痴っぽく受け取られるのを嫌うと知っているからだろう。氷が融けて、すっかり水っぽくなったハイボールを呑んでいると、圭吾がゆっくりと口を開いた。

「才賀はチャレンジ精神が強いから、甘やかすよりも少し突き放すくらいが丁度良いのかもな」

「チャレンジ精神……？」

「うん。才賀って、家でプログラミングの勉強したり、自作システム作ったりしてるんだと。勉強熱心だよな」

そんなこと全然知らなかった。驚いている凪に、圭吾は言葉を続ける。

「だから、それなりに難しい事やらせてみても、自分なりに調べながら進めていけるだけのスキルはあると思うぞ。もちろん最初は時間はかかるだろうけど、本人が満足するまでやらせてあげても良いのかもな」

圭吾のアドバイスを聞いている内に、自分が恥ずかしくなってしまった。才賀に負担を掛けないように、という思いで動いてきた。しかし自分は、才賀の希望を一度だって聞いた事があっただろうか？

「……ありがとう、圭吾。月曜日にもう一回、才賀君と話してみるよ」

こんなの、才賀に呆(あき)れられてしまうのも無理はない。一人で突っ走ってしまうリーダーに、誰が付いていこうと思うだろう。嫌われない努力をするのではなく、彼を知る努力をしなければ。小さく決心した凪に、圭吾が優しく微笑む。

「おう。頑張れ」

　伸びてきた手は凪の頭を、軽く撫でた。それから少し下がって、耳の後ろの髪を、わしゃわしゃと優しく掻き乱す。大きな手。お酒を飲んだ圭吾は、凪をからかうだけでなく、愛犬を撫でるように触れてくる時がある。こうして大きな手で触れられると、犬がご主人様に撫でられて喜ぶ気持ちが分かる気がする。大人しくしていると、凪を散々撫で尽くした圭吾は、やっと満足したのか離れていった。

「……って、うわ。もう2時か」

　腕時計を見てそう言った圭吾に、凪は仰天した。気が付けば、4時間ほど話し込んでいたらしい。

「そろそろ帰るか」

　会計を済ませて建て付けの悪い扉を開けた瞬間、冷たい木枯しが容赦なく頬を刺す。

「寒い寒い」と言いながら歩いて、やがて互いの家への分かれ道までやって来た。

「それじゃあ、今日は付き合ってくれてありがとう。また会社でね……って、圭吾？」

　凪の言葉を無視して、圭吾がスタスタと歩を進める。圭吾の家ではなく、凪の家へ向かって、だ。どうやら律儀に送ってくれるつもりらしい。

「ねえ、大丈夫だよ。ここから近いし」

　慌ててその背中を追いかけるが、圭吾は足を止める気配を見せない。

「あー。足が勝手に動いて止まらないー」

わざとらしい程の棒読みに、思わず笑ってしまった。

「……ありがとうね、圭吾」

前を行く背中に向かってそう言うと「おー」と言う声が返ってきた。何だかそうしたくなって、歩調を速めて圭吾の隣に並んだ凪は、その左腕にピタリと体をくっ付けた。すると圭吾が体ごと凪を押してきたので、負けじと押し返した。二人で笑いながら押し合いっこをした後、またくっ付きながら夜道を歩く。圭吾の体温は、まるで自分の体温のように、当然なほど温かかった。

「さっむいなー。温泉行きてー」

白い息を吐きながら、圭吾が言う。

「分かるー。地酒が美味しいところがいいなあ」

「酒が基準かよ」

「大事でしょ」

「大事だな」

二人の笑い声が重なり、静かな寒空に溶けていった。

◆

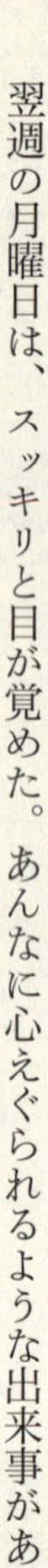

翌週の月曜日は、スッキリと目が覚めた。あんなに心えぐられるような出来事があっ

た週末が嘘みたいなほどだった。普段よりも1時間ほど早めに出社した凪は、開発スケジュールを見直した。そうして始業開始後から30分ほど経った頃、凪は才賀を会議スペースに呼び出した。

「……と言うわけで、才賀君にはこんな感じのスケジュールで動いて欲しいの」

凪はスケジュール表を差し出した。朝一番に予定を組み直し、早乙女が組むはずだった難易度の高い箇所を、代わりに才賀にじっくりと組んでもらうように変更した。向かい側に腰を下ろす才賀は、その紙をじっと見つめている。ドキドキしながら彼の反応を待っていると、やがて才賀が顔を上げた。

「……本当に良いんですか？」

想定していなかった言葉に、凪は肩を強張(こわば)らせる。

「と、言うと……？」

「僕なんかがこんな難しい部分を組んでも良いんですか、と言う意味です」

やっと言葉の意味を理解した凪は、ぶんぶんと首を縦に振った。

「勿論(もちろん)だよ！　才賀君が嫌じゃなければ！」

「……別に嫌じゃないですけど」

返ってきた言葉は、普段通り素っ気ないものではあったが、凪は確かな希望を抱いた。

才賀の〝別に嫌じゃない〟は、〝寧(むし)ろやりたい〟のような気がしたのだ。

凪は背筋を伸ばすと、意を決して口を開いた。

「才賀君。私、チームリーダーとして、ちゃんとやりたい事を聞くべきだったのに、君の可能性を抑え付けちゃってた。それで勝手に守ってる気でいて……先輩として全然駄目だった。至らなくて本当にごめん」

深々と頭を下げた凪に、才賀が「いえ」と小さく呟いた。

「守ってくれてるんだな、ってのは分かってましたし……それ自体は普通に嬉しかったですよ。ただ、もっと色んな事がしたかったんです。鎧塚さんは、僕に簡単な作業しか振ってくれないんで」

頭を上げた凪は、小さく息を呑んだ。才賀は真っ直ぐに凪を見つめていた。

「鎧塚さんも早乙女さんも忙しいのに、僕ばっかり楽な仕事してるじゃないですか。だから、別に僕なんか居なくても良いんだろうなって思ったら、今のチームに居る意味が分からなくなって……」

これまで自分は何をしていたんだろう、と本気で後悔した。才賀のやる気を潰してしまっていたのは、他ならぬ凪だったのだ。

「……っこれからは、ビシバシ仕事振ってく！」

気が付けば凪は、ほとんど椅子から立ち上がりながらそう宣言していた。

「才賀君にはどんどん成長してもらって、ばんばん難しいシステム組んでもらうから！でも少しでも辛くなったらいつでも言って！　その時は幾らでもスケジュール調整するし、相談にも乗るし、絶対に絶対に助けになるから！　約束する！」

叫んだ後、しん、とした沈黙が二人の間を流れた。物凄い形相をしているであろう凪の顔を、唖然と見つめていた才賀だったが、

「どんだけ必死なんですか」

やがてそう苦笑いを零した。

あの才賀が笑ってくれた――衝撃に固まっていると、才賀が「鎧塚さん」と呟く。

「すみませんけど、チーム変わりたいって言ったの忘れて下さい」

凪は「えっ」と驚きの声を漏らした。

「い……良いの？」

「はい。改めまして、これからもよろしくお願いします」

深々と頭を下げる才賀。〝これからも〟――そんな言葉に、嬉しさが一気に込み上げてきた。

「うんっ……うん、うん！　よろしく！　うん！」

何度も何度も首を振った凪に、才賀がまた「どんだけ頷くんですか」と苦笑した。その後、才賀とスケジュールの詳しい話を終えた凪は、軽い足取りで自席へと戻ってきた。俄然、仕事へのやる気も湧いてきて、気合いを入れながらパソコンのほうを向いた時、モニターの隙間から圭吾がヒョイと顔を覗かせた。〝どうだった？〟と声を出さずに訊かれ、凪は意気揚々と親指を立てる。圭吾が〝良かったな〟と言うように眼尻を緩めたので、凪も満面の笑みを返した。

仕事に取り掛かりながら、凪は圭吾への感謝の気持ちをしみじみと感じていた。凪が何を好み、何を嫌がり、何を求めているのか、言葉にしなくたって全部分かってくれる幼馴染。しかも同僚なものだから、仕事のアドバイスだって的確にしてくれる。そう思うと、圭吾が彼氏だったら物凄く楽なんだろうなあ。

あり得ない妄想に、ははは、と乾いた笑いが口から漏れる。25年以上も幼馴染をやってきたのだ。今更そんなこと起こりっこない。

でも、もしそうなったら、どうなるんだろう。圭吾とキスとかしちゃうの？

いやいや、無理でしょ。だって圭吾だよ？

一人で想像して一人で笑ってしまった凪は、ようやく気を取り直して仕事に集中した。

だが、凪がそんな事を呑気に考えていられたのは、その日の午前中までだった。

「……ごめん、叔父さん。今なんて言った？」

午後1時の社長室。つい先ほど、社長であり叔父でもある鎧塚亮に呼び出された凪は、大いに戸惑っていた。

「え？　早乙女さんと圭吾の間で、変わった事はなかったか、って……」

同じく戸惑いながらそう言った亮に、凪は「違う！　その前！」と叫んだ。

「いや、だから……早乙女さんから相談が入ったんだよ。圭吾が早乙女さんを無理やりラブホテルに連れ込もうとしたって」

ああ、やっぱり聞き間違いじゃなかった。信じがたい言葉に、凪は思わず両手で口を覆った。

「凪が知らないなら、本人に直接話を聞くよ。圭吾のこと呼び出すけど、良いね？」

亮がそう確認してきたので、凪は言葉を失ったまま頷いた。電話を掛ける亮の声をぼんやりと聞きながら、凪は混乱しきった頭を押さえる。必死に否定したい自分が居たが、確かに先週の金曜日、二人は食事に行っていた。

圭吾は早乙女の事を『ただの同僚だ』と言っていたが――もしもそれが嘘だったのだとしたら？

ねえ、こんなの何かの間違いだよね？

6th time.

レンガ調の壁に設置された棚には、様々な種類のワインボトルが整然と並べられている。厨房から聞こえてくるジュージューという調理の音と、仄かに漂うガーリックの香り。温かな雰囲気の店内では、圭吾達以外に3組ほどの客が食事を楽しんでいる。

「わあ、美味しそうですねえ」

運ばれてきた彩り豊かなブルスケッタとカプレーゼを前に、早乙女がそんな声を上げた。

「私取り分けますね」

「お、ありがと」

料理を取り分けてくれる早乙女を眺めながら、圭吾は今朝の出来事を思い出していた。

(――デート、今日になったのか？)

珍しくワンピースなんか着ている凪に、嫌な予感を覚えた圭吾はそう質問を投げかけた。

(――そうだよ)

そんな凪の返答に、遂に恐れていたことが起きた、と思った。一度は高坂との食事がキャンセルになったとは言え、二度目が無いはずはないと覚悟はしていたのだが、やはり本人の口から語られるとダメージが大きすぎる。お陰で仕事でケアレスミスを連発してしまった。幸か不幸か、今日は前回のような問題が起きることもなく、凪は今頃爽(さわ)やかサイダー野郎と食事を楽しんでいるだろう。凪は〝良い人〟と言っていたが、果たして本当に何事もなく終わるだろうか。そう思うと気が気ではなかった。しかも圭吾には、もう一つ気がかりな事があった。

「はい、どうぞ」

綺麗(きれい)に料理が盛りつけられた小皿を、早乙女がそっと圭吾の前に置いた。慌てて礼を言うと、早乙女は「いいえ」と言って微笑んだ。

(――実は、仕事のことで相談に乗ってほしい事があるんです)

早乙女がそう願い出てきたのは、凪のことで仕事が手に付かなかった圭吾が、自分を落ち着けようとオフィスを出てすぐの事だった。今思うと自分でも本当に最低なのだが、早乙女が『相談』という理由を名目にして、圭吾との距離を縮めようとしているのでは、と疑った。勿論(もちろん)、男女的な意味で。警戒した圭吾は、初めは断ろうと思ったのだが、

(――本当は鎧塚さんにご相談しようと思ったのですが、今日はご用事があるようだったので……)

思いつめた表情でそんな事を言われてしまっては、とても断れなかった。結局、食事の約束をした所を凪に目撃され、弁解しようと思ったら逃亡され、一言も会話を交わすことが出来ないまま今に至る。まさに今日は踏んだり蹴(け)ったりな日だった。頼むから、

これ以上は何も起きないでほしいところだ。

「それで、相談って？」

メインの料理も食べ終わり、他愛も無い話が良い具合に一段落した頃、圭吾はそう切り出した。早乙女は手にしていたグラスを静かに置くと、艶やかに濡れた唇を開いた。

「実は私、社内に好きな人が居るんです」

「……へえ」

思わぬカミングアウトに動揺した圭吾は、そんな気の抜けた相槌しか打てなかった。

「結城さんは社内恋愛についてどう思いますか」

真剣な瞳に見つめられ、思わず視線がうろうろと彷徨ってしまう。

「や、別に良いんじゃないか？　当人達が良ければだけど」

当たりさわりの無い回答に、早乙女は「そうですか」と言って俯いた。ようやく彼女の視線から解放され、胸を撫で下ろすが、早乙女からの質問はまだ終わらなかった。

「あの……結城さんは、好きな人いらっしゃいますか？」

ジントニックを呑んでいた圭吾は、咽せてしまった。

「いや、げほっげほっ……好きな人って……」

居るわけあるか、と即答しようとしたが、ふと思い直した。早乙女がどういうつもりなのかは分からないが、ここは下手に誤魔化すよりも素直に言って、牽制した方が良いかもしれない。圭吾は、両膝に手を置くと、しっかりと早乙女を見据えた。

「居るよ」

たったそれだけの言葉を、緊張しながら口にした。早乙女は、これと言って驚く様子は見せなかった。ただ、ゆっくりゆっくりと顔を上げ、

「どなたかお伺いしてもよろしいですか？」

至って静かな口調で、そんな質問を圭吾に投げかけた。

「訊いても分からないと思うぞ。早乙女の知らない人だし」

小さく笑った圭吾は、早乙女の追求するような視線から逃れるため、再びジントニックを呷る。

「相談ってそれだけか？　それならそろそろ……」

そう言って、圭吾が話を切り上げようとした時だった。

「私が鎧塚さんのことを知らないはずがありませんよね」

冷ややかな声が、店内のざわめきを縫って鼓膜に届いた。伝票に手を伸ばしかけていた圭吾は、言葉を失ったまま早乙女を見やる。

「結城さんの好きな方って、鎧塚さんなんですよね？　私、分かるんです。ずっと見てましたから」

そこにあったのは、彼女には似つかわしくない真剣な表情だった。あまりの断定口調で言われてしまい、反論することすら忘れてしまう。

「お願いします。それならそうだと仰って下さい」

黙り込む圭吾に、早乙女が懇願するように言った。一瞬、頷こうかとも思った。簡単な事だ。首を一度縦に振るだけで良い。

「いや……本当に違うよ」

しかし、圭吾はきっぱりと答えた。動揺はしていたが、それよりも冷静さの方が勝っていた。きっとこれ以上は、早乙女が傷付くだけの会話になってしまう。

「そろそろ帰るか」

伝票を手にした圭吾は、そう言って席を立った。

「……御馳走様でした」

店を出てすぐに、早乙女が深々と頭を下げた。

「どういたしまして」と答えた圭吾は、早乙女と向かい合わざるを得なかったあの空間から解放され、ほっとしていた。

「駅まで送ってくわ。ここら辺、酔っ払い多いし。どっちだ？」

「ありがとうございます……それじゃあ、こっちの道へ行きましょう。近道なんです」

二人は、他人とも知り合いとも取れるような微妙な距離を空けたまま、無言で歩を進めた。出来るのならば全力疾走して、この気まずすぎる時間を早く終えたかったのだが、ヒールを履いている早乙女を思うと、彼女の歩調に合わせてゆっくりと歩くしか無かった。

月曜日に早乙女と顔を合わせた時、どれだけ気まずい思いをするのだろう。こんな事なら、凪が好きだと素直に白状してしまえば良かったのだろうか？

悶々としていた圭吾は、前方からフラフラと歩いてくる男女に気が付かなかった。

「きゃっ」

女性の方とぶつかった早乙女が、悲鳴と共にグラリとよろめいた。

「危ねっ……」

咄嗟に手を伸ばして、その身体を抱き留める。早乙女にぶつかった女は間延びした声で謝ると、一緒に歩いていた男の腕に抱き着きながら去って行った。泥酔しているのか、二人して足元が覚束ない。やがて男女はクスクスと笑いながら、道沿いの建物へと入って行った。建物の入口に置いてある看板には、『宿泊　3600円～』の文字と、いかにもそれっぽい店名がラグジュアリーなフォントで、でかでかと存在を主張している。ふと辺りを見回せば、同じような看板がそこら中に立ち並んでいた。

あ、まずい。この道は非常によろしくない気がする。圭吾は抱き留めていた早乙女の身体からパッと手を離した。

「駅こっちだよな。さっさと行く……か……」

踵を返しかけて、止まった。とん、と背中に感じる柔らかな感触。見下ろせば、細っこい腕が圭吾の身体に巻き付いていた。

「結城さん……」

コート越しのはずなのに、圭吾の名を囁いた早乙女の吐息が、皮膚にまで熱を運んだ気がした。

「おい……？」

ぎこちなく振り返った圭吾は息を呑んだ。薄い水の膜が張った双眸が、ほんの近くで圭吾を見上げ、頼りなく揺れている。泣きそうな、怒っているような、求めるような、そんな視線は、男の本能に強く訴えかける何かがあった。

（——自分の実力の無さを、女だからって理由にされたくないんだ）

思い出したのは、いつかの凪の言葉だった。女というハンデは、時に武器にも成りうると圭吾は思っている。今の状況がまさにそれだ。しかしそれを使う術すら知らず、真っ向から勝負するしかない人間だって居る。不器用な凪の、正直な強さ。圭吾が彼女を好きだと思う理由の内の、ほんの一つ。

「早乙女、離しな」

身体に巻き付く腕を、そっと引き剝がした。

「歩くのしんどかったら、タクシー呼ぶか？」

立ち尽くす早乙女にそう声を掛けると、彼女は小さく首を横に振った。

「……いえ、大丈夫です」

「なら行くか。辛くなったらすぐ言えよ」

再び歩を進めた二人は、別れ際まで会話をする事は無かった。そして駅まで早乙女を送り届けた圭吾が、最寄り駅近くのおでん屋で凪を見つけたのは、それから30分ほど後の事だった。

◆

「――って、事なんですが……」

目の前には、真剣な表情をしている凪と亮の姿。社長室に唐突な呼び出しを受けた圭吾は、先週の金曜日の出来事を掻い摘んで話し終えた。

「本当に？　絶対に嘘ついたりしてないよね？」

腕を組んだ凪が、厳しい口調で圭吾に迫る。

「当たり前だろ」

怒りたいのは圭吾の方だ。何がどうなってこんな事になっているのかは分からないが、事実無根にも程がある。

「凪。圭吾の言ってることは本当だと思うよ」

それまで黙って圭吾の話を聴いていた亮が、静かに口を開いた。

「今回のことは、早乙女さんと圭吾の間で認識のズレがあっただけじゃないかな」

長年、圭吾が片思いを拗らせている事を知っている亮は、そう言って同情の視線を向けてくれた。

「……そうだよね」

そう呟いた凪が、ふ、と眉間の皺を取り除いた。

「良かった。圭吾がそんな事するはずないもんね」

向けられた安堵の笑みに、胸が詰まる。圭吾は二人が自分を信じてくれたことが心底嬉しかった。

「とは言え、早乙女ちゃんがそう思っているのは事実だから、誤解は解かなきゃ駄目だね」

気を取り直したような凪の言葉に、亮が「そうだね」と頷く。

「とにかく早乙女さんからも事情を聴こう。圭吾は席を外した方が良いかもしれないね。ちょっと彼女に電話してみるよ」

すぐに受話器を取った亮が、早乙女へ内線の電話を掛ける。だが、早乙女と話して受話器を置いた亮は、戸惑ったような表情をしていた。

「圭吾。早乙女さんが二人きりで話がしたいんだって……」

圭吾と凪は、同時に「え？」と驚きの声を上げた。

「だ、大丈夫なの……？」

凪が圭吾の気持ちをそのまま代弁した。

「本人がそう言ってるから大丈夫だとは思うけど……」

三人が戸惑っていると、コンコン、と社長室のドアがノックされたので、皆が一斉に口を閉じた。

「失礼します」

そんな声の後、早乙女が背筋を伸ばしながら部屋へ入ってきた。未(いま)だ考えがまとまっていない圭吾の隣で、凪と亮が眼を見合わせたのが分かった。

「えーっと……それじゃあ僕たちは席を外すけど……扉の近くに居るから、何かあったら呼んでね」

そう言って、心配そうな面持の二人は部屋を出ていってしまった。圭吾には、もう残された道は一つしかなかった。腹を括(くく)り、静かに早乙女に向き直る。

「早乙女。不快な思いをさせて申し訳なかった」

そう言って、彼女に向かって潔く頭を下げた。

「男として、もっと配慮すべきだった。ただ、本当にそんなつもりは無かったという事だけは分かってほしい」

凪の言う通り、真実がどうであれ早乙女がそう捉(とら)えてしまっているのだとしたら、まずは誤解を解くことから始めなければ。それに、咄嗟とはいえ迂闊(うかつ)に早乙女の身体を抱き留めてしまった自分にも非はあるだろう。

「……ええ、勿論(もちろん)分かってますよ。私の勘違いでした。すみません」

頭を下げ続ける圭吾の耳に、早乙女のそんな声が届く。

「——って、社長と鎧塚さんに言ってほしいですよね？」

思わず頭を上げた圭吾は眼を見張った。早乙女の顔に、なんとも不穏な笑みが浮かんでいたのだ。

「どういう……意味だ？」

状況が理解出来ない圭吾に早乙女が、ふふ、と嗤う。

「訂正する代わりに、対価を頂きたいんです」

対価——その言葉を聞いた時、圭吾はようやく全てを理解した。

「……はは、成程。そう言うことか」

どうやら圭吾はまんまと嵌められたらしい。いつから騙されていたのかは分からないが、今の状況はすべて早乙女が仕組んだものだったのだ。

「さすが結城さん。話が早くて助かります」

早乙女が、にこりとと微笑んだ。悪びれる様子のないその笑顔が末恐ろしい。

「何が目的だ？」

「鎧塚さんとは、仕事以外で一切関わらないで欲しいんです」

早乙女は、あっさりと答えた。そうだろうとは思っていたが、やはり凪関係の話になるか。

「そう言われても、ガキの頃からの腐れ縁なもんでね。仕事以外で関わらないって約束は、しかねるかな」

実際、実家はお向かいだし、家族ぐるみの付き合いもある凪と仕事以外で一切関わりを持つなと言うのは、難しい話だった。それ以前に、圭吾にそんな気は毛頭ない。

「……ご自分の立場、分かっていらっしゃいます？」

圭吾に要求を呑む気が更々ないと分かったのか、早乙女が眉根を寄せる。

「言いふらしたいならご勝手に。生憎、信じてほしい人だけが信じてくれればそれで良いんで」

社長である亮が誤解だと理解してくれているのだから、仕事への影響も少ないだろう。何より、この世で一番信じてほしい人がちゃんと分かってくれているのだ。圭吾にとっては、それだけで十分だった。

あくまで毅然とした態度の圭吾に、しかし早乙女は再び口元に余裕めいた笑みを浮かべる。

「どうして自分だけの被害で済むと思っているんですか？」

「……何？」

「鎧塚さんのこと、大切ですよね？」

早乙女の言葉は、圭吾を凍り付かせるのに十分だった。

「あいつに手ぇ出すな！」

怒鳴ってしまった瞬間、圭吾はハッと我に返った。

「あはは。やっぱり結城さんって、鎧塚さんのこと相当好きですよね」

くすくすと笑う早乙女に、もう事実を否定する気すら起きなかった。

「……お前は俺に何してほしいんだよ？」

慎重に尋ねると、早乙女が昂然と腕を組む。

「ですから、結城さんが鎧塚さんに関わらなければ、それで良いって言ってるじゃないですか」

圭吾は戸惑ってしまった。早乙女の言うことは分かるが、それは本質では無い気がした。こういう時、〝自分と付き合え〟と要求してくるのが普通なのではないだろうか？

「不思議そうな顔をしていらっしゃいますね。この際なので、はっきりと言わせて頂きます」

そう言った早乙女は、

「――私は貴方のことが大っ嫌いです」

圭吾を睨み付けながら、きっぱりと吐き捨てた。

「…………………え？」

丸々、十秒間ほど黙り込んだ圭吾は、ようやくその一言を発した。

「ですから、私は貴方のことが大っ嫌いです。なんなら貴方が部署異動してきたその時から大っ嫌いでした」

「……ごめん、俺何かしたっけ……？」

必死に早乙女と交わした会話を思い出すが、生憎そこまで嫌われるようなことをした覚えが無い。

「何かしたとかじゃなく、存在自体が嫌いなんです」

早乙女が苛立った様子でそう言った。

「顔も良くて、背も高くて、仕事も出来て、女子からは優しいって評判な上に、男性からもノリの良い面白い人って言われてて、本当にマジで何なの？」

くらくらと眩暈を感じてしまった圭吾は、眉間を押さえながら怒鳴った。

「あのなあ……そんな完璧人間なわけあるか！　逆に怖いわ！　つーか、背がデカいって事しか合ってねえよ！」

「ほら、そういう謙虚なところも、大っ嫌いなんですよ！」

駄目だ。何を言っても罵倒される気がする。

「もう良いから、さっさと約束して下さい！」

困り果てていると、早乙女が乱暴に言い放った。

「いやだから、凪と関わるなってのは無理があるって……」

「──呼び捨てにしないで！」

鋭い声に遮られ、圭吾は口を噤んだ。

早乙女は、恐らく今日一番に激怒していた。烈々とした怒りを浮かべたその眼は、これでもかと言うほどに圭吾を睨み付けている。

「あの人を呼び捨てにしないで下さい。それから、あの人に馴れ馴れしく話しかけないで下さい。あの人に触らないでください」

「お、おい、早乙女……」

　一言ごとに迫って来る早乙女に、じりじりと後ずさる。

「確かに貴方は、あの人の過去を私より知ってるかもしれません。けど今は私の方がたくさん知ってるんです！　だからそれ以上、調子に乗らないで下さい！」

　圭吾に詰め寄る早乙女の顔は、金曜日に抱き着かれた時と同じくらい近くにあった。しかし向けられている表情は、同一人物とは到底思えないほどに真反対だ。喩えるなら、親の仇でも見るかのような——

「ま、さか……早乙女の好きな人って……」

「ええ、そうです」と早乙女は頷く。

「私の好きな人は鎧塚さんです」

　今度こそ啞然としてしまった圭吾は、たっぷりと熟考した後、恐る恐る口を開いた。

「えーっと……ごめん。参考までに訊くけど、どういう意味でだ……？」

「は？　そのままの意味ですが？　〝like〟じゃなくて〝love〟です。手も繫ぎたいし、抱き締めたいし、キスもしたいし、何ならそれ以上の——」

「分かった、分かった！　もう十分です！」

　全力で早乙女の言葉を遮った圭吾は、必死に頭の中を整理しようとした。

　つまり早乙女が好きなのは圭吾では無く凪で、そして圭吾もまた凪が好きで、それを早乙女は知っていて——

「ああ……だから凪に関わるなって言ってるのか」

ようやく合点がいった圭吾は、ポンと手を打った。

「理解が遅すぎます」と舌打ちをした早乙女は、キッと圭吾を睨み付けた。

「言っておきますけど、これを話したのは貴方に変な勘違いをされ続けるのが癪だったからです。別に鎧塚さんに言っても良いですよ？　女同士ならいくらでも誤魔化せますし」

「いや、別に言わねえけど……」

圭吾の言葉を完全に無視し、早乙女は圭吾の鼻先にビシッと指を突き立てる。

「とにかく！　結城さんが約束してくれない限り、今回の件を私から訂正することは一切ありませんので」

〝一切〟の部分を事更に強調した早乙女は、呆然と立ち尽くす圭吾に、くるりと背を向けた。

「それでは失礼します」

パタン――扉が閉まった後、向こう側から凪が「早乙女ちゃん！」と呼ぶ声と、近づいてくる足音が聞こえてきた。

「――すみません……やっぱり、結城さんは先日の事は覚えてないと仰っていて……結構酔っていらっしゃったようなので、仕方ないです……」

「――早乙女ちゃん……」

「——覚えていらっしゃらないなら、それでも良いんです。ただ私……あの時、嬉しく思っちゃったから……それが凄く辛くて……」

早乙女の声が、あっぱれとしか言いようのないほど完璧な泣き声に変わっていくのを、呆然と聞いていた。

女を敵に回すと怖いらしい。圭吾はまさに今日、身をもってそれを体験したのだった。

7th time.

凪は困っていた。非常に困っていた。

「凪、ちょっと良いか？　acsis の件で聞きたい事が――」

資料を手に凪の席へとやってきた圭吾は、なぜかピタリと動きを止めた。彼の眼は、凪の隣にいる早乙女へと向けられている。

「あ、ごめん圭吾……」

後でも良い？　と凪が訊こうとするよりも先に、早乙女が口を開いた。

「後にして頂けますか。鎧塚さんは今、私と話してるので」

彼女にしては、どこか素っ気ない口調で言う。

「あー……はいそうですか。それは失礼しました」

ふいっと顔を逸らした圭吾は、スタスタと自席へと戻っていく。

話を再開させた早乙女は、何の違和感もないほどに、普段通りの笑顔を浮かべていた。

――ここ数日、二人の様子は明らかにおかしかった。社長室で、圭吾と早乙女が二人きりで話したあの日、結局二人が和解できなかったのは、明白だった。早乙女は『これで良いんです』としか言わないし、圭吾に至っては『何も聞かないでくれ』と言うばかりなので、凪には為す術もなかった。

確かに気まずくなってしまうのも無理はない。恐らく早乙女は、圭吾のことが好きなのだろう。

(——覚えていらっしゃらないなら、それでも良いんです。ただ私……あの時、嬉しく思っちゃったから……それが凄く辛くて……)

あの日、さめざめと泣く早乙女は、確かにそう言っていた。圭吾からは〝相談がある〟と言われて食事に行ったと聞いていたが、長い付き合いでもある凪ではなく、配属されて間もない圭吾を誘った事からもなんとなくそうなのかなとも思っていた。

早乙女の横顔を見ながら、凪は心配な思いを拭いきれないのであった。

「……あ、鎧塚さん。ちょっと良いですか」

凪が才賀に呼び止められたのは、昼食後、オフィスへと戻ろうとしていた時であった。足を止めると、才賀は辺りに誰も居ないことを確認し、ひそひそと囁いてきた。

「あの二人って何かあったんですか?」

〝あの二人〟が誰を指しているのか、すぐに分かった。さすがに同じチームである才賀も違和感に気が付いていたらしい。

「あー……うーん……あったような、なかったような……?」

事情を知らない才賀に全てを話すわけにも行かず、曖昧な返答をすると「何ですかそれ」と呆れたように言われた。

「別に何があったかについては興味無いんですけど、マジで空気悪すぎるんで、どうにかしてくれません？」

才賀が凪にそう訴えるのも当然だ。二人が醸し出す空気は、第三者である凪達すらも居心地悪く感じてしまうほど険悪だった。

うーん、と悩んでいた凪は、不意に名案を閃き「あ！」と叫んだ。

「良いこと思いついた！　ねえ才賀君、協力してくれない!?」

「えー……僕ですか」

「私一人じゃ無理なの！　どうしても才賀君の力が必要なの！　お願い！」

必死に頼み込む凪に、才賀が「……言わなきゃ良かった」と億劫そうに呟いた。

◆

金曜日の居酒屋は、仕事終わりの会社員たちで大繁盛していた。ここは、凪一押しの創作居酒屋だ。

「わあ。良い感じのお店ですねー」

お店に入った途端、早乙女が浮き立つように言った。

「でしょでしょ。いっぱい食べようね」

「はい！　誘って頂けて嬉しいです。ありがとうございます！」

昼間『今晩食事に行かないか』と誘った凪に、早乙女は二つ返事で了承してくれた。その笑顔にチクリと罪悪感を覚えつつも、凪はキョロキョロと店内を見回す。すぐに見知った二人がカウンター席に座っているのを見つけ、ほっと安堵(あんど)した。どうやら才賀の方も、うまいこと圭吾を誘い出してくれたようだ。

「わあ、偶然！　二人も来てたんだー！」

二人の背中に向かって声を掛けると、才賀と圭吾が同時に振り向いた。

「あ、お疲れ様です。偶然ですね」

計ったようにそう言った才賀と違い、圭吾は驚いたように眼を丸くしている。

「えっ、凪？……と、早乙女……」

圭吾は早乙女の姿に気が付くと、分かりやすく顔をしかめた。隣の早乙女も、似たりよったりな表情だ。

「せ、せっかくだし、良かったらみんなで一緒に呑(の)まない？」

刹那(せつな)的に漂った気まずさを打ち消すように、凪はそう提案した。

「いやー、同じチームなのに四人でご飯って初めてだね！」

個室に移動し、お酒と料理が運ばれてきた後も、四人の会話は恐ろしいほど盛り上がらなかった。一人で盛り上げることに限界を感じた凪は、視線で才賀に助けを求めたが、〝頑張って下さい〟とでも言うように肩を竦(すく)められただけで終わった。デスヨネ。

「そ、そう言えば！」

凪は、隣でもそもそとお刺身を食べていた早乙女に声を掛けた。

「前に早乙女ちゃんが好きって言ってた韓流ドラマ、私も見てみたよ！　韓流は見たことなかったんだけど、凄く面白かった！」

「わあ、見て下さったんですか？」

先程までの浮かない表情とは一変して、早乙女が嬉しそうに笑った。良い感じの流れを確信した凪は、更に話を続ける。

「それであんまりハマっちゃったから圭吾にも勧めたら、面白かったって言ってたよ」

必死な凪は、早乙女の顔から表情が消え失せたことに気が付かなかった。

「あれって続編あるんだよね？　どんな内容なの？」

「あはは、ごめんなさい。たった今そのドラマ嫌いになったので、覚えてないですっ」

たった今？　どういうこと？　戸惑う凪をよそに、早乙女が「それより、鎧塚さん」と話題を切り替えた。

「今年、クリスマスコフレ買おうと思ってるんですけど、どれが良いと思いますかぁ？」

差し出されたスマートフォンの画面を見た凪は「えー！」と声を上げた。

「可愛い！　可愛すぎる！　両方欲しいよ、これは！」

興奮する凪に、早乙女が「ですよね！」と力強く頷く。

早乙女とキャッキャしていると、頬杖を突きながらその様子を見ていた圭吾が、口を開いた。

「……あー、凪。そう言えば」

早乙女との会話に夢中になっていた凪は、「ん？」と圭吾に顔を向ける。

「おふくろが、今年の正月は俺の家来いってさ。知り合いから蟹もらう予定なんだと」

「えっ、蟹!? やった！ 甲羅酒しよ！」

「やっぱ外せないよな。高めの日本酒買って持っていこうぜ」

圭吾の提案に、嬉々としながら頷いていると、

「鎧塚さん！」

圭吾との会話を遮るようにして、早乙女が声を上げた。

「今度、会社の近くにできたタルト専門店行きませんか？ フルーツたっぷりで、物凄く美味しいらしいんです！」

「タルト!? 食べたい！ 行こう、行こう——」

「凪！ 俺の家の近くに、日本酒専門のバーが出来たから、今度行こうぜ」

今度は、圭吾が二人の会話を遮った。良いね、と頷きかけた時、早乙女が隣から口を挟む。

「あ、私の約束の方が先なんで」

「いやいや。凪はケーキより酒の方が好きなんだから、こっち優先だろ」

何やら言い争いを始めた二人に挟まれ、凪は訳も分からず戸惑うしかない。

「鎧塚さん！　ケーキの方が好きですよね⁉」

「凪！　酒の方が好きだろ⁉」

終いには二人から同時に責められ、壁に追い詰められた凪は、身体を縮こまらせた。

「ど、どっちも好きだよ……？」

「「どっちもじゃなくて！」」

ひい、と声にならない悲鳴を上げた凪は、傍観者に徹している才賀に、無言の助けを求めた。才賀はチラリとこちらを見たものの、

「……自分でどうにかして下さい」

そう言って、そしらぬ顔で串焼(くしや)きを食べるばかり。睨(にら)み合う二人を前に、凪は為す術もなくうなだれたのだった。

◆

「ありがとうございましたー。またお越し下さい」

店員に見送られながら店を出た凪は、疲れ切っていた。あの後も、圭吾と早乙女は始終言い争っており、和やかなムードとは程遠かったのだ。裏を返せば、色んな意味で盛り上がったのかもしれないが、二人に仲直りしてもらおうとした凪の作戦は失敗したらしい。

「鎧塚さん。明日早いんで、僕そろそろ帰っても良いですか？」

気落ちしている凪に、才賀がそう声を掛けてきた。

「あ、うん……付き合ってくれて本当にありがとう……お疲れ様……」

「……色々と頑張って下さい」

さすがに憐れに思ってくれたのか、才賀は凪に同情の視線を向け帰って行った。その姿を見送っていると、ぽすん、と背中に小さな衝撃を感じた。振り向くと、小柄な早乙女の顔が、凪の背中に埋まっていた。

「大丈夫？　早乙女ちゃん」

「すみません……少し酔っちゃったみたいで……」

ふらふらと顔を上げた早乙女が、申し訳なさそうに凪を見上げる。

「全然全然だよ。落ち着くまでしばらく寄りかかってて？」

「えへへ……ありがとうございます……」

ふにゃりと笑った早乙女から半端ではない威力の女子力を感じ、凪は内心で身悶えした。早乙女は凪と違ってお酒が弱く、ほんの1杯ほど呑んだだけで、このように酔ってしまうのだ。

「もー。そんな顔、誰にでも向けちゃ駄目だよ？」

苦笑いしながらその柔らかな髪を撫でていると、早乙女が唇を小さく尖らせた。

「……鎧塚さんにしか見せないですもん」

「あはは、本当に早乙女ちゃんは可愛いなあ」

よしよし、と小さな頭を抱き締めていた凪は、ふと思った。

――あれ？　これはチャンスなのでは？

凪は近くに居た圭吾に「ねえねえ」と声を掛けた。

「私、お水買ってくるから、早乙女ちゃんの傍に付いいててくれる？」

「……は？」

支えていた早乙女の身体から手を離した凪は、圭吾の背中を彼女の方へ押した。

「頑張ってね」

すれ違いざまにこっそりと囁き、近くのコンビニへと向かった。

これで仲直りできますように。そう祈るような気持ちで走る凪は、まさか後に自分の判断を心底後悔する羽目になるとは、露ほども思わないのであった。

「頑張ってね」と囁いた凪が足早に去って行ってしまい、その場に早乙女と取り残された圭吾は、深い溜息を吐いた。一体何を頑張れと言うのだ。

「……さいっあく」

背後からそんな声が聞こえ、圭吾はのっそりと振り向いた。先ほどまで、あんなに甘えた声で凪に抱き着いていた早乙女は、今や腕を組みながら圭吾を睨み付けている。

「睨まれても知らねえよ」

返答の代わりに早乙女から返ってきたのは、舌打ちだった。

「あーもう……こんなつもりじゃなかったのに……」

早乙女は、よろよろと道の端へ移動すると、その場にしゃがみ込んでしまった。ふと、二人で食事に行った時、早乙女がほとんど酒を飲んでいなかった事を思い出した。もしかすると相当酒に弱いのかもしれない。

本当に具合が悪いのかと多少心配になった圭吾は、早乙女の傍らにしゃがみ込んだ。

「おい、大丈夫か？」

早乙女の背中に、そっと手を当てようとした時、バシッと手を振り払われた。

「触らないで下さい。男の人は嫌いなんです。特に貴方の事は心の底から嫌いなので、近寄らないで頂けますか？」

鋭い目付きで睨まれ、心配していた気持ちが綺麗さっぱり吹っ飛んだ。

「あー、そうかよ」

即座に立ち上がった圭吾は、さっさと早乙女から距離を取った。少し離れた所で蹲る彼女を横目に、苛立ちながら凪の帰りを待っていると、

「……ん？」

いつの間にか、早乙女の周りを三人の男達が囲んでいる事に気が付いた。彼らは、しゃがみ込む早乙女の顔を不躾に覗き込んでいる。

「おねーさん、酔っちゃったの？　どっかで休む？」

聞こえてきたナンパの常套句に、一体どれだけモテるのか、と驚いてしまった。咄嗟に早乙女の元へ歩み寄ろうとしたが、〝近寄らないで〟と言い放たれた事を思い出し、足が止まる。

「ちょっと、やめてっ……」

どうするべきか迷っていた圭吾は、ぎょっとした。男の内の一人が、嫌がる早乙女の手首を摑んでいたのだ。ええい、もう知らん。罵倒は後で聞こう。

「俺の連れがどうかしましたか？」

駆け寄った圭吾が頭上からそう声を掛けると、三人が一斉に振り返った。近くで見ると彼らの顔はまだあどけなく、大学生のように見えた。

「あー……いえ、何も。おい、行こうぜ」

仁王立ちしている圭吾の横をすり抜けるようにして、三人が早足で去って行く。変な因縁を付けられずに済んで良かった。胸を撫で下ろした圭吾は、ポカンとこちらを見つめている早乙女の隣に寄り添うようにして立った。

「……近寄らないで下さいって言ってるじゃないですか。なんなんですか？　助けたつもりですか？」

早乙女が不服そうに言う。これだけ大口を叩けるのなら、まあ大丈夫だろう。

「俺のことは、そこら辺の電柱とでも思ってください」

早乙女は「ふん」と鼻を鳴らしたものの、大人しくその場に留まり続けた。凪に見せる態度とは大違いである。よくそんな器用に切り替えられるものだ。つんとした横顔を盗み見ながら、圭吾は舌を巻いた。どれが早乙女の素の顔なのかは分からないが、いずれにせよ相当凪のことが好きなのは良く分かった。

「……なあ、凪のどんな所が好きなんだ？」

興味本位で尋ねると、早乙女はチラリと圭吾を見やり、すぐに目を逸らした。

「恰好良いところです」

早乙女が小さく呟いた。

「鎧塚さんは身長が高くて、スタイルも良くて、顔も綺麗系で恰好良いんですけど、何より中身が恰好良すぎるんです」

「へえ。中身って？」

圭吾が促すと、早乙女はポツリポツリと語り始めた。

「……昔、私のミスでお客さんに迷惑かけちゃった事があったんです。その時、鎧塚さんが自分に全然関係のない案件なのに、〝直属の部下の事だから〟って理由で、一緒に先方に謝りに行ってくれたんです。しかも夜遅くまで尻拭いをしてくれて……」

当時のことを思い出しているのか、早乙女の睫毛が、ゆっくりと切なげに瞬きを繰り返す。

「本当に一言も怒らなかったんです。ただ、全部が綺麗に片付いたあとに〝お疲れ様。頑張ったね〟とだけ言ってくれて」

何とも凪らしい話だった。爽やかサイダー野郎との食事を蹴ってまで、圭吾の代わりに企画書を作っていた凪を思い出し、自然と笑みが零れる。

「もう絶対に二度と同じミスはしない、って本気で決めました。自分のためにじゃなくて、あのとき一緒に謝りに来てくれた鎧塚さんのために。鎧塚さんは私が初めてそんな風に思えた人なんです」

どれだけ仕事が出来ようと、それだけで尊敬される上司になれるとは限らない。圭吾は、最後に部下の信頼を勝ち取るために必要なのは、思いやりだと思っている。しかし上司とて人間だ。忙しい時には余裕がなくなるし、怒る事もある。凪の凄いところは、それらの感情を全て後回しにして、他人を思いやれるところだ。

「そうだな」

きっと一生かけても凪には追いつけない。羨ましいような、誇らしいような気持ちで頷いた圭吾は、

「……だから貴方が許せないんです」

そんな低い声に、「え？」と声を漏らした。いつの間にか立ち上がっていた早乙女は、圭吾を鋭く見据えていた。

「ただでさえ男ってだけで私より有利なのに、そのうえ幼馴染って何なんですか⁉」

早乙女の大声に、通行人がビクリとこちらを見た。

「私の知らない鎧塚さんを知ってるってだけでもムカつくのにっ……なんで貴方なんですか⁉　なんで鎧塚さんなんですか⁉　こんなの、狡すぎるんですよ！」

「は？　いや、ちょっと落ち着けって……」

喚き散らす早乙女を抑えようとした圭吾だったが、その手は勢いよく振り払われた。

「結城さんは、もういっぱい色んなもの持ってるじゃないですか！」

涙がいっぱい溜まった瞳が、憎々し気に圭吾を睨み付ける。

「だったら鎧塚さんのことまで欲しがらないで下さい！　もう十分幸せでしょう⁉」

——十分幸せ？　俺が？

「……ふざけんじゃねえよ」

そう吐き捨てた圭吾に、早乙女がびくりと肩を揺らした。一瞬、彼女の表情に恐怖を

垣間見たが、圭吾の怒りは到底収まらなかった。

「十分幸せなら、ここまで欲しがるわけねえだろ！　一番欲しいものが、二十何年も手に入らねえままなんだぞ？　幸せなわけあるか！」

ずっとだ。子どもの頃から、気が遠くなるほど、ずっとずっとずっと。小5の頃、凪のことをブスだと言ったクラスメートと取っ組み合いの喧嘩になった。傷だらけの圭吾を見て泣きながら謝る凪に、どうしても〝可愛い〟の一言が言えなかった。中3の頃、初めての彼氏が出来たと凪に報告された。偶然、彼氏といる凪を見てしまった日の夜、ショックのあまり熱を出して3日間学校に行けなかった。大学3年の頃、凪も含めた同じ学科の友人達と海へ遊びにいった時、凪が当時付き合っていた同級生と、岩場の影でキスしているところを目撃してしまった。全部忘れたくて、その後、告白してきた女子と付き合った。

何度も揺らぎながら、それでも失いたくない思いだったから、今もこうして未練がましく抱え込んでいる。誰と付き合ってもずっと満たされなくて、いつも心のどこかにぽっかりと穴が空いていた。それを埋められるのは凪だけだと思っている。きっと圭吾は、凪が手に入らないのなら永遠に完成しないままなのだ。

「お前が何を言おうと、俺は絶対にあいつから離れるつもりは無い。俺が凪から離れる時は、凪がそれを望んだ時だけだ」

圭吾のはっきりとした宣言に、早乙女が大きく眼を見開く。それから彼女は悔しそうに顔中を歪めると、深く俯いた。

「……やっぱり嫌い……ほんっとうに嫌い……」

震える声で悪態を吐く早乙女の瞳から、大粒の涙が零れる。

「お願いだから、鎧塚さんのことを取らないでよ……」

壊れてしまいそうな声だった。顔を覆った早乙女の指の隙間から、ぽたり、ぽたり、と涙が滴り落ちる。それを見つめているうち、圭吾は自分の中に渦巻いていた怒りが、徐々に萎んでいくのを感じた。早乙女の事は気に入らないが、彼女もまた圭吾と同じように、苦しい恋をしているのだ。

「おい、早乙女。頼むから泣くなって……」

さめざめと泣く早乙女に手を伸ばしかけた時だった。

「――早乙女ちゃん！」

そんな声と共に、二人の間に誰かが割って入った。

「どうしたの？　大丈夫⁉」

早乙女の涙を目にした凪は、すぐにハンカチを取り出すと、優しく早乙女の涙を拭い始めた。

「……圭吾。早乙女ちゃんに何したの？」

凪がこちらを見る事なく、低い声で言った。

「いや、何も……」

「じゃあどうして泣いてるの」

言葉を返せない圭吾に、凪はもうそれ以上、何も訊かなかった。

「早乙女ちゃん。歩ける？」

そっと早乙女の肩を抱いた凪は、彼女を近くのタクシーに乗せ、去って行くタクシーをしばらく見送っていた。その背中に歩み寄った圭吾は、おずおずと声を掛ける。

「なあ、凪……」

「ごめん。軽い気持ちで二人きりにさせた私が悪かった」

ぞっとするような声だった。凪は未だに圭吾を見ようとしない。

「……悪いけど、今日は帰るよ」

遂にこちらに一度も眼をくれることなく歩き出そうとした凪を、圭吾は慌てて止めた。

「おい、凪！」

その肩を摑み、半ば無理やりに凪を振り向かせた圭吾は、凍りついた。

「ねえ、早乙女ちゃんに何言ったの……？　あそこまで泣かせるようなこと、本当に言わなきゃいけなかったの……？」

出来れば見たくない表情だった。凪の悲し気な顔は、早乙女の泣き顔よりも、何百倍も重く圭吾の胸にのし掛かった。ぐっと唇を嚙んだ圭吾は、遂に観念した。

「……早乙女には、俺の好きな奴の話しただけだ。それ以上は言えない」

我ながら卑怯な逃げ方だが真実は真実だ。これで凪が納得してくれるのなら——

「なんで早乙女ちゃんにそんな事言ったの!? 幾らなんでも、デリカシーなさすぎるよ！」

しかし凪の反応は、圭吾が予想していたものとは違っていた。激しく責め立てられ、今度は圭吾の方がカチンときてしまった。

「お前にそんな事言われる筋合い無いだろ」

そう言い放った圭吾に、凪がぎゅっと眉を顰める。二人はじりじりと睨み合ったが、やがて凪が溜息と共に視線を逸らした。

「……もう良いよ。圭吾がそんな酷い人だと思わなかった」

がつん、と頭を殴られたかと思った。酷い？ 俺が？ なんだそれ？

言いようのない苛立ちが沸き上がり、圭吾は自分が激怒している事に気が付いた。何も知らないくせに、簡単に圭吾を罵倒できる凪に。そして、そんな凪をこれっぽっちも嫌いになれない自分に。

「じゃあね」

冷たい別れの言葉を口にし、去って行く凪。

「酷いのはどっちだよ！」

無我夢中で、捕まえていた。

「鈍感にも程があんだよ！ いい加減に気付けよ！」

油断しきっていた身体を、思いのままに閉じ込める。〝久しぶりに〟抱き締めた凪の身体は、記憶の中よりもずっと柔らかくて、細くて、愛おしくて、憎らしかった。

「ちょっ……圭吾！　やだ！　離してよ！」

凪がじたばたと暴れ回るが、圭吾は腕の力を緩めるどころか、更に強めた。

「逃げないなら離す」

「逃げないから！　だから離してよ……！　恥ずかしい！」

大声で喚く凪を、圭吾はようやく離した。だが凪が逃げないように、両手首はしっかりと掴んだままだ。

「信じられない……こんなところで……」

凪が震える声で呟いた。暗がりでも分かるほど、頬が赤く染まっている。

「凪」

こちらを向かせるために呼んだのに、彼女はまた更に深く俯いてしまった。睫毛の奥で、凪の瞳がうろうろと彷徨っているのが見えた。

「こっち向かないと、無理やり向かせるぞ」

圭吾の脅しに、遂に凪が観念したように顔を上げた。しっかりと視線を繋げて、戸惑いに満ちた瞳をじっと覗き込む。鈍感すぎる幼馴染に、今の自分の感情を全部知らしめたくなって、わざと〝好きだ〟って感情を、視線に載せてやった。

「……っ」

凪が小さく息を呑む音が聞こえた。凪の眼が何かに気が付いたように見開かれて、そして一瞬後、勢いよく視線を逸らされる。凪は、しばらく声を発さなかったが、緊張したような息遣いだけが聞こえてきた。

「……ねえ」

ややあって、凪が口を開いた。

「もしかして圭吾の好きな人って……私の知ってる人だったりする……？」

「知ってるどころの話じゃねえよ」

「今……圭吾の近くに居たりする……？」

「すぐ目の前に居るわ」

今度こそ、凪は言葉を失ってしまったようだった。握っている手首から感じる脈が、凪のものなのか、自分のものなのか分からない。ここまで来たら、いっそ全てぶちまけてしまおうか。今まで感じてきた愛しさも、もどかしさも、苦しさも、一つ残らず。そうしたら凪は、どれだけ優しく圭吾を受け止めてくれるだろう？

「ドッキリじゃ……ないんだよね？」

俯く凪が、か細い声で訊いた。

「怒るぞ」

低い声でそう言うと、凪がビクリと肩を揺らす。

「わ、分かった。圭吾の言ってることは、信じる……けど……」

「けど？」

いささか乱暴に促すと、凪はまた恐れを成したように身体を震わせた。

「ちょっと、まだ吃驚(びっくり)してて……まさかそんな風に思われてるとは、夢にも思ってなくて……」

圭吾は早々に気が付いてしまった。皮肉な話だった。ずっと凪の傍に居て、彼女をいつも見つめていた圭吾だからこそ、凪が何を言おうとしているのか分かってしまった。

「だから……その……」

嫌な予感が身体中に広がり、心臓が冷え切っていく。どこまでも残酷に、そしてやはり、こんな時でも優しい凪の声によって。

「……ごめんね、圭吾」

――そんな死刑宣告のような言葉を、ただ茫然(ぼうぜん)と聞いていた。

「今日は帰らせて」

力の抜けきった手から、するりと凪の手首が逃げていく。とても現実とは思えなかった。一度も圭吾を見ないまま去って行く後ろ姿を、何か悪い夢の中の情景のように眺めていた。――どれほどそうしていただろうか。

「はは……何だこれ」

全身から力が抜けて、その場にずるずるとしゃがみ込む。たった今、何もかもが壊れてしまったというのに、恐ろしいほど実感が無かった。こんな事なら、もっと覚悟しておけば良かった。そうすれば、こんな思いをせずに済んだかもしれないのに。押し潰(つぶ)されそうな後悔に襲われ、圭吾は震える両手で顔を覆った。いつだって日常は唐突に奪われる。どうして忘れていたのだろうか。凪の親父さんが死んだ時も、そうだったのに――忘れもしない、13歳の秋。凪の親父さんの葬儀は、身内と、ごく親しい知人のみでひっそりと行われた。こぢんまりとした葬儀だった。焼香に来た帝都バンクの人間は、ほんの二、三人だったと記憶している。情報漏洩事件の責任を負わされたとはいえ、あの帝都バンクのシステム総責任者だったとは思えないほど、あまりに物哀しい最期だった。親父さんが灰になってしまった後、夕暮れの火葬場で、凪は一人隠れるようにして廊下の隅で泣いていた。

(――……ねえ、圭吾)

しばらく傍らに寄り添っていると、やがて凪が静かに口を開いた。

(――もし分かるのなら、教えて)

涙をいっぱいに溜めた瞳が、縋る様に圭吾を向いていた。

(――どうして皆のために頑張ってたお父さんが、皆に殺されたの?)

そんな純粋な疑問が、苦しかった。圭吾は答えを見つけることが出来なかった。幼かったせいかもしれないし、圭吾自身、可愛がってくれた親父さんの死が心底悔しかったせいかもしれない。

(――ごめん……分からない)

答えられない代わりにその涙を拭って、そして遂に圭吾の方が耐え切れなくなってしまい、彼女を抱き締めた。激しく泣きじゃくる凪の身体を何もかもから隠してしまいたいのに、自分の腕ではとても叶わなかった。悔しかった。それでも掻き抱いた。今、この瞬間だけは、少しでも凪を守れるように。大して力も無い腕で、必死に。

ゆっくりと顔を上げ、かつて凪を抱き締めた両手を見下ろす。今日を除けば、後にも先にも、圭吾が凪が抱き締めたのはその一度きりだった。強いと思っていた凪があの日に見せた弱さ。圭吾が彼女を守りたいと思うのには、十分な弱さだった。けれど、もう、そんな風に思うことすら許されないのだろう。

凪。凪。凪。世界中で一番愛おしい言葉。その言葉が、今日はとてつもなく痛くて仕方がなかった。

9th time.

　この世の終わりだと絶望しても、時間は淡々と過ぎて行く。〝時間が解決する〟なんてよく言うが、絶対に嘘だ。だって木っ端微塵に砕け散った氷が、元通りになるはずがない。

「それでは失礼いたします。また何かございましたら、ご連絡下さい」

　顧客に見送られながら、圭吾と早乙女は大きな機械が音を立てて稼働している工場を、後にする。今日は、繊維工場のシステムで不具合が発生したため、現地調査に来ていた。本来なら早乙女が担当している顧客なのだが、システム自体のバグではなく、ネットワーク関係の問題だった時に、圭吾の方が知見が深いと言う理由で、凪から同行を命じられたのだ。

「……どうもありがとうございました」

　隣の早乙女がぶっきら棒に言った。凪の読み通り、今回のことはルーターに起因する問題だったため、確かに早乙女一人だと解決は難しかっただろう。

「……どういたしまして」

　圭吾もまた、早乙女の方を見ずに素っ気なくそう言った。

　人生で一番最悪な事が起きたあの日から、既に二週間ほどが経過していた。早乙女とは始終こんな調子だし、凪とは業務内容以外での会話を一切交わしていない。幸いにも、早乙女と凪の関係は決して険悪なものではないのだが、早乙女が圭吾を好きだと勘違いしているらしい凪は、彼女に対して負い目を感じているようで、どこか遠慮がちな態度だった。それも相まってか、早乙女は元凶である（と、彼女が思っている）圭吾に、非常に冷ややかだった。正に悪循環である。

　それ以上、一言も交わすことなく電車に乗り、鬱々とした気持ちで窓の外を眺めていた圭吾は、不意にとある事を思い出した。早乙女に「なあ」と、呼びかけると、彼女は不機嫌そうに振り向いた。

「悪いんだけど、お客さんのところに資料渡しに行きたいから、次で降りても良いか？すぐ終わるから」

　圭吾の鞄の中には、〝今度、近くに来た時にでも持ってきて下さい〟と言われていた資料が入っている。

「別に良いですけど」と渋々頷いた早乙女を伴って、徒歩5分ほどのオフィスビルにやってきた。早乙女には玄関ホール内で待っているように言って、圭吾だけエレベーターで上に上がり、顧客に資料を渡した。お茶でもどうですか、と言われたが、下で同僚が待っていることを伝え、急いで1階へ戻った。エレベーターを降りた圭吾は、付き合わせたお詫びに、近くの自販機で温かいお茶を買うと、こちらに背を向けてソファに座っていた早乙女に声を掛けようとした。

「――……あれ？　早乙女さん？」

聞こえてきた声に、圭吾は思わず足を止めた。早乙女に話しかけていたのは、全く見知らぬ女性だった。このビルの社員だろうか。

「あ、やっぱり早乙女さんだ。私、中学の時に同じクラスだった平沢だよ！　覚えてる？」

そう名乗った女性に、早乙女が「……ああ」と思い出したように頷く。

「久しぶり！　相変わらず可愛いねー！　て言うか更に可愛くなったよね？」

「ううん、そんな……」

早乙女が、どこかよそよそしく笑った。声を掛けて良いものなのか迷っているうちに、二人の会話はどんどん進んでいく。

「早乙女さんって、今は何してるの？」

「IT関係の会社で働いてるよ」

「へー！　普通に働いてるんだ？　意外！」

「え？」と不思議そうに首を傾げた早乙女に、平沢が「だってさ」と笑う。

「早乙女さんの事だから、どっかのお金持ちと結婚して悠々自適に暮らしてるかと思ってたよー」

悪意は無いように聞こえたが、次に早乙女が言葉を発した時、その声は明らかに硬かった。

「……私、結婚するつもりないから」

「そうなの？　どうして？」

平沢が無邪気な様子で尋ねる。

「一人の方が楽だしね」

「あー。早乙女さん、男嫌いで有名だったもんね！　それなのに色んな人から告られてて、本当凄かったよね」

「あはは……」

早乙女が乾いた笑い声を上げたが、思い出話が止まらないらしい平沢は「てかさ」と興奮したように言う。

「ストーカーみたいな人も居たよね？　よく上履きとか体操服無くなってなかった？　可哀想だねーって皆でよく話してたの、今でも覚えてるもん。あ、そういえば！　中1の頃、キモイおっさんにスカート切られた事もあったよね！　ほら、下校途中にさ！」

ビクリ――と、早乙女の肩が大きく震えた。

「あれ、本当大騒ぎになったもんね。まあ、あんな事があったら男嫌いにもなるよ。でも勿体ないなあ。それだけ可愛いのに誰とも付き合わないとか……」

「――早乙女っ」

気が付けば、彼女の名前を呼んでいた。弾かれたように振り返ったその顔からは血の気が失せていた。

「悪い。待たせた」

二人の許へ歩み寄った圭吾は、驚いている様子の平沢に目を向ける。

「友達か？」

「……中学の同級生です」

小さな早乙女の声に「そっか」と返し、平沢に向かって笑いかけた。

「こんにちは。うちの後輩がお世話になっています」

「あ、いえいえ！」

平沢が、慌てたように首を横に振った。何故だか彼女から凝視されているのを感じつつ、圭吾は早乙女の前にしゃがみ込む。

「歩けるか？」

「はい」

すぐに立ち上がった早乙女は、勇敢にも平沢に向かって「じゃあね」と微笑み、外に向かって歩いていく。圭吾もまた平沢に軽く頭を下げ、早乙女の後を追った。

「…………」

駅までの道を歩きながら、圭吾は隣の早乙女をちらりと見やった。顔色は大分良くなったようだが、表情は暗いままだ。〝男の人は嫌いなんです〟と、先日言い放たれた言葉を思い出す。早乙女がどんな人生を歩んできたのか、少しも考えもしなかった自分を殴りたくなった。凪がそうだったように、生きていればひとりひとりに様々な出来事が降りかかる。悲しみの重さは決して量れない。そう思うと、早乙女が経験してきた出来事は、圭吾が思っているよりも何倍、何十倍という辛さを伴っているのかもしれない。

「……この前は悪かったな」

ポツリと呟くと、早乙女が胡散臭そうにこちらに視線を向けた。

「何がですか？」

「怒鳴ったのと、キツイこと言ったの」

早乙女は何も言わなかったので、また無言の時間が訪れた。

「その謝罪は同情ですか？」

「え？」

思わず立ち止まった圭吾に、早乙女もまた歩みを止めた。ゆっくりと振り返った彼女は、冷たい眼をしていた。

「私が女で自分より弱いからって、同情しないで下さい。助けようともしないで下さい。本当に悪いと思っているなら、私を特別扱いしないで下さい」

一気に捲し立て、そして顔をくしゃりと歪める。

「お願いですから……他の人と同じように接して下さい」

——ただ、〝普通〟に。泣き出してしまいそうな早乙女に、圭吾は何も言えなかった。

◆

それから早乙女と一切の会話を交わすことなく会社に戻ってきた圭吾は、疲れ果てながら自席へと座り込んだ。早乙女の事と言い、凪の事と言い、ここまで人間関係で悩んだことが、はたしてあっただろうか。向かいの席では、凪が真剣な面持で仕事をしている。ここ二週間、凪から笑顔を向けられた記憶が一切無い。小さい頃はよく凪と喧嘩(けんか)したが、1日経てば自然と仲直りしていた。それが今じゃこのザマだ。さっさと謝って、〝忘れてくれ〟と言えば済む話だろうに、どうしてもそれが出来ないでいる。良い大人の癖に、情けない話だ。

「えっ！」

突如向かい側から聞こえてきた大声に、圭吾は飛び上がった。声の主は早乙女のようだ。何やら自分のモニターを見て、唖然(あぜん)としている。

「嘘っ、何これ……？」

「どうしたの？　早乙女ちゃん」

尋常では無い様子の早乙女に、隣の凪が心配そうに声を掛けた。

「鎧塚さん……これって……」

早乙女が自分のモニターを凪の方へ傾けた。凪はそこに書いてある文字に、じっと眼を凝す。

「All your files have been encrypted……？」

彼女の呟きを耳にした圭吾は、ハッとして立ち上がった。

「凪！　画面見せてくれ！」

慌てて退いた凪に代わり、圭吾はじっとモニターを凝視した。早乙女のデスクトップ上には、見慣れぬブラウザが立ち上がっており、何やらびっしりと英語が並んでいる。

圭吾は、画面上部にでかでかと書かれている文字を眼にし、驚愕（きょうがく）した。

〝All your files have been encrypted.〟〈貴方（あなた）のファイルは全て暗号化されました〉

「全員、端末のネットワーク切断して、怪しいタスク動いてないかチェックして下さい！」

唐突に叫んだ圭吾に、オフィス中の人間が驚いたような顔をした。

「ランサムウェアだ」

急いで早乙女の端末をチェックしながら、圭吾は短く言った。ランサムウェア——コンピュータウイルスの一種で、〝ransom〟〈身代金〉と〝software〟〈ソフトウェア〉を組み合わせて作られた名称だ。ランサムウェアに感染すると、端末内のデータが勝手に暗号化され、一切使用できなくなる。そして暗号化を解除しようとするならば、ウイルスの作成者に身代金を支払わなければならないのだ。

「早乙女。最近、怪しいメール届かなかったか？」

パニックに陥っている早乙女に、圭吾は尋ねた。ランサムウェアの感染経路は様々だが、原因として一番多く挙げられるのはメールの添付ファイルだ。

「メール……」

早乙女は記憶を辿る様に呟いた後、すぐに「あっ」と声を上げた。

「そ、そう言えば先週、聞いたことのない会社からメールが届いてました。それで、そのメールに〝請求書〟という名前のファイルが添付されてたので……」

「開いたのか？」

「……開きました……」

消え入りそうな声で早乙女が頷いた。十中八九、原因はそれだろう。ウイルスの存在が広く認知されているとは言え、攻撃者の方が一枚上手なのは世の常だ。連中は、あの手この手でウイルスを送り込むため、日夜しのぎを削っている。それらを全て回避するのは、早乙女じゃなくてもなかなか難しいだろう。

「それにしても、ランサムか……」

嫌な予感がした圭吾は、早乙女のPCから共有サーバーにアクセスした。ランサムウェアは、感染した端末の中のファイルを暗号化するだけではなく、その端末と接続されている別のストレージも暗号化する場合があるのだ。

「……マジか」

そう呟いた圭吾に、凪が「え、何……？」と恐怖したように尋ねる。

「まずいぞ。早乙女のローカルだけじゃなくて、共有サーバーもやられてる」

「共有サーバー……ちょっと待って、まさか……！」

何かに気が付いたらしい凪が、焦ったような表情をした。

「ああ、ソースも暗号化されてる」

凪が絶句した。圭吾達開発チームは、全員が共有できるように、ソースをサーバーに置いているのだ。圭吾が軽く確認しただけでも、大半のソースが暗号化されて、使えなくなっているようだった。

「そんな……嘘……」

早乙女の顔があまりにも真っ青なので、圭吾は今にも彼女が気絶してしまうのではないかと思った。

「結城さん！　ネットに公開されてる復号化ツール使ったらどうですか!?」

何かを調べていたらしい才賀が、そう声を掛けてきた。確かにネットには無料の復号化ツールが転がっている。しかしランサムウェアの暗号アルゴリズムは一つでは無い。日々新しいアルゴリズムが開発され、誰かに解読され、また開発され、と、そんなイタチごっこが繰り返されているのだ。運良く今回のランサムウェアの復号化ツールが存在すれば良いのだが――

「……駄目だ」

すぐにネットを調べた圭吾だが、諦め(あきら)の息を吐いた。残念ながら該当するツールはまだ世の中に存在していないようだった。正に八方塞がりとなってしまった状況に、誰もが押し黙った。

「っ……すみませんでした！」

凍るような沈黙を破ったのは、早乙女の謝罪の声だった。

「私のせいでっ……本当にすみません！　すみません！」

「早乙女ちゃん、大丈夫だから……！」

凪が慌てて早乙女の顔を上げさせようとするが、彼女は必死に謝り続ける。

「とにかく今は、明日納品のものを間に合わせることだけ考えよう？　無事なソースだけ抽出して、残りは皆でもう一回組み直せば、きっと間に合うから……！」

「む、無理です！　開発に一か月もかかったのにっ……1日でなんて、絶対に無理です……！」

涙交じりに叫ぶ早乙女を凪が落ち着かせようとするが、取り乱している早乙女は聞く耳を持たない。

「私、皆さんに何とお詫びしたら良いか……！　私なんかがご迷惑をおかけして、本当にすみません……！」

「──泣くな！　しゃんとしろ！」

圭吾の怒鳴り声にオフィス中が、しん、と静まり返った。凪も才賀も、そして涙で顔がびしょ濡れの早乙女も、唖然としたように圭吾を見つめている。

「良いから落ち着け。まだ復元できないって決まったわけじゃない。暗号化されたファイルは、レジストリから復元できるって話を聞いたことがある。うろ覚えだし、可能性は五分五分だろうけどな」

昔、ネットでそんな記事を読んだ事があった。完全な復元は出来ないかもしれないが、最悪ソースだけでも救出が出来れば万々歳だ。

「早乙女。今回のプロジェクトリーダーはお前だろ」

呆然と突っ立っている早乙女を見据え、圭吾は厳しい口調で言った。

「凪達に指示出して、早くソース組み直す段取り進めろ。共有サーバーのソースは俺が何とかしてみるから」

いや、〝してみる〟じゃなく、〝してみせる〟だ。そうじゃなきゃ早乙女は、立ち上がれなくなってしまうかもしれない。相変わらず仲違いしたままだし、心底嫌われているのも分かっている。だが、それとこれとは別の話だ。早乙女のことは未だに良く分からない部分もあるが、必死に仕事を覚えて頑張ってきた事だけは、圭吾とて理解しているつもりだった。

「結城さん……」

「キツイけど、踏ん張れ」

早乙女が呆然と呟いた。

「早乙女ちゃん！　指示お願い！」

「とりあえず言ってもらえれば、なんでもしますんで」

凪と才賀が、早乙女に向かってそう意気込んだ。

「……っ」

早乙女は、一瞬また泣き出してしまいそうに見えた。だが彼女は泣かなかった。ただ乱暴に涙を拭い、それから、しゃんと顔を上げた。

「はい！　よろしくお願いします！」

毅然とした様子でそう言った早乙女に、凪と才賀が力強く頷いた。

◆

「嘘……」

「本当に復元されてる……」

モニターを覗き込んだ凪と早乙女が、唖然としたように呟いた。

「さすがですね、結城さん。お疲れ様です」

机に突っ伏して精根尽き果てている圭吾に、才賀がコーヒーを持ってきてくれた。

「おー……ありがと」

それを受け取った圭吾は、一気に飲み干した。時刻はすでに23時。ランサムウェア感染が発覚してから、6時間以上が経過していた。手探りながらも共有サーバーの複号化に成功した圭吾は、同じ要領で早乙女のローカルファイルも復元した。幸いにも、それ以外の被害は報告されておらず、今回は何とかその二台だけの感染に留まってくれたようだ。

「納品、これでいけそうか？」

そう尋ねた圭吾に、早乙女がぶんぶんと頷いた。

「は、はい！　間に合います！」

「なら良かったわ」

そう言った圭吾は、のっそりと立ち上がると「ちょっと顔洗ってくる」と一言告げて、オフィスを出た。トイレへと向かいながら、安堵の溜息を吐く。頭も身体は疲れ切っていたが、ひとまず何とかなって本当に良かった。作業に集中しすぎたせいで岩のように重い肩をぶんぶんと回していると、

「――結城さん！」

背後から早乙女が追いかけてきた。

「あの、本当にありがとうございました！」

そんな大声と共に、早乙女が勢いよく頭を下げた。

「いいえ。俺も色々と勉強になったんで、お気になさらず」

ひらひらと手を振るが、早乙女は複雑そうな表情のまま、その場を動かない。

「いえ、それもあるんですけど……あの時、叱って下さってありがとうございました」

「あー……」

早乙女はそう言っているが、オフィスで女子社員を怒鳴り付けてしまった行為は、如何なものだろうか。

「怒鳴って悪かったな。って、昼間も似たような事で謝ってたよな……うわ、俺学習してねえ……本当にごめん」

申し訳ない気持ちで頭を掻いていると、早乙女は静かに首を横に振った。

「いえ、おかげで冷静になれました。もしその件に関して何か言う人が居たら、私が全員蹴散らします」

きっぱりと言った早乙女の顔が頼もしすぎて、圭吾は思わず笑ってしまった。

「それにしても、良く頑張ったな。あそこから気持ち切り替えられたのは凄いわ」

圭吾が復元している最中、早乙女は一度も弱音を吐く事なく、テキパキと凪達に作業指示を出していた。あんな事があった後にすぐ冷静になれた早乙女を、圭吾は素直に凄いと思った。

「案外男前なんだな。恰好良かったぞ」

賞賛の言葉を口にした圭吾は、すぐに眼を瞬いた。なんと、早乙女が深々と頭を下げていたのだ。

「……色々とご迷惑をお掛けして、すみませんでした」

呆気に取られる圭吾に、早乙女がそう言った。

「私、鎧塚さんに、私の好きな人は結城さんじゃないって事をお伝えします。それから、ラブホテルの件は全部私の誤解だったって、社長達に説明します」

「え、良いのか？」

圭吾は面食らってしまった。早乙女が誤解だったと認めるということは、彼女の切り札が無くなるという事だ。明らかに早乙女にとってメリットが無いのだが。戸惑っていると、顔を上げた早乙女が少し眉を顰めた。

「……結城さんって、ちょっと変ですよね？」

このタイミングで悪口かい。驚きと呆れで何も言えないでいると、早乙女が「よしっ」と気を取り直すように背伸びをした。

「これでどっちが勝っても恨みっこ無しですからね」

挑むようにそう言われ、圭吾は苦笑いを零した。

「恨まないけど、一週間くらい会社休むかも」

「それも無しです。鎧塚さんと私に迷惑が掛かるので」

「容赦ないなー」

笑った圭吾に釣られるようにして、早乙女もまた、仕方なさそうに小さく笑ったのだった。

10th time.

「かんぱーい」

そんな声と共に、五つのグラスがぶつかり合った。今年一番の冷え込みを見せる大晦日の夜、圭吾の実家にて、結城家と鎧塚家の面々は毎年恒例の集まりを催していた。

「おお、母さん！　この蟹、美味しいぞ」

圭吾の父親が蟹の足を手に、感動したような声を上げた。

「凪ちゃんも苗ちゃんも、遠慮せずにいっぱい食べてよ！」

圭吾の母親の言葉に、凪と、凪の母親である苗が「ありがとう」と笑った。

「わっ、お母さん！　これ美味しいよ！」

「あらまあ。身がぷりぷりねぇ」

凪の興奮したような声に、苗がおっとり言葉を返す。中身も外見もあまり似ていない母と娘だが、電話越しの声がそっくりなのを圭吾は知っていた。

「ふあー、美味しかったぁ」

やがて綺麗に蟹を食べ尽くした凪が、満足げに頬を緩めた。今日の凪は、会社の時とは違って、ゆったりとしたパーカーワンピースを着ており、髪もハーフアップにしている。大人になってから、あまり部屋着を見る機会が無いので、何だか新鮮だ。

「凪、ほら。甲羅酒するんだろ」

すっかりリラックスモードの凪に、圭吾は手近にあった日本酒の瓶を差し出す。しかし凪の笑顔は、一瞬で消え失せた。

「……こっちの日本酒にするから良い」

冷たい凪の声に、親達の会話がピタリと止まる。奇妙な静けさが流れる中、凪は自分の目の前にあった別の日本酒を手に取った。

「け、圭吾。それは俺が貰うよ」

圭吾の手の中で行き場を失った日本酒は、父親が回収してくれた。すまん、父さん。と心の中で謝りながら、圭吾は自分の気持ちがずしりと落ち込んでいくのを感じた。実を言うと、圭吾はまだ凪と仲直り出来ていなかった。ランサムウェアの騒動後、早乙女は約束通り、凪と社長に真実を伝えてくれた。これで何もかもが解決すると期待していた圭吾だったが、現実がそう甘いはずもなかった。まあ当然といえば当然なのかもしれない。誤解が解けたとしても、圭吾が凪に告白して玉砕した事実は覆らないのだから。

「あれ？」

凪がそんな声を上げたのは、全員がほどよく酔い始め、ようやくそれなりに場が盛り上がり始めた頃だった。

「お母さん。持ってきたビール、もう無いよ」

冷蔵庫を覗いていた凪が、苗を振り返った。

「あら、本当？　多めに買ったつもりだったのにね。悪いんだけど、凪ちゃん買ってきてくれない？」

申し訳なさそうな苗の申し出に、「良いよー」と快く頷いた凪は、マフラーを手に取ってぐるぐると巻き始めた。

「圭吾。凪ちゃん一人じゃ危ないから付いて行ってあげなさい」

父親からの言葉に、勿論そのつもりだった圭吾は、「おー」と言いながら立ち上がる。

「あ、一人で行くから大丈夫」

ピシャリと拒否され、圭吾は中腰のまま固まってしまった。

「じゃ、いってきます」

圭吾に眼をくれることもなく、部屋を出て行く凪。遠くの方で玄関が閉まる音が聞こえたと同時、ようやくその場の時間が動き出した。

「あんた、凪ちゃんと何かあったの？」

ゆっくりと腰を下ろした圭吾に、母親が訝し気に尋ねる。父親と苗も、圭吾の方を心配そうに見つめていた。

「いや別に、何も……」

「ふーん、てっきり告白して振られたのかと思ったわ」

どうしてこう、母親ってのは変に鋭いんだ。

　黙って酒を飲む圭吾に、母親が「あらやだ、図星？」と眼を丸くした。頼むからこれ以上、息子の傷を抉らないで欲しい。

「ま、振られたなら仕方ないわね。とにかく早く追いかけなさいよ」

「いえ、あの……拒否されたばっかりなんですが」

「知らないわよ。あんた、凪ちゃんに何かあったらどう責任取るつもり？」

　良く分からない母親の言葉に背中を押され、圭吾は渋々立ち上がった。財布とスマートフォンをポケットに突っ込んで、玄関の扉を開ける。

「……うお」

　驚きの声は、白い息となって消えて行った。寒いと思ったら、雪が降っているようだ。ほんの薄っすらとだが、地面には雪が積もり始めており、凪のものらしいスニーカーの跡が道路に向かって点々と残されていた。その跡を追いかけるようにして、圭吾は慎重に走り出した。

「凪！」

　一つ目の角を曲がったところで、彼女の背中を見つけた。凪は驚いたように圭吾を振り返ったが、すぐにふいっと前を向いた。

「一人で行くって」

　素っ気なく言って速足で歩く凪を、圭吾は苛立ちながら追いかけた。

「いや、危ないだろ」

「良いから圭吾は戻りなよ」

どんどん速度を上げる凪にしつこく付いて行く圭吾だったが、遂に痺れを切らしたのか、凪が勢いよく振り返った。

「っもう、お願いだから付いてこないでって……わっ！」

途端、凪が見事に雪で足を滑らせた。その身体が背中から倒れ込んで行くのが見え、圭吾の背筋が凍り付く。

「凪！」

ズシャッという湿った音と、身体に感じる重さ、そして静寂。

「あ、っぶねー……」

圭吾は、腹の上の凪を両腕で抱えたまま、驚きと安堵の息を漏らした。咄嗟にスライディングした結果、凪と地面の間に自分の身体を滑り込ませる事に成功したようだ。

「おい、怪我してないか？」

圭吾に抱きかかえられたまま、ピクリとも動かない凪の顔を覗き込む。硬直していた凪は、のろのろと圭吾に顔を向けると、呆けたように頷いた。どうやら無傷らしい。

「良かった。ビビらせるなよ。心臓止まるかと思っただろ」

苦笑いしながら凪の頭を撫でた時だった。――ぽろり。凪の眼から、涙が零れ落ちた。

「……え」

一瞬、空から降ってきた雪なのかと思った。しかし圭吾が見ている最中にも、二粒、三粒と、透明の雫が凪の頬を伝って行く。

「……っ、う――……」

訳も分からずに居ると、遂に凪は、しゃくり上げ始めてしまった。その泣き声をぼんやりと聞いているうちに、自分の身体がずぶずぶと地面に沈み込んでいくような気持ちになった。

この状況で凪が泣く理由なんて、一つしか考えられない。きっと凪は、自分が振ってしまった圭吾に助けられてしまったのが申し訳なくて泣いているのだ。

――こんな事なら、言わなきゃ良かった。

自分自身を嘲笑いたくなった。世界一泣かせたくない人を泣かせまでして、一体何をしているのだろうか。

「……圭吾……？」

ひっく、と喉を震わせながら、凪が不思議そうな声を上げた。無言で凪の脇を抱えて立ち上がらせた圭吾を、彼女は涙がいっぱいの眼で見つめている。

「先に家戻ってろ。買い物は俺がするから」

凪の背中を家の方向へ軽く押した圭吾は、目の前の足跡一つない雪の上に踏み出した。ずっと同じ道の上を歩いてきた幼馴染。同じものを見て、同じものを経験して、そうやって一緒に成長してきた。けれど、それも今日で最後だ。

「ごめんな、凪」

どうか、どうか。〝幸せになれよ〟とすら言えない幼馴染の事なんて、彼女が早く忘れてくれますように。

「ま、待ってよ！」

背後から飛んできた鋭い声に、圭吾は歩みを止めた。バシャッ、バシャッと湿った足音が聞こえて来たかと思えば、凪が回り込むようにして、圭吾の目の前に立っていた。

「どうして圭吾が謝るの？」

下からじっと見つめられ、圭吾は思わず眼を逸らす。

「……勝手に自分の気持ちぶちまけて、振らせるような真似したから……です」

口にしたら更に情けなくなってしまった。何を言われるのか怖くて、俯いたまま地面の雪を見つめていると——

「……振った覚えなんて無いんだけど……？」

そんな声が耳に届いた。

「……は？」

ゆっくりと顔を上げる。目の前には、戸惑いに満ちた凪の顔があった。振った覚えが無い？　どういう事だ？

「いやいや、だってお前っ……あの時、俺に謝ったじゃねえか！」

これほど強烈に記憶にこびりついているのだから、間違えるはずが無い。確かにあの時、凪は圭吾に向かって〝ごめんね〟と言ったのだ。

「なっ……違うよ！　あれはそういう〝ごめんね〟じゃないから！」

凪の反論に、圭吾は「じゃあ何だよ？」と困り果てて尋ねた。凪は一瞬愕然とした表情を浮かべると、呆れたように頭を押さえた。

「ああもう、本当に圭吾は……何でそうなるかな……」

ぶつぶつと呟いた凪は、やがて複雑そうな表情のまま顔を上げた。

「あれは、圭吾にずっと辛い思いさせてて、ごめんねっていう意味だよ」

言葉の意味を嚥下するまで、たっぷりと時間が掛かってしまった。

「じゃあ、ずっと素っ気なかったのは……？」

「それは、圭吾に合わせる顔ないなって思ったから……」

そう言った凪は、マフラーに口元を埋めると、すまなそうに眉尻を下げた。

「いつからそう思っててくれたのかは分からないけど、その間ずっと傷付けてたんだろうなって思ったら申し訳なさすぎて……だから」

ごめんね、圭吾――と、あの日と全く同じ言葉を紡いだ凪を、抱き締めてしまいたくなった。ああもう、好きだ。好きだ、好きだ、好きだ。ループし続けた思いが、度を越したように溢れ出していく。零れた想いはあっという間にかさを増し、いつも圭吾を容赦なく溺れさせる。どれだけ圧倒的に不利な恋だと分かっていても、この繰り返される想いから抜け出せなんてしないのだ。

「おーい、圭吾さーん……？　大丈夫……？」

「凪！」

「わっ」

唐突に叫んだせいで、心配そうに圭吾の顔を覗きこんでいた凪が飛び上がった。しかし、圭吾にそれを気にしている余裕はなかった。

「さっき、振った覚えは無いって言ったよな？」

圭吾が勢いよく迫ると、凪が一歩後ずさる。

「じゃあまだチャンスはあるって事だよな？」

「……なんのチャンス？」

「お前の彼氏になれるチャンス」

「かっ……」

迷いの無い圭吾の言葉に、凪が素っ頓狂な声を上げた。途端に真っ赤になった彼女は、しどろもどろになりながら首を捻る。

「そ……想像ができないので、何とも言えないのですが……」

「俺は簡単に想像出来るよ。お前の彼氏になりたいって何百回も思ってきたから」

きっぱり言うと、凪は言葉を失ったように口をパクパクとさせた。

「えぇぇ……？　いや、ちょっと待ってちょっと待って……」

滅多に見ないほどパニックに陥っているらしく、両手で頭を抱え込んでしまった。

「でも、でも……もし圭吾と付き合ったら、今まで通りにはいられないんでしょ……？」

「そうだな。俺はお前にキスするし、恐らくお前が今想像してるであろう事も全部するよ」

「ぜ……全部……」

圭吾の言う〝全部〟を想像するように、凪がうろうろと視線を彷徨わせた。

「そう、全部。多分お前は恥ずかしがるだろうけど、俺は絶対我慢できないから」

畳み掛けるような圭吾の言葉は、今度こそ凪に止めを刺してしまったらしい。ぷしゅう、という音でも聞こえてきそうなほど真っ赤になった凪は、遂に耐え切れなくなったように、両手で顔を覆ってしまった。

「もうやだ、何これ……恥ずかしすぎて気絶しそうなんだけど……」

顔を覆う手の隙間から、くぐもった声が聞こえてきた。

「凪」

圭吾は、そんな彼女の両腕を掴んで、そっと抉じ開ける。今や涙目になっている凪が、怖気づいたような表情で圭吾を見上げた。その震える睫毛の一本一本すらも愛おしくて仕方がない。

「もし俺が彼氏になるのが死んでも嫌っていうなら言ってくれ。でも、もしそうじゃないのなら――」

昔から、ずっと願っていた。例えば挨拶。朝起きて、その日1番目の〝おはよう〟を伝えられる人。例えば食事。同じ食器で、同じ物を食べて、美味しいねと言い合える人。

例えば言葉。〝好きだ〟って言ったら〝ありがとう〟と嬉しそうに笑ってくれる人。大きなことは望まない。毎日訪れる日常の、ほんの些細な部分だけで良い。

「まだ足掻かせてほしい。俺は少しでも、お前にとって〝当たり前な特別〟になりたいんだ」

──それだけできっと、何もかも満たされる。

「りょ……了解しました……」

今年初めての雪が降った、とある大晦日の夜。一世一代の告白をした圭吾に、凪が消え入りそうな声でそう頷いたのだった。

11th time.

圭吾は優しい。その優しさは、子どもの頃から何一つとして変わっていない。だからこそ圭吾を、わざわざ好きか嫌いかになんて分類したことがなかった。好き、と言ってしまえば、圭吾が彼氏になってしまう。嫌い、と言ってしまえば、圭吾が離れていってしまう。それ以外の選択肢なんて存在しない。だからこそ、どちらの選択肢も酷く恐ろしいものに感じられてしまうのだ。

「――……凪……おい、凪っ」

ハッとして顔を上げると、開いたドアの向こう側に、怪訝そうな顔をした圭吾が立っていた。

「エレベーター、着いてんぞ」

「あ！　ご、ごめん……わっ！」

慌ててエレベーターを降りようとした時、無情にも扉が閉まり始め、思わず後ずさる。

ガシャンッ――伸びてきた腕が、危うく凪に衝突しそうだった扉を食い止めた。

「あっぶねー……」

凪の身体を扉から庇うように立ちながら、圭吾が驚いたように呟く。視界に飛び込んでくるのは、がっしりとした肩と、筋張った首元。互いの体温さえ感じてしまいそうなその距離に、凪は自分の心臓が飛び跳ねるのを感じた。

「どうした、ボーッとして？」

圭吾が、苦笑いしながら凪の顔を覗き込む。

「なんでもない！　ごめんね、ありがとう！」

不自然なほど大声を出した凪は、慌てて圭吾の横をすり抜けた。どうしたも何も貴方が原因です——とは、とてもじゃないが叫べなかった。

「俺、動物病院って初めて入るわ。吠えられないと良いなー。なんかデカいの居る！って怖がられたらどうしよう」

年が明けてから、はや二週間ほどが経ち、会社も世の中も、すっかり通常モードとなった。今日はサーバーの定期メンテナンスのために、以前から凪の顧客だった『烏丸動物病院』へ、圭吾と共に訪問する予定だ。凪は何度も通っているため既に慣れているが、動物病院自体が初めてらしい圭吾は、珍しく不安がっているようだ。人間相手には物怖じしないくせに、動物相手には変な心配をしているところが何とも圭吾らしい。

（——俺は少しでも、お前にとって〝当たり前な特別〟になりたいんだ）

あの告白の後、圭吾との間で何か特別な事は起きてはいなかった。凪自身は先程のように圭吾を意識しまくっているのだが、肝心の圭吾の態度は今までと何も変わらないので、何だか肩透かしを喰らったような気分だ。まあ、否が応でも仕事で関わる機会が多い間柄なので、表立って気まずくならないのは良い事なのだが。

「明けましておめでとうございます。烏丸先生」

院長の烏丸はまだ30代前半ながら、腕が良いと地域でも評判の獣医師だと聞いている。忙しい立場だろうに、凪達のような出入りの業者にも丁寧に接してくれるため、凪はとても好印象を持っていた。

「初めまして。Sync.System の結城と申します。よろしくお願いいたします」

「よろしくお願いします。院長の烏丸です」

圭吾から受け取った名刺を胸ポケットに収めた烏丸は、二人をサーバーのある事務所まで案内すると、「では宜しくお願いします」と頭を下げて、また仕事へと戻っていった。

「じゃあ始めますか」

普段は自分一人で行っているサーバーメンテナンスだが、今日は圭吾にお願いをし、凪は隣で見守る役に回った。さすがは圭吾なだけあって、テキパキとチェック項目を確認してくれた。お陰で、予定の半分の時間で作業が終わってしまった。

二人が完了報告のために烏丸を探すと、入院中の動物たちのものなのだろうか、ケージが大量に置かれた部屋の中に、看護師と共に居た。

「失礼します。烏丸先生、作業が完了いたしました」

凪がそう声をかけると、烏丸がこちらに気が付いた。ちょうど話を終えたのか、看護師は会釈して部屋を出ていく。

「ああ、ご苦労様でした。ところで、鎧塚さん。つかぬ事をお伺いしたいのですが」

唐突に口調を改められ、凪は「はい？」と背筋を伸ばす。

「もしかしてなのですが……寿退社されるんですか？」

予想だにしていなかった言葉に、凪は思わず大声を上げてしまった。

「え!? し、しないですよ？　どうしてですか？」

「今回、結城さんがご同行されていたので、もしやと思いまして……」

今まで凪一人で行っていたサーバーメンテナンスに、いきなり圭吾が同行してきたので、凪が退職してしまう前の引き継ぎ準備をしにきたのでは、と思ったのだろう。

「しませんしません！　相手すら居ません！」

凪は慌てて首を横に振った。

「サーバーメンテナンスの作業が私と結城の二人体制になるというだけですので、今後も変わらず、私も業務をご支援させて頂きます」

凪がそう説明すると、烏丸は「そうなんですね」と言って、安堵の表情を浮かべた。

裏口まで出て来てくれた烏丸に見送られながら、二人はその場を後にする。病院が見えなくなった頃、凪の隣を無言で歩いていた圭吾が口を開いた。

「……〝相手すら居ません〟ねえ」

含みのある物言いに、凪は口を尖らせながら圭吾を睨み付ける。

「嘘は吐いてないじゃん」

「分かってるよ」

小さく笑った圭吾が「ところでさ」と話題を切り替えた。

「今度の日曜って空いてる？　もし良かったら映画見に行かね？」

そう言いながら、圭吾が差し出してきたのは二枚のチケットだった。タイトルを見た凪は「え、嘘！」と驚きの声を上げる。なんとそれは、凪が絶対に行きたいと思っていた任侠映画の先行上映会チケットだった。

「たまたま抽選に当たってな」

「凄い！　私外れたのに！」

「だと思ったわ。結果発表された日、分かりやすく落ち込んでたもんな」

圭吾が苦笑いしたので、凪は自分の顔に熱が籠るのを感じた。落選を知ったのは仕事中で、凪はショックのあまりしばらく女子トイレで一人うな垂れていたのだ。偶然トイレに入ってきた早乙女にいたく心配されてしまったという事だけでも恥ずかしいのに、まさか圭吾にも気付かれていたとは。

「どうする？　行くか？」

圭吾にそう声を掛けられ、凪はすぐさま頷いた。

「行く！　ありがとう！　この映画、物凄く見たかったの」

「それなら良かった。んじゃ待ち合わせにするか」

「うん！　楽しみだなあ。監督さんがアクションにかなりこだわったんだって。どんな感じなんだろうね？　きっと凄いんだろうね！」

弾むような気持ちでそう言った凪は、はたと言葉を止めた。こちらを見つめる圭吾の眼が、心底優しかったせいだ。凪は何だか無性に恥ずかしくなってしまった。こんな甘ったるい眼で見つめられていて、どうして自分は圭吾の気持ちに気が付かなかったのだろう。

「あ、あのさ……」

ポツリと口を開いた凪に、圭吾が「ん？」と首を傾げる。

「素朴な疑問なんだけど……その……私のどこが良かったの……？」

自慢じゃないが、二十数年間も一人の男性に想い続けてもらえるようなスペックなど、一つも持ち合わせていない。唯一誇れるところがあるとするならば、昔から足だけは速かった事くらいだ。

「んー……」

数秒間、考える素振りを見せた圭吾は、緊張しながら返答を待っている凪に顔を向けた。

「聞きたいなら言うけど、多分多すぎて引くと思うぞ、お前」

え？　そんなに？

「…………そ、それなら結構です」

聞きたいような聞きたくないような気持ちだったが、恐らくは恥ずかしすぎて悶絶する事が予想されたため、お断りさせて頂いた。

「何ならメールで送りましょうか？」

「結構ですって言ってるじゃん！」

噛み付くように言った凪に、圭吾は声を上げて笑ったのだった。

◆

日曜日の12時40分。待ち合わせ場所である映画館近くの駅前を訪れた凪は、目の前でヒラヒラと手を振っている圭吾を、じとりと睨み付けていた。

「よ」

「なんだよ？」

キャメル色のセーターに、ダークネイビーのチェスターコートという出で立ちの圭吾は、近づいてきた凪に、半分笑いながらそう訊いてくる。凪はチラリと腕時計に目をやった。やはり間違いなく、約束していた時間である13時の20分も前だ。普段から待ち合わせ時間の5分前には着くようにしている凪だが、今日はあまりにも早く準備が終わってしまい、じっとしている事に耐えきれなくなったため、早めに家を出たのだ。

「……いつから居たの？」

にもかかわらず、既に待ち合わせ場所に居た圭吾に、凪は若干不服な気持ちで尋ねた。

「恐らくは手持無沙汰になってしまった凪さんが、早めに到着するだろうなーと思った時間の10分前くらいです」

どうやら凪の行動は、すっかり見透かされていたらしく、無性に悔しい気持ちになる。

「少し早いけど、行くか」

圭吾の言葉に、そうだ、と思い直す。今日はずっと楽しみにしていた映画の日なのだ。今日の為に今週の仕事を乗り切ったと言っても過言では無い。

「うん！」

大きく頷いた凪は、圭吾と連れ立って歩き出した。

「お。一番後ろじゃん」

「やったね」

映画館に着き、まさに特等席とも言えるような座席に荷物を置くと、

「ちょっと荷物見ててくれるか？」

すぐに圭吾が財布だけを手にし、そう言った。

「あ、圭吾。待った。飲み物とお菓子は私が買ってくるよ。それくらいご馳走させて？」

何処に行く気なのか容易に想像できた凪は、圭吾を制した。

「いや、良いって」

「駄目です。映画代出してもらったもん」

チケット代を払おうとしたのだが、圭吾は頑として受け取ってくれなかったのだ。

「何でもかんでも出して貰ったら、モヤモヤして映画が楽しめなくなっちゃうでしょ？」

「なんだそれ」と、苦笑いした圭吾だったが、凪の気持ちを汲み取ってくれたのか、大人しく席に座ってくれた。

「じゃあ、お言葉に甘えさせて頂きます。ありがとな」

売店へ向かった凪は上機嫌でポップコーンとジュースを購入した。ポップコーンは、塩味とキャラメル味を一つずつ選んだ。圭吾も凪と同じで、味を交互に楽しみたい派なので、恐らく映画の後半で交換すると見越しての事だ。

トレーを手に、軽い足取りのまま後方の出口から戻ってきた凪は、最後列に座っている圭吾の後頭部を眼にし、足を止めた。圭吾は、右隣の人物と会話をしているようだった。知り合いだろうか。眼を凝らした凪は、途端にギクリと身を強張らせた。圭吾と会話をしているのは、なんと烏丸だった。今日は日曜だから、動物病院は休診日なのだろう。状況から察するに、彼も凪達と同じように、先行上映会のチケットを当てたらしかった。しかも何の因果か知らないが、烏丸の席が圭吾の真横という要らぬミラクルまで起きているようだ。

プライベートで顧客に会うだけでも気まずいのに、ここで凪が現れれば更に気まずい雰囲気になるだろう。烏丸は、凪と圭吾はただの同僚同士だと思っているのだ。とは言え、いつまでもここで突っ立っているわけにもいかない。意を決して、そろそろと二人に近づき始めた凪の足は、

「――え？　鎧塚さんもいらっしゃるんですか？」

そんな烏丸の言葉で、再びピタリと止まった。

「あの……お二人は、どういったご関係なんですか？」

不思議そうな烏丸から、当然の質問が投げかけられた。

「実は僕たち、幼馴染なんです。昔から実家が向かい同士なものでして」

「ああ、成程。では、お二人は〝友人同士〟と言う事なんですね」

その言葉に一瞬圭吾が黙り込んだ。刹那的な沈黙だったが、凪は背筋がひやりと冷えるのを感じた。

「……ええ、そうですね」

ややあって、圭吾がそう頷いた。口元はちゃんと笑っていたが、若干声が硬く聞こえたのは気のせいだろうか。

「そうですか。それなら良かったです」

すると烏丸がそんな不可解な発言をした。

「と、言いますと？」

「いえ。とても魅力的な方なのに、〝相手すら居ない〟と仰っていたのが、気になっていまして。それなら今度、お食事にお誘いしてみようかなぁ……でもいきなりだと吃驚するかな……結城さんはどう思われますか？」

烏丸が悪意の欠片もない声色でそう尋ねた。今すぐにでも二人の会話を止めたい自分と、このまま逃げ出してしまいたい自分が、心の中で激しくせめぎ合う。

「なぜ僕に訊かれるんですか？」

凪が迷っているうちに、圭吾がそう言った。恐ろしいほど落ち着き払ったその声に、凪はとてもじゃないが二人の間に割って入る事は出来ないと悟った。

「幼馴染の貴方なら、僕がお食事にお誘いした時、鎧塚さんがどう思われるかを良く分かっていらっしゃるでしょうから」

トレーを持った恰好で石像のように固まる凪の目の前で、烏丸が圭吾に向かって微笑みかけるのが見えた。凪は、圭吾が烏丸に向かって何か失礼な事を言ってしまうのではないかと気が気ではなかった。

「――心配なさらなくても、彼女は決して不真面目には受け取りませんよ」

だが、そう言った圭吾は穏やかに笑っていた。完璧だった。それはまるで、烏丸が凪を食事に誘おうが誘うまいが、心底どうでも良いというような表情だった。

「一度、お誘いしてみてはいかがですか？」

そんな圭吾の言葉が、冷えた背筋をするすると蛇のように這っていく。聞き間違いだろうか、とも思ったがそんな訳はなかった。理解した瞬間、とてつもなく恥ずかしくなってしまった。一体、自分は圭吾に何を言って欲しかったっていうんだろう?

「……あれ?　鎧塚さん?」

自分の名前が聞こえ、凪はハッとして顔を上げた。いつの間にやら、烏丸と圭吾が振り返ってこちらを見ていた。

「あ………あー!　烏丸先生じゃないですか!　お世話になっております!」

すぐに仕事用の笑顔を貼り付けた凪は、そう挨拶をして圭吾の隣に腰を下ろすと、二つ隣の烏丸に向かって「偶然ですね」と言った。

「ええ、本当に。席に座ったら、横に結城さんがいらっしゃったので驚いてしまいました。まさか席まで隣同士になるとは、物凄い確率ですね」

「こんな事もあるんですね!　先生も、こういう映画がお好きなんですか?」

取り留めのない話をしているうちに、開演のブザーが鳴ったので、烏丸との会話はそこで打ち止めとなった。すぐに映像が流れはじめ、凪はスクリーンに目を向ける。あれだけ楽しみにしていたはずなのに、タイトルを見ても少しも心が動かなかった。時折、視界の端でぼんやりと浮かび上がる圭吾の影に気を取られ、映画の台詞が全く頭に入ってこない。結局、せっかく味違いで買ったポップコーンを圭吾と交換することは一度もなかった。

◆

「――鎧塚さん？　大丈夫ですか？」

そう早乙女に声を掛けられ、ぼんやりとしていた凪は意識を取り戻した。

「あ、うん。ごめんごめん！　全然大丈夫！」

慌てて言って、目の前のビールを呷る。ずっと手を付けていなかったビールは、すっかり生ぬるくなってしまっていた。今日は、第一システム部の遅い新年会が催されていた。お酒好きが多い同僚達はすっかり羽目を外し、どんちゃん騒ぎをしている。かく言う凪も、普段はその中に入っているのだが――

「…………」

今日は何だか、盛り上がれる気分ではなかった。原因は良く分かっている。凪はチラリと斜め前を盗み見た。

「――……まったまたー。ほら、結城！　早く見せろって！」

「――……嫌ですって。ちょ、勝手にポケットまさぐるの止めて下さいよ！　変態ですか！」

こちらに背を向けて座っている大きな背中の持ち主は、隣の営業の先輩と何やら楽しそうにじゃれ合っている。圭吾がすっかり第一システム部に馴染んでいるのは何よりなのだが、その姿を見ても素直に喜べない自分が居た。ここ最近、凪は圭吾と烏丸のあの会話のことばかりを考えていた。

凪は、あの大晦日の日、圭吾に言われたことを一言一句忘れていなかった。何度も何度も思い返したせいで、再現しろと言われたら、そらで出来るほどだ。付き合ったら我慢できないと宣言されたことも、〝当たり前な特別〟になりたいと言われたことも。それなのに、どうして圭吾は烏丸にあんな事を言ったのだろう。あの日の言葉は嘘だったのだろうか？

「――うわ、マジで⁉」

後ろで響き渡った大きな声が、またもや思考のループに嵌っていた凪を急速に引き戻した。凪が顔を上げた時、その声の主である営業の先輩が、バタバタとこちらへ走ってきていた。

「鎧塚って、確か結城と同じ大学だったよな⁉」

なぜか興奮気味に迫られ、凪は「そうですが……」と若干戸惑いながら頷く。

「この子知ってる？　結城の元カノなんだってさ！」

え、と思う間も無く目の前に突き付けられたのは、圭吾のスマートフォンだった。画面に映っていたのは、二人の男女だった。一人はどこか硬い表情を浮かべている圭吾だ。髪型から、すぐに学生の頃の写真だと分かった。圭吾の隣には、そのぎこちない顔とは正反対に、とても可愛い笑顔を浮かべた女の子が居る。綺麗にカールされた長い黒髪と、垂れがちな大きな眼。その女性は、凪とは正反対の甘い顔立ちをしていた。画面の外に向かって伸びる腕を見る限り、彼女が自撮りしたようだ。

「……知って、ます……」

いや、知っているどころの話では無かった。大学の同級生でこの子を知らない人間は居ないだろう。

「……私の代の、ミスキャンパスの子です」

そんな子と付き合ってたなんて、全くの初耳なのですが。

「ちょっと！」

先輩の手からスマートフォンを奪い取った圭吾は、据わった眼で詰め寄る。

「マジでお願いですから本当にいい加減にしてくれませんか？　怒りますよ」

「あはは、ごめん。あんまり可愛かったから、アイドルでも合成したのかと思っちゃって」

「んな面倒な事はしません。良いからほら、席戻りますよ」

圭吾は先輩の首根っこを摑んで、ずるずると席へと引き摺って行く。

「よ……鎧塚さん……？」

呆けていた凪に、早乙女が恐る恐るといった調子で声を掛けてきた。

「……ん？　どうしたの？」

「あの……顔が怖いです」

早乙女にそう指摘され、凪は自分の顔が全くの無表情になっていた事に、ようやく気が付いたのだった。

◆

もう良い。知らない。考えたくない。

「え⁉　鎧塚さんが二次会行かないなんてっ……体調大丈夫ですか⁉　私、お家までお送りします！」

いつもなら凪は二次会組の常連なのだが、今日は体調不良を理由に断ってしまった。早乙女に心配をかけたくなくて、慌てて首を横に振る。

「全然そこまでじゃないから大丈夫。でも、ありがとうね。早乙女ちゃんは二次会楽しんできて？」

早乙女に「おやすみ」と手を振って、早歩きで駅へと向かう。もうとにかく、超大型台風のように渦巻いているモヤモヤを発散したくて仕方が無かった。眼に入ったカラオケ店に飛び込んだ凪は、すぐさまビールを注文し、マイク片手に次から次へと思いつく限りの激しい曲を予約した。初めの30分は、とにかく気の向くまま歌い続けていた凪だったが——やがて、選ぶ曲調も段々と落ち着きを見せはじめ、1時間が経った頃、凪はなぜか失恋ソングを歌って、勝手に一人で落ち込んでいた。

「うー……喉（のど）が……」

　丁度、片思いのバラード曲を唄（うた）い終えた凪は、遂（つい）にマイクを置いた。すぐに次の曲が流れ始めたが、もう喉が限界を迎えており、これ以上歌えそうにはない。ビールを呑（の）みながらモニターをぼんやりと眺めていると、丁度〝あなたの気持ちが分かるのならこんなに辛（つら）くないのに〟という歌詞が流れてきた。高校時代に流行（はや）った曲だ。

「……あなたの気持ちが分かるのなら、か」

　はは、と乾いた笑いが漏れてくる。当時は何とも思わなかった歌詞が、まさか10年以上経った今、こんな形で胸に突き刺さってくるとは。

「はあ……帰ろ……」

　けほっ、と咳（せき）をした凪は、カラオケ店を出て、重たい足取りで帰路に就く。何かを発散させるためにカラオケに寄ったはずなのに、なんだか歌う前より気持ちが沈んでしまっていた。自宅の最寄り駅の改札を出ると、すぐに馴染みのおでん屋の看板が目に入った。以前、圭吾に高坂や才賀の話を聞いてもらったお店だ。あの時、圭吾は凪の相談に夜中の2時まで付き合ってくれたし、わざわざ家まで送ってくれもした。単純に考えるのなら、凪を好きだったからだと思うのが自然なのだろうが、もし、そうじゃなかったとしたら？　ただの幼馴染（おさななじみ）として、親切にしてくれただけかもしれない。いや、でも、何とも思っていないような人間に、あそこまで優しくしてくれるはずがない――

「……っ」

必死にそんな事を考えてしまった自分が嫌になった。圭吾から貰った優しさを、彼が自分をどれだけ好いてくれているのかの尺度にしてしまった事が酷く情けなかった。

自己嫌悪しながら自宅マンション前に辿り着いた凪は、鍵を取り出すべく、のろのろと鞄を開いた。その時、仄明るい光を放つスマートフォンの画面が目に入った。

「え？」

ディスプレイには『着信8件』の文字が映し出されている。慌ててロックを解除すると、すべて圭吾からの着信だった。戸惑っていると、唐突にスマートフォンが震え出した。画面には、まさにその圭吾の名前が表示されている。

「もしもし？」

条件反射で電話に出た凪の鼓膜に、

『お前、どこに居んだよ！　まっすぐ家帰らなかっただろ！』

そんな怒鳴り声が突き刺さってきたので、思わずスマートフォンを遠ざけた。

「ちょっと、いきなり何？　て言うか……何で帰らなかったこと知ってるの……？」

『お前の家まで行ったからだよ！　チャイム押しても反応無いし、部屋真っ暗だし……こんな時間まで何してたんだよ！』

「え？　家まで来たの？　なんで？」

『早乙女から、お前が体調悪いって聞いたからに決まってんだろ！　そんな時にほっつき歩いてんじゃねえよ！』

圭吾のお説教を聞いている内に、自分の中のモヤモヤが、また頭をもたげる。

『とにかく、今どこに居んだよ？　すぐに向かうから言え。もう家か？』

そう言った圭吾の後ろで、行き交う車の走行音が聞こえた。少し息が上がっている事も考えると、恐らく外で凪を探し回っていたのだろう。途端、とても簡単に呼吸が苦しくなる。圭吾に会いたくない。はっきりとそう思った。

「……良い」

『え？　なんだって？』

「もう治ったから来なくて良い！　じゃあね！」

『あ、おいコラ……』と言う声を無視し、通話を切った。すぐに震え出すスマートフォンを鞄の底に突っ込みながらエントランスを駆け抜け、エレベーターのボタンを連打する。絶対に絶対に会えるはずがなかった。電話口でもこんなに苦しいのだ。直接会ってしまえば、もしかすると自分は窒息してしまうかもしれない。

エレベーターに飛び乗った凪は、機械音に交じって聞こえてくるブー、ブー、というバイブ音に気付かない振りをした。次に圭吾に会った時、どれだけ気まずい思いをするかは分かっていたが、今日はもう未来の事を考える余裕なんてなかった。自宅のある4階でエレベーターが止まり、開いたドアから足早に出ようとした凪は——

「……え？」

目の前に立ちはだかる影に、言葉を失った。

「おっ、まえなあ……人の電話無視してんじゃねえよ……」

ぜえぜえと息をする圭吾は、片手にスマートフォンを握り締めたまま、しんどそうに膝に手を突いていた。

「なっ……なんで居るの⁉」

「お前のこと、マンションの下で見つけたのに……さっさとエレベーター乗っちまうから、階段で追ってきたんだよ……！」

圭吾は息も絶え絶えにそう言うと、その場にしゃがみ込んでしまった。

「ヤバい……マジで疲れた……」

しばらくはぐったりとしていた圭吾だったが、ようやく呼吸が落ち着いてきたのか、ゆっくりと立ち上がった。

「とにかく此処だと近所迷惑になるから、移動しよう」

そう促され、二人は無言のまま凪の部屋の前までやってきた。ドアの鍵を開けながら、凪は内心でパニックに陥っていた。絶対に会いたくないと願った圭吾が、今目の前に居るのだ。一体これからどうすれば良いのか、どんな顔をして話せば良いのか、皆目見当も付かない。

「お邪魔します」

ペコリと頭を下げて玄関に入ってきた圭吾は、スリッパを出そうとした凪に「いや、玄関で良い」と断った。俯きながらも、おずおずと圭吾に身体を向ける。玄関の段差のせいで、圭吾の頭が普段よりも近い。そのためか尚更、圭吾の顔が見られなかった。

「……体調は？　大丈夫なのか？」

しばらく続いた沈黙を破ったのは、圭吾だった。

「あ、うん……心配かけてごめん」

「それなら良いけど」と圭吾が言った後、またも無言の時間が訪れる。凪の無事を確認したなら、もう帰っても良いはずなのに、圭吾は全くそんな素振りを見せない。

「凪」

やがて、圭吾が優しく凪を呼んだ。

「そろそろ教えて欲しいんですけど。最近、ずっと素っ気ない理由」

「…………」

「正直、凪に素っ気なくされると結構凹むんですよね」

わざと冗談めいて言ってくれているのだと分かった。それでも重たい唇は動いてくれない。体の前で両手を握り締めていると、やがて頭上から小さな溜息が降ってきた。

「多分、俺のせい……だよな？　ごめん」

悲し気な声と共に、圭吾がそっと凪の顔を覗き込む。心底申し訳なさそうな双眸と視線が交わって、心臓がぎゅうっと締め付けられる。そんな眼を見てしまっては、もうこれ以上、圭吾を困らせることが出来るはずもなかった。

「……聞こえたの。映画の日、ポップコーン買って戻ってきた時に。圭吾が烏丸先生に、一度私を食事に誘ってみたら？　って言ってるの……」

今にも消え入ってしまいそうな凪の声に、圭吾は「あー……なるほど」と、どこか納得するように頷く。

「ごめん、分かった。色々と理解した」

コホン、と小さく咳払いをした圭吾は「まずは弁解させて頂きたいんですけど」と、前置きした。

「一つ目の理由としては、俺があからさまに反対して、お前と先生の関係が悪くなるのは避けたいなって思ったから」

何となくそうだろうなとは思っていた。それでもあんな風に言ってほしくなかったから、認めたくなかったのだ。

「ですよね……」と呟いた凪に、圭吾が「それから」と言葉を続ける。

「烏丸先生とあの病院の看護師、できてるぞ」

ん？　できてる？　何が？

「いや、だから。多分付き合ってるぞ、あの二人」

ぱちくりと瞬きをした凪は、たっぷり数秒後に「え!?」と驚きの声を上げた。

頭に浮かんだのは、圭吾と二人で病院を訪問した時、烏丸と一緒に居たあの看護師の顔だった。

「烏丸先生の隣の席に女物のバッグとスマホが置いてあったんだよ。で、映画が始まって少し経ったくらいに、烏丸先生の隣に女の人が戻ってきたろ？　チラッと顔見たら、あの看護師だったんだよ。病院でもお揃いの指輪着けてたし、間違いないと思うけど。覚えてないか？」

そう尋ねられたものの、もちろん一切覚えていない。凪は自分の記憶力に愕然としてしまった。

「えーっと……という事は……」

少しずつ色々な事を理解し始めた凪は、それに伴い、まったく異なる疑問を感じ始めていた。

「どうして先生は、彼女が居るのに食事が云々って言ってたの……？」

圭吾の言葉を鵜呑みにするなら、烏丸は彼女とのデート中に他の女性を食事に誘おうとしていた事になる。当然の疑問を口にした凪に、圭吾は複雑そうな表情を浮かべた。

「まあ、恋多き人なんだろ」

なんだそれ。唖然として口を開けている凪に「とにかく」と、言葉を続ける。

「女と来てるのに、この人何言ってんだって思ったけど、俺よりお前の方が付き合い長いし、さすがにそういう人だって事には気付いてるだろうなと思ってさ。お前、チャラチャラしたの好みじゃないだろ？　絶対断るって分かってたから、あんな風に言ったんだよ。寧ろああいうタイプには、はっきりと興味ないこと伝えた方が良いだろうしな」

「………」

「ああ、はい。全く気付いてなかったわけですね……」

凪の無言の意味を察したのか、圭吾が呆れたように笑った。

「まあ、食事に誘われても断っとけよ。修羅場になるぞ」

「……ソウシマス」

こっくりと頷いた凪は、烏丸とはこれからも良い関係性を保って行こうと心に決めた。

もちろん、ビジネスパートナーとして。

「……烏丸先生の事は良く分かった。誤解してて本当にごめん。でも、もう一つ圭吾に訊きたい事がある」

苦笑いをしていた圭吾が、すぐに笑みを引っ込めた。

「あー……もしかして、あの写真の件か？」

凪が無言で頷くと、圭吾は困ったように眉尻を下げた。

「あの写真は、マジで消し忘れてたのを、たまたま見られただけで……」

「そうじゃなくて！」

思わず声を荒らげてしまった。脳裏に浮かぶのは、凪ではない別の女性と並ぶ、あの圭吾の姿。

「私、二人が付き合ってたなんて全然知らなかった」

「まあ言ってなかったしな……と言うか、告られたは良いけど速攻でフラれたから、言う暇もなかったと言うか……」

歯切れ悪くそう言った圭吾は、「とにかく少しの間、付き合ってただけだよ」と肩を竦めた。半ば無理やりに話を終わらせようとしている雰囲気を感じ取り、凪は眉根を寄せる。

「へえ。付き合ってた〝だけ〟?」

その部分を強調すると、圭吾が、ぐっと口籠った。それまで凪を向いていた視線が、うろうろと彷徨って、やがて下を向く。

「いや、そりゃ……キスくらいはしましたけど」

「キスくらい〝は〟?」

「………キス〝も〟です……」

観念したような圭吾の言葉に、凪は自分の胃がむかむかとするのを感じた。

「ああ、そう。良かったね。ミスキャンパスと良い思い出が出来て」

ふいっと圭吾から顔を逸らすと、今度は圭吾がムッとしたような表情をした。

「いやいや。なんでお前が怒ってんだよ」

「はあ?」と凪は大声を出してしまった。別に怒ってなんかいない。そう言い返そうとした凪は、ふと口を閉じた。

違う、と思った。圭吾の言う通りだった。確かに凪は圭吾に対して怒っていた。それも、今この瞬間だけではない。ここ最近ずっとだ。では自分は、一体どうして怒っているのだろう?

ほんの少し考えれば、すぐに分かった。なんて間抜けな話なんだろう。28歳にもなって、自分の感情にすら名前を付けられなかったなんて。

——私、嫉妬してるんだ。

自覚した途端、かーっと顔が熱くなって、自分の頬が真っ赤になったのが分かった。

それをバッチリと目撃したであろう圭吾が、不思議そうに首を傾げる。

「わ、わたし……」

「うん?」

「……たぶん、やきもち、焼いてる……かも……」

消え入りそうな声で呟いた瞬間、圭吾もまた、凪と同じくらい真っ赤になってしまった。

「……えー……マジですか、凪さん……」

互いに赤面しながら見つめ合っていると、

やがて圭吾が耐え切れなくなったように、両手で顔を覆ってしまった。

「いや、多分だからね!? 自分でも自信はないけど……でもそんな感じがする……」

深呼吸をして己を落ち着かせた凪は、もう一度ゆっくりと考えてみた。圭吾が烏丸に言った言葉。ミスキャンパスと付き合っていた事実。それらは間違いなく凪を嫌な気持ちにさせた。もうここまで来ると、否定なんて出来ない。何度も覚えがあるこの感情を、圭吾に対して一度も抱いた事なんてなかった。でも今は、僅かなりとも——

「……同じこと考えてる、って思えば良いか？」

圭吾が窺うように言った。その声色には、隠しきれない期待が滲んでいる。

「言ってみなきゃ分かんないと思うけど……」

何もかもが恥ずかしすぎて、素直さとは程遠い台詞を口にしてしまった。

「じゃあ言ってくれよ」

「圭吾が先に言ってよ」

「分かったよ。もう一回、ちゃんと言うぞ」

仕方なさそうに言った圭吾は、ふう、と一息吐くと、真剣な瞳を凪に向けた。

「凪」

凛とした声が、心臓を柔く跳ねさせる。何百回、何千回と凪の名前を呼んできたその声が、今日は全く違う男の人の声みたいに聞こえた。

「俺は、子どもの頃からずっと凪が好きでした」

――ああ、そうか。これは、圭吾が愛しい人を呼ぶときの声なのだ。今まで気が付かなかっただけで、きっと圭吾はずっとその声で凪を呼んでくれていたのだ。

「ほれ、お前もちゃんと言え」

恥ずかしさを隠すように、圭吾が早口に言う。深呼吸をした凪は、意を決して口を開いた。

「……私は、別に子どもの頃から好きだった訳じゃないけど、最近好きになった……かもしれません……多分」

「おまっ……なんだよ、その卑怯な言い方！」

「し、仕方ないじゃん！　本当のことだもん！　これからもっと好きになっていけば良いでしょ!?」

凪が必死にそう叫ぶと、圭吾は大きく息を呑み、それから「……まあ良いけどよ」と渋々納得する様子を見せた。

「ところで、凪さん。これからの関係は、俺の都合の良いように捉えても良いんだな？」

改まって尋ねられ、凪の心臓がまたもや跳ねる。

「た……多分」

小さく頷いた凪に、圭吾は無言の頷きを返した。しばし、黙ったまま向かい合うだけの時間が訪れた。おかしい。凪の認識に間違いがなければ、晴れて恋人同士になったはずなのに。一体全体この微妙な空気は何なんだ。

普通はここでキスでもするものなのだろうが、生憎そんな雰囲気は皆無だし、何をどう転がせばそんな状況に持っていけるのか見当も付かない。どうすれば良いのか分からず、凪がもじもじしていると、

「ん」

突如目の前に、ずいっと掌が差し出された。

訳が分からず圭吾の顔を見上げると、彼は気まずそうに視線を泳がせながら、ぼそり

と呟いた。

「……別に、握手なら良いだろ？」

そう言った圭吾の表情が、拗ねた子どもが浮かべるそれと全く同じだったので、思わず笑ってしまった。

「うん」

大きな掌に、そっと自分の手を重ねる。少しだけ汗ばんだ温かな手。骨ばった男の人の手。慣れ親しんだ、圭吾の手。

——この手の持ち主が、今日から彼氏になるんだ。そう思うと不思議で堪らなくなって、それからとてもくすぐったくなった。照れながら圭吾を見上げると、きっと同じくらい照れている眼と視線が交わる。途端、圭吾が心底嬉しげに頬を緩ませたので、何だか凪も釣られるようにして、へへ、と笑ってしまった。

「よろしくね」

「よろしく」

こうして28歳の冬、二十数年来の幼馴染が彼氏になったのだった。

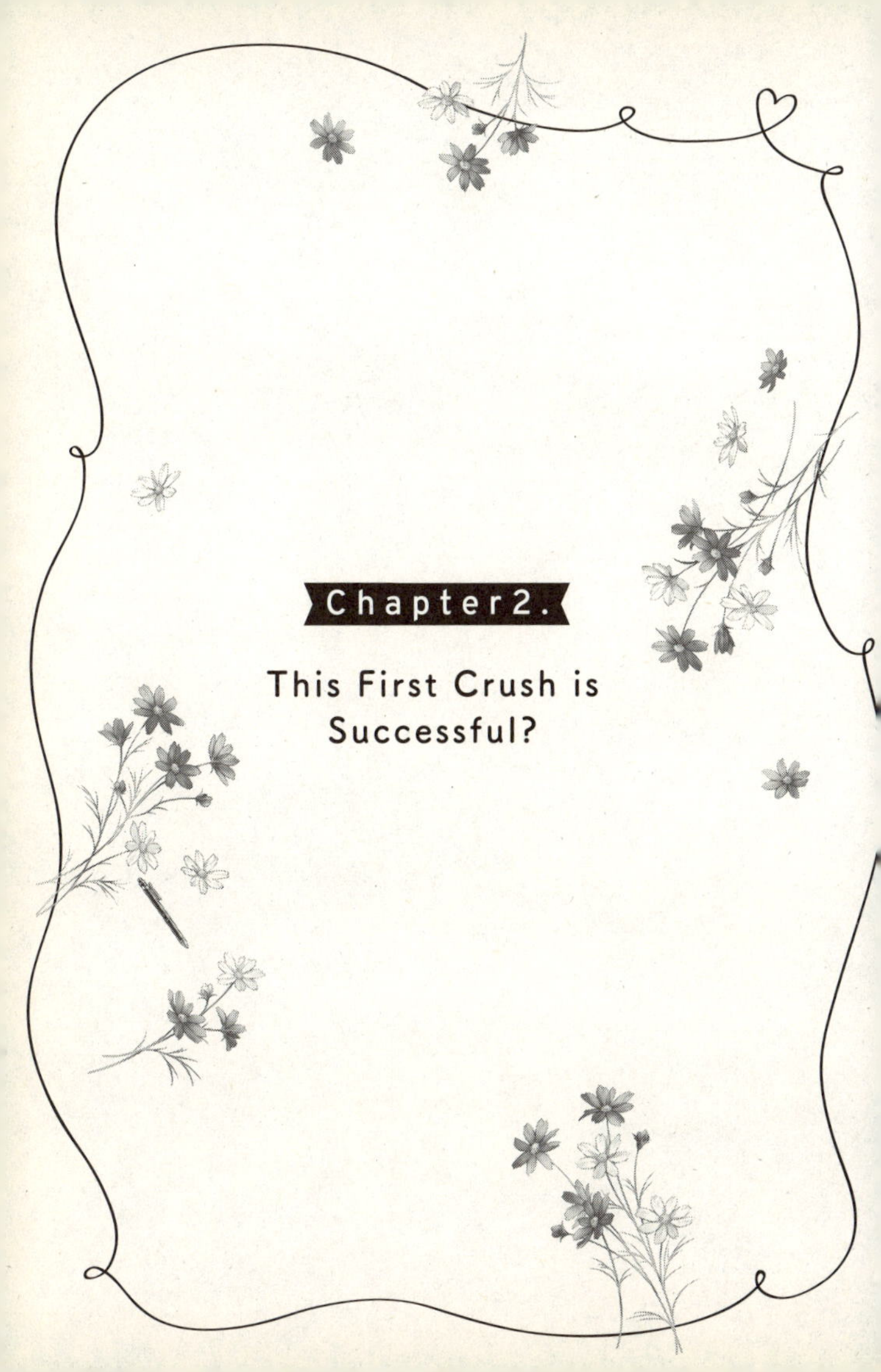

Chapter2.

This First Crush is Successful?

12th time.

その日、早乙女愛は、お風呂上がりの髪をタオルで乾かしながら自室のソファに腰掛けた。23時を回っている壁掛け時計を見つめながら、今日の新年会中ずっと浮かない顔をしていた凪のことを考える。今日は宴会を通して、ほんの3杯ほどしかビールを呑んでいなかった。しかも普段ならば絶対に二次会へ行くのに、一人で帰ってしまったのだ。早乙女には〝体調不良だ〟と言っていたが、それが嘘なのはすぐに分かった。心配だ。

しばらく悩んでいた早乙女だったが、遂にメッセージを送る決心をしてスマートフォンを手に取った。途端、スマートフォンがメッセージの受信を告げた、誰からだろう、と画面を見た彼女は「え？」と驚きの声を漏らした。

「結城さん！」

15分後、早乙女が自宅近くのコンビニに走っていくと、既に圭吾が入口に立っていた。

「あ、夜遅くに本当にごめんな。これ、良かったら」

圭吾に差し出されたペットボトルのお茶を、戸惑いながら受け取る。スマートフォンに届いたのは、圭吾からの『もし良かったら会えないか？』というメッセージだった。慌てて電話をすると、最寄り駅に居ると言うものだから、とりあえず自宅近くのコンビニを指定したのだ。

「急にどうされたんですか？」

今日の宴会の後、凪を追うようにしてすぐに帰って行ったはずの圭吾が、一体全体自分に何の用なのだろうか。

「実は、凪と付き合う事になったから報告に来た」

ぼとり、と手の中のペットボトルが落下した。

「い……いつですか？」

転がっていくペットボトルを気にする余裕もなかった。

「ついさっき」

圭吾がペットボトルを拾いながら答える。呆然（ぼうぜん）としていると、圭吾が事の経緯をゆっくりと説明してくれた。

「えーっと……つまりは、付き合うことになって間もない彼女を放って、私の所に来たって事ですか？」

話を聴き終えた早乙女は、理解に苦しみながらそう尋ねた。圭吾の話が正しければ、凪は今頃自宅のマンションに一人で居る事になる。

「まあ、そういう事になるな」

　圭吾はあっさりと認めた。付き合った初日という二度とない特別な日に、彼氏がさっさと帰って行くのは、女性的にどうなのだろうか。あいにく彼氏は要らないが、恐らく自分だったらこんな日こそ側に居て欲しいと思うに違いない。

「凪はそういう事で怒らねえよ」

　はは、と笑った圭吾は「それに」と言葉を続ける。

「俺的にはしっかりと早乙女に謝る方が大事だったから」

　そう言った圭吾はふと真剣な表情を浮かべると、早乙女に向かって深々と頭を下げた。

「多分これからお前には、キツイ思いさせると思う。本当にごめん」

　普段は見えない圭吾の旋毛（つむじ）が眼下に見えた。男の人から、こんな風に頭を下げられたのは初めてだった。昔から自分に近寄ってくる男の人は、早乙女の気を惹（ひ）くために己の存在を誇示する人ばかりだったのだ。

「え、いや、あの……」

　大いに戸惑っていると、丁度コンビニから出てきた男性が二人を見て、ギョッとしたような顔をした。早乙女は慌てて圭吾の肩を摑（つか）む。

「ゆ、結城さん！　とりあえず顔を上げて下さい！　分かりましたから！　もう良いですから！」

　そう必死に訴えかけると、腰を折っていた圭吾がようやく頭を上げる。その顔を間近で見てしまった早乙女は、すぐに分かってしまった。ああ、自分はもうこの人を許しかないのだ、と。

「……そういうところがムカつくんですよ」

ぼそりと呟くと、圭吾が「え？」と首を傾げる。

「何でもないです。良かったですね、おめでとうございます」

顔を背けながら早口に言うと、目の前の圭吾が何とも言えない表情をしている事に気が付いた。

「何ですか？」

「いや、大丈夫かなと思って……」

「はい？　何ですか、その上から目線な発言。余裕ぶっこいてると、すぐ他の人に奪られますよ」

刺々しく言い放つと、圭吾は「それは困る」と眉尻を下げて笑った。

「とりあえず、用事はそれだけですか？」

「ああ。それだけ。本当ごめんな」

その〝ごめんな〟が、夜遅くに呼び出した事に対する謝罪なのか、凪と付き合った事に対する謝罪なのか判断は付かなかった。きっと両方なのだろう。やっぱり腹の立つ人だ。

「じゃあ、おやすみ。またな。暖かくして寝ろよ」

最後の最後まで気遣わし気な表情で帰っていく圭吾。その姿が見えなくなるまで見送った後、早乙女は目の前のコンビニに飛び込んだ。入口に置いてあった籠を引っ掴むと、真っ直ぐスイーツコーナーに突き進み、手あたり次第に商品を籠に突っ込む。やがて甘いもので一杯になった籠を、どんっ、とレジへ置くと、あまりの量に店員が眼を丸くした。

「これ下さい」

「は、はい……」

とんでもない額のお会計を済ませた早乙女は、ぱんぱんに膨らんだ袋を手に夜道を歩く。やはりこうなったか、と思った。嫌な予感はしていたのだ。だって今日の飲み会で凪の元気が目に見えて無くなったのは、圭吾の元カノの話が出てきた辺りだったからだ。あんなにショックを受けた顔を見てしまっては、たとえ早乙女じゃなくても彼女の気持ちに気が付いただろう。

「はあ……」

溜息と共に夜空を仰ぐ。こんな日に限って雲一つない澄んだ空が広がっていて、きらきらと瞬く星の綺麗さが、今はとても辛かった。早乙女に向かって頭を下げた時の圭吾の言葉、そしてあの表情。

「……あんな顔見せられたら、文句なんて言えるはずないじゃん」

愚痴みたいに呟いた瞬間、ほろりと涙がこぼれた。途端、ずっと我慢していた嗚咽が、堰を切ったように溢れ出す。

どうしても幼馴染なんだろう。どうしても狡い。狡い、狡い、狡い。本当に狡い人だ。どうしてもっと仕事が出来ない人じゃないんだろう。どうして恋敵にまで優しいんだろう。心の底から軽蔑できるような人なら、こんなに悔しくないのに——

「うー……」

ひく、と喉を震わせた早乙女は、乱暴に涙を拭った。大きく息を吸いながら、もう一度夜空を見上げると、少しずつ気持ちが落ち着いてきた。大丈夫だ。落ち込むのはこの土日だけ。月曜日にはなんて事ない顔で出社して、吃驚させてやる。

そう決意した早乙女は、袋の中からエクレアを取り出して、がぶりと噛み付いた。

「……はーあ、おいし」

ぽつりと呟いて、また一口頬張る。涙のしょっぱさは、カスタードクリームの甘さに呑まれ、緩やかに消えて行った。

13th time.

　学生時代を思い返すと、彼氏が出来て数か月ほどは、ずっと気持ちが弾んでいた。その効果は絶大で、何もかもが色付いて見えたし、嫌な事があってもすぐに忘れて笑えてしまうほどだった。けれど最近はずっと恋愛がうまく行かなくて、だから久しぶりに彼氏が出来たら、きっと毎日が楽しくて仕方ないんだろうなと思っていた。まあ蓋を開けてみれば、久しぶりの彼氏は幼馴染、という結果になったけれど、それでもきっと今までとは違う日常が訪れるのだろうと予想していた。の、だが——現実は思ったよりも現実的だった。


「おい、凪？」

　そんな圭吾の声に、パソコンに向かっていた凪は顔を上げる。

「まだ帰らないのか？」

　そう言われて時計を確認すると、なんと時刻は23時を回っていた。辺りを見回すと、いつの間にかオフィスには凪と圭吾の二人しか残っていない。作業に集中しすぎていたせいで、全く気が付かなかった。

「あー、うん。ちょっとコーディングで詰まってて」

凪がげんなりしながら答えると、圭吾が「どうした？」と隣までやってきた。実は数時間前から原因不明のバグに悩まされており、未だに解決できないでいた。疲れてきたのでそろそろ帰りたいのだが、納品も近いシステムなので、出来れば今日の内に解決してしまいたかったのだ。

「ふーん……少し見せてもらっても良いか？」

凪から症状を聞いた圭吾は、マウスを手に取り、ソースを流し見した。

「……ああ、分かったわ。このバージョンのフレームワーク、特定の条件下でバグ起きるぞ。かなりマイナーなバグだから、あんまり知られてないんだけどな。多分、この方法で回避できるはず……」

すぐにキーボードで何やら打ち込んだ圭吾が「試してみ」と凪を促す。言われるがまま動作を確認してみると、なんとあれほど悩んでいたバグが見事に解消されていた。

「わー！　直ったー！　ありがとう！　本当にありがとう！　3時間くらい悩んでたの！」

「解決できたようで何よりです。てか、そんなに悩む前に相談しろよな」

圭吾が呆れたように苦笑いを漏らした。確かにごもっともなご意見だ。

「良かったあ……これで帰れる……あ、お礼にコーヒー奢るよ！」

勢い良く立ち上がった凪を、圭吾が引き止めた。

「待ちなされ。別に奢ってもらうような事じゃありませんって」

「えー……でも凄く助かったし、お礼させて欲しいんだけど……」

圭吾が居なければ、恐らく日付を超えても一人で悩んでいただろう。凪が諦めきれずにそう願い出ると、圭吾は「んー……」と何かを考えるような素振りを見せた。

「それなら、凪さん。実は一つお願いがあるんですけどね」

「うん、何？　何でも言って！」

圭吾がお願い事をしてくるとは珍しい。意気揚々と頷いた凪だったが、なぜか圭吾は少しだけ言い淀む様子を見せた。もしや、とんでもないお願いでもするつもりなのだろうか。お金貸してとかだったらどうしよう。いやまあ、圭吾にならそれなりの大金は信用して貸せるんだけれども。

「あのー……今度の週末なんですけど、俺の家に来ませんか？」

「へ？」

勿体ぶったわりに普通のお願いだったので、凪は拍子抜けしてしまった。圭吾の家には、何度か遊びに行った事があった。圭吾の実家がリフォームの真っ最中だった3年前のお正月は、彼のマンションに集まって皆で鍋パーティーをしたし、去年なんかは、二人で呑みに行って、先に潰れてしまった圭吾を引き摺って帰った後、そのまま凪もソファで力尽きて結果的に泊まってしまった事もある。

「ああ、遊びに行っていいの？　行く行く。て言うか、お願いってそれ？　言い難そうにしてるから、もっと凄いやつかと思ったじゃん」

笑いながら圭吾を小突いた凪は、何やら彼が物凄く微妙な表情を浮かべていることに気が付いた。

「お前……分かってないだろ」

「え？　何が？」

「今度の日曜、一応一か月記念なんですけど」

イッカゲツキネン？

ゆっくりと卓上のカレンダーを見やった凪は、数秒間停止した後、雷に打たれたような衝撃を受けた。

「あ……あー！　そうだよね！　付き合ってるんだもんね！　そっか、一か月かあ！　もうそんなに経つんだね！　早いね！　あははは！」

「……おい。完全に忘れてたろ」

「あはは……いえまさか、そんな……」

誤魔化すように笑いながら、凪は肝を冷やした。一か月記念どころか、何なら付き合っている事すら薄っすら忘れかけてしまっていだ。だって、毎日会社で顔を合わせる事自体は何も変わらないし、用が無い限り電話やメッセージのやり取りもしないし、二人してインドア派のため、休日にわざわざどこかへ遊びに行く事もないし。独り身の時と何ら変わらない毎日を送っているうちに、仕事の忙しさも手伝い、圭吾と付き合っている事実が頭の片隅に追いやられてしまっていたのだ。

「そ、それじゃあぜひ遊びに行かせて頂きます！」

焦りながらそう言った凪は、ふと思った。一か月記念。そして彼氏の家。これはもしや、凪が想像している『遊びに行く』とは違う意味合いではなかろうか。

「えーっと、あれ……？　もしかしてそれって、お泊りだったりする……？」

恐る恐る尋ねると、圭吾が「嫌なら別に良いですけど」と不服そうに言う。やはりそうだったのか。凪は慌てて「滅相もない！」と叫んだ。

「いえ、あの、勿論ぜひお泊りさせて頂きたい、のは山々なんです、けど……」

「けど？」

「そ、そ、それって……その……つまり……」

「なんだよ？」

「…………何でもありません」

お泊りって〝そういう意味〟なんですか――とは、どうしても訊けない凪なのであった。

◆

土曜日の15時。お泊りセットが入ったボストンバッグ片手に、凪は圭吾に『そろそろマンションに着くよ』というメッセージを打っていた。送信し終えた凪は、溜息と共にスマートフォンを鞄に押し込む。ああ、遂にこの日が来てしまった。念のため、昨日の夜は身体中のメンテナンスをしたし、下着も新品のものを持ってきた。いやもちろん全ては念のためだ。別に何か起こるなんて思っていないし、期待もしていないけれども。

（──俺はお前にキスするし、恐らくお前が今想像してるであろう事も全部するよ）

思い出すのは、大晦日の圭吾の宣言だ。色んな妄想をしかけた凪は、全身がむず痒くなって、ああああ、と叫びたくなった。付き合ってから一か月経つが、圭吾とはキスすらもしていない。まあデートらしいデートもしていなかったので当然かもしれないが。だって圭吾とキスなんて想像できないし、恥ずかしいし。それにしてしまったら、それこそ本当に幼馴染という関係が崩れてしまう気がしていた。結局まったく答えの出ないまま、この日を迎えてしまったのである。

深く考え込みながら歩いていた凪は足を止めた。マンションのエントランス前に、誰かが立っている。

「よ」

スマートフォンを手にした圭吾が凪を認め、軽く手を上げた。どうやら凪のメッセージを見て外に出て来てくれたらしい。紺色のチノパンに、オフホワイトのニットというラフな出で立ちの圭吾を見た瞬間、心臓がとつぜん騒ぎだした。

「こ、こんにちは……本日は大変お日柄もよく……」

ギクシャクしながら頭を下げた凪に、圭吾が「何言ってんだよ」と笑う。圭吾にボストンバッグを持って貰いながら、凪はエレベーターに乗り込んだ。そわそわしながら上がっていくパネルの数字を見つめていた凪は、

「っ」

びくりと肩を揺らした。圭吾が無言で手を繋いできたのだ。驚いて隣を見るが、圭吾はパネルを見つめたまま、こちらを見ようとしない。その横顔がどことなく緊張しているように見えて、この後に待ち受けているであろう〝何か〟を、圭吾もまた意識しているのが何となく分かってしまった。真冬だというのに、触れ合っている皮膚がじっとりと汗で湿っていく。自分の心音が繋いだ指を伝って、圭吾に聞こえてしまうのでは、と気が気ではなかった。機械音だけが響く空間の中、やがて沈黙に耐え切れなくなった凪は、遂に口を開いた。

「そ、そう言えばさ、今更だけど圭吾と私の家って近いから便利だよね！　電車乗らなくて済むし」

実際、凪のマンションから圭吾のマンションまでは徒歩15分くらいの距離だった。

「あー……うん」

緊張していた凪は、どこか歯切れの悪い圭吾の様子に気が付けなかった。

「あ、もしかして私の家が近いから、圭吾もこの辺りに住むことにしたの？　なーんちゃって、あはは……」

「……どうもすみませんね、気持ち悪い男で」

凪の顔から一瞬で笑みが吹っ飛んで行った。圭吾は頑なにそっぽを向いている。自分の冗談が冗談ではなかった事を悟り、凪は顔が一気に熱くなるのを感じた。

「こ……こちらがすみません……」

まずい。初っ端から、やらかした。て言うか、そこは馬鹿正直に答えるんじゃなくて、適当に誤魔化してよ！

地獄のような気まずさに包まれる中、ようやくエレベーターは到着した。

「あ、着いたね！　出よう出よう！」

そそくさとエレベーターを降りた凪は、圭吾に招かれながら部屋に入った。

「お邪魔します」

日当たりの良いリビングには、ソファ、ローテーブル、テレビといった家具が置かれている。そこまでは何ら普通なのだが、圭吾の家が特殊なところは、リビングに大型のサーバーラックがある事だ。凪の身長ほどもあるラックには、大量の機器がきっちりと配線された状態で収められていた。その中には、PC機器だけではなく、一般家庭には無いであろうサーバーまでもが設置されている。

「相変わらず凄いね……また何か増えた？」

「最近自作のPC一つ増えたな。新しいCPU発売されたから、性能見てみたくて」

「本当に好きだねえ……」

パソコンなんて一家に一台あれば良いような気もするのだが、圭吾から言わせると、用途に応じて使い分けが必要らしい。ここはオフィスか、と突っ込みたくなる量の機器を呆(あき)れ半分、感心半分で眺めていると、背後から声を掛けられた。振り向くと、ソファに座った圭吾が、凪を手招きをしている。

「凪さん、こっち来なされ」

「あ、はい」

凪は、何となく圭吾から少し距離を取った所に、ちょこんと腰を下ろした。

「何見たい？」

そう言いながら、圭吾がリモコンでテレビの操作を始めた。画面には映画やドラマがずらりと並んでいる。

「あれ？　サブスク契約してたっけ？」

「んー。ちょっと前にな」

「へー。良いなあ。私も契約してみようかな……って、いっぱい種類あるんだね！」

初めてサブスクリプションの動画配信サービスを見た凪は、作品の豊富さに感嘆の声を上げた。

「本当だな。うわ、こんな懐かしいものまである。すげー」

隣で「すげーすげー」と連発している圭吾を、凪は不思議な気持ちで見つめた。

「あれ？　今日初めて使ったの？」

そう突っ込みを入れた途端、圭吾の肩がぎくりと揺れた。少し前に契約したと言っていたくせに、一度も使った事が無いような圭吾の態度に、違和感を覚えたのだ。

「あー……いや、えっと……」

口籠った圭吾の横顔を見つめているうち、突然合点がいった。

「あ、もしかして今日のために契約してくれたの？」

バツが悪いのか、圭吾の口は真一文字に結ばれている。なんだか可笑しくなった凪は身を乗り出して、しつこく圭吾に迫った。

「ねえってば。圭吾さーん」

「…………」

「おーい」

「だー！　悪いかよ！　映画ならお前がリラックス出来るんじゃねえかなって思ったんだよ！」

ようやく白状した圭吾に、凪は声を上げて笑った。

「あはは。やっぱりそうだったんだね」

肩を揺らす凪の隣で、圭吾が「分かってるなら訊くなよ」と、ぶつくさ呟く。唇を尖らせる圭吾を見ているうちに、凪は自分の中の強張りが解けていくのを感じた。そうか。気を張っていたのは自分だけじゃなかったんだ。

「ありがとう、圭吾」

何だかそうしたくなって、圭吾の肩にそっと頭を預けた。

「……おー」

ぶっきら棒に頷いた圭吾が、遠慮がちに掌を重ねてくる。少しだけ汗ばんだ、温かな指。その体温を、今はとても心地よく感じた。

◆

「あー、おもしろかったあ」

流れ始めたエンドロールを前に、凪はソファの上で大きく伸びをした。

「そろそろ腹減ったな」

圭吾が壁の時計をちらりと見ながら言った。時刻は既に18時近い。凪のお腹も良い感じに空腹気味だ。

「キッチン借りて良いなら何か作ろっか？」

あまり料理は得意な方では無いが、一応人間が食べられるものなら作れる。お家に泊めてもらうお礼に、と思いそう提案した凪だったが、圭吾はなぜか「んー……」と言いながら、キッチンの方へと向かって行った。

「まあ、それも大変魅力的なんですけど……」

そう言いながら冷蔵庫を開けた圭吾は、何やら中から白いパックを取り出した。

「ここに鶏肉があります」

続けて圭吾は、冷蔵庫下部の野菜室を開けた。

「野菜もあります」

白菜、きのこ、長ネギなどを取り出した圭吾は、次に流し台上部の棚を開けた。

「そして此処には、結婚式の景品で当たった土鍋があります」

「ま、まさか……」

何かを察した凪を振り返り、圭吾がニヤリと笑みを浮かべる。

「今夜はお鍋です」

「やったー！　お鍋久しぶり！」

「一緒に作ろうぜ」

〝俺が作る〟とも、〝作ってくれ〟とも言わないあたりが圭吾の良い所だと思う。分担しながら鍋を作り終えた二人は、冷えたビールで乾杯した後、先程見た映画の感想を言い合った。圭吾が買ってきてくれた豚骨醤油の出汁はとても美味しくて、凪は〆の雑炊を2杯もお代わりしてしまった。そして夕食後、すっかり空になった土鍋とお皿は、凪が無理やり一人で洗わせて貰った。使った食器を全て綺麗に拭き上げ、きっちりと元の場所に戻した凪は、未だ満腹気味なお腹を撫でながらリビングへ戻った。

「圭吾ー。洗い物終わったよ」

「おー、ありがとう。洗ってもらってごめんな」

ＰＣに向かっていた圭吾が、手を止めて振り向いた。

「ううん。食材買ってきてくれたんだし、せめてそれくらいはさせて下さいな」

そう言って圭吾の隣に立った凪は、ふとPCの画面に映るプログラミングコードに気が付いた。

「あれ、何してるの？　仕事？」

「いや、この前のランサムウェアの解析してるだけ」

圭吾が言っているのは、以前、早乙女の端末に感染したランサムウェアの事だろう。しかし、暗号化されたファイルは圭吾が無事に救出してくれたし、感染した早乙女の端末と共有サーバーもOSからインストールし直したので、ウイルスは綺麗さっぱり消え、晴れて一件落着したはずだ。にもかかわらず、なぜプライベートの時間を使ってまで解析をしているのだろうか。不思議そうな顔の凪に気が付いたのか、圭吾が説明してくれた。

「この暗号パターンって、まだ解読されてないんだよ。だから解析して複号化ツール作ろうと思って」

圭吾がサラリとそんな事を言うので、凪は驚いてしまった。世の中に出回っているウイルスは、この地球上のどこかに居る凪の数倍も頭の良いであろう誰かが作成したものだ。凪とてシステムエンジニアとして働いているが、そんなウイルスの解読なんて何をどうすれば良いのか、さっぱり分からない。恐らくSync.Systemのシステムエンジニア達の中でも、そんな事が出来るのは圭吾くらいだろう。圭吾が昔から、ずば抜けてプログラミングが得意だった事は知っていたが、一緒に仕事をするようになってから、更にその突出した才能を感じていた。正直、圭吾の器ならもっと大手のＩＴ企業の方が実力を発揮できるだろう。現に圭吾が新卒で入った会社は、誰もが一度は耳にした事のあるほど有名なＩＴ企業だった。にも拘わらず圭吾は中小企業である Sync.System に転職し、そして今もそこに居続けている。馬鹿げた自惚れだろうが、それはやはり凪が居るからなのだろうか――

「……うわ、そろそろ良い時間だな。先に風呂入ってこいよ。俺は後から入るし」

モニターの時計を見やりながら、圭吾が言った。

「あ、うん。それじゃあお借りします」

「シャンプーとかタオルとか、好きに使えば良いからな」

凪は、持参したお風呂セットを手に脱衣所へと向かった。服を脱ぎ、タオルで身体を隠しながらそろそろと浴室へ足を踏み入れる。圭吾の家には何度も来た事があるが、さすがにお風呂を借りるのはこれが初めてだ。遠慮がちにシャワーを浴びていた凪は、不意に「あ」と声を上げた。

「うわ、懐かしい。まだ使ってるんだ」

シャンプーラックには見覚えのある薄水色のボディーソープが置かれていた。昔、圭吾の実家で使われていたのと同じものだ。そう言えば、小学校低学年の頃までは圭吾の家でしょっちゅう一緒にお風呂に入っていた。少し甘い香りがするこのボディーソープが好きで、よく大量に泡立てては、圭吾の頭の上に載せて遊んでいたっけ。あの頃の圭吾はまだ成長期前だったから、身長も凪と同じくらいだったし女の子みたいに華奢だった。それが今や、あの立派な体格だ。さぞかし色々と成長しているに違いない——

「……いやいやいやいや」

危うく想像しかけてしまった凪は、頭に浮かんでいた邪な絵を慌てて追い出した。

「駄目だ……のぼせる……」

鏡の中では、絶対にお風呂の熱気だけが原因ではない赤い顔の自分が、不安そうな表情を浮かべている。映画やお鍋のおかげで、すっかり気分はリラックスモードだが、このまま何も無く就寝なんて事は、あり得るのだろうか？

圭吾もそのつもりで、この一か月記念に凪をお泊りに誘ったのかもしれない。別に傍から見れば、全く不自然なことではない。寧ろ良い大人二人が一か月間、何もせずに居た事の方が不自然なのだ。

「大丈夫。なるようになる。大丈夫。なるようになる……」

ぶつぶつ唱えながら身体中を洗い終えた凪は、新品の下着とお気に入りのパジャマに身を包んだ。それから普段の二倍ほどの時間を掛けて入念にブローと保湿をし、なるべく自然な顔を装いながらリビングへと戻った。

「お待たせしましたー」

「お、上がったか。それじゃ俺も入って来るかな」

未だパソコンの前に居た圭吾に声を掛けると、彼は欠伸混じりに立ち上がった。

「適当にくつろいどきな。眠かったら先に寝てれば良いから」

え、と小さな声を漏らした凪には気が付かない様子で、圭吾は伸びをしながらお風呂に向かって行ってしまった。先に寝てれば良いと言われましても。

戸惑いながらも、ひとまず寝室に向かった凪は、今夜決戦の場となるかもしれない扉を恐る恐る開けた。部屋にはセミダブルのベッドが鎮座しており、圭吾が用意してくれたのか、普段使いをしているらしい枕とは別に、真新しい枕が置いてあった。ベッドサイドのランプを灯した凪は、薄暗い部屋の中、ベッドに腰掛けて『考える人』のポーズを取った。起きているべきか、寝るべきか。散々悩んだ末、とりあえずベッドに入って圭吾を待つ事にした。もしも怖くなったら、寝た振りをしてやり過ごそう。布団にくるまりながら、そわそわしていると、やがて圭吾がお風呂から上がったのか、ドアが開く音、そしてこちらへ向かってくる足音が聞こえてきた。寝室の扉が開く音がして、壁を向いて横たわっていた凪は、慌てて寝息を立てた。

「……凪？」

ベッドが軋み、静かな声が降ってくる。必死に寝た振りを続けていると、「寝たか」と呟いた圭吾が、隣に横たわる気配がした。お風呂上りのせいか、背中側がじんわりと熱い気がした。こちらからは見えないが、きっとそれほど近い距離なのだ。握りしめている両手が、緊張で汗を掻いているのが分かった。心臓が五月蝿い。上手く呼吸が出来ない。どうしよう、どうしよう。起きる？　それともこのまま寝た振りをする？

「……おやすみ」

緊張が最高潮に達した頃、そんな圭吾の声が聞こえた。あれ？　と思う間もなく、パチリと音がしてベッドサイドの明かりが消えた。じっと身体を縮こまらせながら背中側に全神経を集中させるが、背後の圭吾からは全く動く気配を感じない。

え？　本当に寝るの？

とんだ肩透かしを喰らった凪は、物音を立てないように、背後の圭吾を振り返った。薄暗がりの中、仰向けになった圭吾が静かに目を瞑っているのが見えた。どうやら本当に寝る体勢に入っているらしい。

「け……圭吾？」

そっと呼びかけると、閉じられていた瞼がゆっくりと開いた。

「……あれ、ごめん。起こしたか？」

「あ、ううん……そうじゃないんだけど……」

慌てて首を横に振る。すると圭吾の手が伸びてきて、ぽん、と頭の上に乗った。

「もう寝な。おやすみ」

数度ほど優しく髪を撫でたその手は、案外あっさりと去って行く。その呆気なさに戸惑っていると、そんな凪を不思議に思ったのか、圭吾が「どうした？」と尋ねてきた。

「いや、あの……な……何もしないんですか……？」

口元を布団で隠した凪は、モゴモゴとそう尋ねた。

「してほしいんですか？」

予想外の返答に、ぎょっとしてしまった。

「……結構です」

「なら聞くなよ」

ふ、と笑った圭吾は、ごろんと仰向けになって再び眼を瞑った。

「別に何もしませんよ。何かしたかったら、とっくにしてますんで」

「あ、そうなの……？」

なんだそれとは思いつつも、正直『準備万端いつでもオッケー！』という心情からは程遠かったため、凪は胸を撫で下ろした。

「じゃあ……おやすみ」

もぞもぞと布団に埋まり、静かに瞼を閉じた凪だったが、

「あ」

突如聞こえた圭吾のそんな声に、すぐ眼を開いた。

「何もしない代わりに、寝顔見てても良い？」

「え……絶対にやだ」

凪が即答すると、圭吾が「ちぇ」と不満げな声を漏らした。当たり前だ。彼氏に寝顔を凝視されていると分かっていながら、ぐっすり安眠できる彼女が居ると思っているの

か。

「それなら手繋いでも良い？」

すると、諦めの悪いらしい圭吾が、今度はそんな事を要求してきた。

「まあ、手くらいなら」

凪が左手を差し出すと、圭吾の右手がそっと重なってきた。昼間のような可愛らしい繋ぎ方ではなく、指同士を絡ませ合うような深い繋ぎ方だった。少しどきりとしたが、圭吾の指はそれ以上動く事はなく、大人しく凪の手を握っている。凪はすぐに緊張を解いた。

それにしても、相変わらず大きな手だ。凪の手をすっぽり包んでしまいそうな手を見つめている内、付き合い始めた日に握手を交わした事を思い出した。そう言えば、昔から圭吾の手が羨ましかった。爪が綺麗で、すっと指が伸びていて、この大きな手に触れられると無条件に安心してしまう。

「私、圭吾の手、すごく好きだなぁ……」

そうつぶやきながら、握った手ごと引き寄せて、その指に頬をすり寄せた。じんわりと伝わってくる体温が身体中を安堵感で満たしていく。まるでぬるま湯に浸かっているような心地よさに、瞼が徐々に下がっていくのが分かった。

「……凪ー」

ゆったりと沈み込んでいく意識の中、圭吾の声がぼんやりと聞こえた。

「ん——……？」

「キスしても良い？」

——きす？　ん？　今、キスって言った？

「えっ？」

ぱっちりと眼を開けた凪は、一瞬で自分の眠気が吹っ飛んで行くのを感じた。すぐ目の前に居る圭吾は、じっと凪を見つめている。

「えーっと……？」

大いに混乱しながらも、凪は本能的に繋いでいる手を引っ込めようとした。しかし解けなかった。握った手に、ぎゅっ、と力を込められてしまい、どうにもこうにも圭吾の指からは抜け出せなかった。

「嫌ならまずは指にするけど」

〝まずは〟ってどういう意味ですか。激しく疑問に思ったが、とても口に出来るような雰囲気ではなかった。瞬き一つしない圭吾の双眸は、凪の答えを真剣に求めている。

「ゆ……指、なら……」

断れるはずもなかった。これだけ欲しがっている視線に見据えられて、それを残酷に撥ねのけるだけの度胸は無かった。許可したすぐ後、左手に柔らかさを感じた。爪の先に降ってきた圭吾のキスは、指の関節、手の甲、そして手首、といったように、熱の余韻を残しながら、少しずつ上昇してくる。腕の内側を這って、二の腕を食んで、そしていつの間にか凪の手を離していた圭吾の右手が、パジャマの襟元を捲り首筋を露わにしていた。

「っ」

鎖骨を舐められると同時、びくりと身体が跳ねた。頬に触れる圭吾の髪のくすぐったさと、シャンプーの香り。感覚という感覚が圭吾でいっぱいになって、溢れてしまいそうだ。必死に声を押し殺していると、今や凪に覆いかぶさっていた圭吾が首筋から唇を離し、頭をもたげた。

「凪」

互いの吐息が交わりそうな距離を保ちながら、圭吾がそっと名を紡ぐ。

「口にして良い？」

息を呑んだ。まるで中学生がするような質問のくせに、圭吾の声はあまりにも艶っぽかった。

「……は、い……」

心臓が破裂しそうになっているのを感じながら小さく頷く。反射的に目を閉じると、暗闇の中、ふに、と柔らかな感触が唇に降ってきた。一瞬離れたそれは、今度は角度を変えてまたそっと触れてくる。まるで唇という器官の柔さを確かめようとするような、慎重なキス。ともすれば、それこそ本当に中学生がするような健全なキスは、じれったささえ感じてしまうほどだった。

「凪」

解いた唇の隙間で、再び囁かれた自分の名前。恐る恐る瞼を押し上げると、そこには見た事のないような眼で凪を見下ろしている圭吾が居た。その熱い視線から、圭吾が更に何かを求めようとしている事を悟った。今度は何をお願いされるんだろう——そう思うと、もう言葉を返せなかった。

「…………」

全身を硬直させている凪の頬を、圭吾がするりと撫でる。強張りを解いてくれようとしてくれたのかもしれないが、凪の鼓動は高ぶっていくばかりだった。

「もう少し他の事もして良い？」

凪の頬を愛でながら、圭吾が優しく囁く。

「少し……と言いますと……？」

「どこまでなら良い？」

そんな事を訊かれたところで、すぐさま答えが出るはずが無い。

「はい、10、9、8……」

迷っている内に、悪魔のようなカウントダウンが始まった。凪は慌てて「待って待って待って！」と叫ぶ。

「急に言われても分かんないよ！」

必死に訴えると、圭吾からは「ふーん」と気の無い返事。

「じゃあ、嫌になったら言えよ」

「えっ」

再び降ってきたキスの直後、お腹にくすぐったさを感じた。服の中に入り込んできた圭吾の手は流れるように背中に回ると、いとも簡単に下着を外す。守るものがなくなった膨らみを大きな手がそっと包み込んでくるものだから、凪は思わず唇を引き剝がした。

「あ、あの、あのっ……」

パニックになりながらも遠慮がちに圭吾の肩を押すが、凪を組み敷く身体はびくともしない。

「はい？」

腹が立つほど落ち着き払っているように見える圭吾は、しれっと凪の服を捲り上げてきた。抵抗虚しく上半身が晒され、羞恥に顔が熱くなる。

「さ、さっき何もしないって言ってなかったっけ……!?」

「いやほんと、そのつもりだったんですけど、ちょっとスイッチ的なものがでですね」

「な、なにそれ……っん、や」

突如、圭吾の舌が胸元に刺激をもたらし、思わず嬌声が漏れ出た。最悪だ。もうやだ。恥ずかしすぎて泣きそうになっていると、凪の胸に顔を埋めていた圭吾が、ゆらりと身体を起こした。

「あー……ヤバい……」

ぼそりと呟いた圭吾が、スウェットを乱暴に脱ぎ捨てる。息が止まるかと思った。子どもの頃より成長しているだろうという事は勿論承知していたが、そこにあったのは、もはや別人のように逞しくなった身体だった。

――もう二人とも、子どもじゃないんだ。

圭吾も凪も大人になって、あの頃出来なかった事が出来るようになってしまった。そんな当たり前のことを強烈に自覚してしまい、背筋がぞくぞくと戦慄いた。

「凪……」

ぎゅう、と苦しいくらいに抱きしめられ、触れ合う素肌のあまりの熱さに、頭の芯がくらくらと滲んでいく。隙間を許さないほど隈なく皮膚を撫ぜる掌が、徐々に甘い疼きの中心へ向かって下っていくのを感じた。恐ろしくなって反射的に両足をぴたりと閉じると、今まさにその場所に触れようとしていた圭吾が、何か言いたげな表情でこちらを見下ろしてきた。圭吾の言いたい事は良く分かった。しかし今までの経験上、〝それ〟を許したら、絶対互いに歯止めが利かなくなる事も分かっていた。でも、ああもう、駄目だ。幼馴染の先に進んでみたくて堪らない――そんな邪な気持ちは、きっと見透かされていた。優しいのに有無を言わせない指に柔く抉じ開けられ、ぴり、と甘い感覚が全身に走る。

圭吾の動き一つ一つに反応してしまって、そして圭吾がそれを余すところなく全部見ているのが分かった。堪らず顔を背けるけれど圭吾はそれを許してくれなくて、その度に凪の頰を手で包み込んでは、視線を引き戻した。終わりの無い情痴の波に何度も何度も呑まれ、身体中がどろどろに溶けていく。鳴きすぎて嗄れた声で圭吾の名前をしきりに呼んで、その度に圭吾が、かわいい、なんてらしくない事を言うものだから、恥ずかしさと嬉しさがぐちゃぐちゃに混ざり合って、訳が分からなくなってしまった。

何度目かも分からない波が訪れた後、遂に限界を迎えた意識が、底なしの海に引き摺り込まれていくのを感じた。

「……凪？」

ずぶずぶと身体ごとシーツに沈み込んでいくような感覚の中、圭吾に呼ばれた気がした。けれど返事をする気力もなくて、迫りくる真っ白さに抗う事もせず眼を閉じる。

「あーあ。まだ指だけなんですけど」

こんなんで次、大丈夫か？　と、遠くの方で圭吾が苦笑いをする声を聴きながら、凪は眠りに落ちていった。

14th time.

良く晴れた月曜日の朝。ドリンクの入った袋を片手に会社近くのコンビニを出た圭吾は、驚きの声を上げた。

「あ……」

目の前の道路には、こちらを見て眼を丸くしている凪が居る。どうやら通勤途中の彼女と鉢合わせたらしい。

「おはよ。偶然だな」

そう言いながら彼女の隣に並ぶと、凪は圭吾を見ないまま「おはよ」と小さく口にした。どこか素っ気ないその態度の理由は、すぐに分かった。

この土日、二人は一か月記念を圭吾の家で過ごした。映画を見て、一緒に鍋を作って、ビールで乾杯して、それから〝少しだけ〟凪に手を出した。当初は全くそんなつもりは無かったし、何もしない自信もあった。しかし、やはりパジャマ姿の無防備な彼女が目の前に居ると、人間は欲望に勝てないものなのだなということが良く分かった。結局は凪がギブアップしてしまったので途中で終わったものの、日曜日の朝——つまりは昨日の朝、眼を覚ました彼女は、相当な自己嫌悪に陥っていた。圭吾的にはそれも可愛かったのだが、本人からすると穴があったら入りたいレベルで恥ずかしかったらしい。

「……土日はお世話になりました」

そして未だにその恥ずかしさを引き摺っているらしい凪は、マフラーに口元を埋めながら、低い声でそう言う。

「こちらこそ御馳走様でした」

ほんの悪戯心でそう返すと、肩あたりを殴られた。

「もー……圭吾は……」

恥ずかしがる凪が面白くてニヤニヤ笑いを噛み殺していると、ムスッとしていた彼女が、やがてポツリと口を開いた。

「て言うか……ごめん。色々と中途半端になっちゃって……」

凪がぼそぼそと言った。どうやら途中で眠ってしまった事を気にしているらしい。まあ確かに、辛いか辛くないかで言うと多少は辛かったが、普段見られないような凪を見られただけで圭吾的には十分だった。それに、正直あの日の凪をオカズにしろと言われれば半年くらいは……いや、これ言ったらガチな感じで怒られるな。

「お気になさらず。二十数年も片思いしてると、悟りが開けるようになるんですよ」

冗談めいて言った圭吾に、凪が「……ああそうですか」と呆れたように肩を竦めた。

そろそろ会社が見えてきた頃、他愛もない会話の合間に、凪が控えめな欠伸をした。

「寝不足か？」

「あ、うん……ちょっとね」

珍しい。彼女は昔から寝るのが好きで、あまり夜更かしもしないタイプなのだ。気になって「どうした？」と尋ねると、凪が「大したこと無いよ」と遠慮がちに笑った。

「昨日、少し持ち帰りの仕事してただけ」

「え？　持ち帰り？　忙しいのか？」

常時それなりに忙しそうだが、圭吾が把握している限りは、日曜日に家で仕事をしなければいけないほど、スケジュールが切羽詰まってはいなかったはずだ。まさか泊りに来ている暇などなかったのではなかろうか。そう危惧（きぐ）した圭吾だったが、凪は首を横に振った。

「ううん。たまたま少し仕事が重なっただけ」

凪はそう笑ったが、そう言われれば、彼女はほぼ毎日のように残業している。遅い日は終電近くまで残っているし、早い日でも21時頃まで仕事をしているので、定時に帰るところをほとんど見たことが無い。圭吾も何となくそれに付き合っている内に、慣れてしまっていたが、冷静に考えると凪は働き過ぎなのではなかろうか？

「なあ。毎日遅くまで残ってんだし、今週は早めに帰れよ」

心配な気持ちでそう言うと、凪が嬉しそうに笑った。

「うん、心配してくれてありがとう。そうするよ」

屈託のない笑顔を見て、自分の心臓が簡単に飛び跳ねるのを感じた。ああ、駄目だ。やっぱり可愛くて仕方が無い。キスしたら怒られるかな。怒られるよな。道路だし。蹴（け）

り飛ばされそうだな。もしここが家なら、何の遠慮もせず好きなだけ触れるのに。

「なあ、凪。良かったら今週も遊びに……」

「――おはようございます！」

突如、背後から飛んできた声に圭吾は飛び上がった。二人が同時に振り返ると、そこには同じく通勤途中らしい早乙女が居た。

「私もご一緒してもよろしいですか？」

「うん、勿論！」

凪が頷く(うなず)と、早乙女は「わーい」と言いながら、嬉しそうに凪の腕に抱き着いた。

「鎧塚さん、昨日のドラマ見ましたー？」

「それがまだ見れてないんだよね。でも録画したから、今日あたり見ようかなって」

相変わらず仲良いな、ときゃっきゃしている二人を横目に見ていると、凪にぴったりと寄り添っていた早乙女が、こちらを見てニヤリと笑った。

「ああ、ごめんなさい、結城さん。もしかして私、お邪魔でした？」

その嫌味の意味は圭吾にしか分からなかっただろう。凪との交際を報告した後、正直とんでもない報復を受けるのではと戦々恐々としていたのだが、今のところはそんな素振りは全く見受けられない。まあ、怒っていないならそれで良いのだが、前より凪とのイチャイチャぶりを見せつけられているように感じるのは気のせいだろうか？

「いや、別に？　早乙女〝は〟会社くらいでしか凪と会えないんだし、是非ごゆっくりお喋(しゃべ)りして下さい」

圭吾はなるべく穏やかな調子でそう言ってやった。すると「ふふふ」と笑った早乙女が、負けじと応戦してきた。

「お気遣いありがとうございます。でも私は、仕事中ずっと鎧塚さんの真隣に居ますし？　ほぼ毎日ランチも一緒に食べに行く仲ですし？　色々総計すると私の方が一緒にいる率が高いと思いますけどね」

「いやいや、同じ部屋の空気吸ってりゃ一緒に居る事になるし、俺も似たようなもんだと思いますけどね」

「うわあ。今のお言葉は、セクハラ発言として部長に報告させて頂きます」

「何でだよ！」

「——……ぷ、あははっ」

言い争っていると、なぜか凪が突如笑いだした。

「二人ともすっかり仲良いね。良かったあ」

——仲良い？　俺等が？

戸惑いながら早乙女を見やると、彼女も全く同じような表情で圭吾を見ていた。数秒ほど視線を交わらせた二人は、やがて堪(こら)え切れなくなり、同時に吹き出した。

「え？　何？　なんで二人とも笑ってるの？」

訳の分からないらしい凪は、不思議そうに二人を見やっている。そんな彼女の様子が可笑しくて、圭吾も早乙女も更に笑いが止まらなくなってしまった。

「なんでもねえよ」

「なんでもないですよ」

圭吾と早乙女の笑い声が、爽やかな青空の下に溶けていった。

◆

「んー……やっぱり金額削る案よりも、現場の人の事を考えると、運用がスムーズに回る案の方が良いと思うんだよね」

「そうだな。俺も同じ考えだわ」

「あー、でもなあ……そっちの案だとスケジュールが厳しいんだよねえ……」

オフィスの片隅にある会議スペースにて、圭吾と凪の二人は顧客に提案するシステムの打ち合わせをしていた。目の前では、凪がぶつぶつ言いながら、パソコンを見つめている。仕事中の真剣な凪を見るのは好きだ。プライベートの彼女が見せるような、くだけた雰囲気を知っているだけに、尚更そう思う。打ち合わせ中だという事も忘れて凪を眺めてしまっていると、不意に机の上に置いてあった凪のスマートフォンが震え出した。

「出れば？」と促すと、凪は「ごめんね」と謝り、電話に出た。

一人で何件もの案件を抱えている凪の元には、日々多くの電話が掛かって来る。しかも顧客からだけではなく、早乙女や営業といった社内の人間からも、よく相談を持ち掛けられるようだ。凪はどれだけ忙しくても親身に話を聴いてくれるので、相談する側としてはありがたいのだろう。だがそのおかげで、凪自身の時間はかなり取られているはずだ。そりゃ残業三昧になってもおかしくない。

真面目な表情で相槌を打つ凪を見つめていると、やがて通話が終わった。スマートフォンを机の上に置いた凪が、圭吾に向き直る。

「ごめん、お待たせ。えーっと……それで、さっきの続きだけど……」

凪が言葉を止めた。ブー、ブー、と響いている音は、またもや凪のスマートフォンから発せられている。

「ごめん……」と再び申し訳なさそうに言いながら、凪が電話に出た。

「はい、鎧塚です。お世話になっております。え？　数値がおかしい？　はい、はい……自動送信メールの金額が合わないんですか……はい、はい……」

何やら凪の声色が不穏な空気を醸し始めたので、パソコンを見ていた圭吾は顔を上げた。

「承知しました、今日中に確認してご連絡致します……！　はい、申し訳ありません！」

恐縮しながら通話を切った凪に、思わず「大丈夫か？」と声を掛ける。

「あ、うん。大丈夫大丈夫……多分」

「……て言うか、次、別の会議入ってるって言ってなかったか？」

「……あああ！　そうだった！」

突如叫んだ凪は、バタバタと荷物を片付け始めた。

「ごめん、圭吾！　また後で話しても良い!?　本当にごめん！」

怒濤のように去って行く凪の背中を見送った圭吾は「大丈夫か、あいつ」と、心配な気持ちで呟いたのだった。

その日の夜、すっかり閑散としたオフィスの中、圭吾はパソコンに向かっていた凪に声を掛けた。

「凪、時間。もう22時だぞ」

「え？　わ、本当だ」

時間を確認した凪が驚いたように言った。今日の凪は特別忙しかったようで、結局朝から晩まで、そこら中をバタバタと駆けずり回っていた。もう毎日の事だが、既にオフィスには圭吾と凪以外の人間は残っていない。

「今週は早めに帰れって言ったろ？」

つい今朝がたの圭吾の言葉をすっかり忘れていたらしい凪は「あー……」と言いながら、視線を彷徨わせる。

「あはは、ごめんね。自分の効率の悪さに吃驚しちゃうよ、ほんと」

「いや、そういう事じゃなくて」

圭吾は呆れながら凪の隣に腰を下ろした。

「トラブってるなら手伝うぞ。午前中に何か問い合わせ来てただろ？」

凪に付き合って残業しているおかげで、圭吾の仕事自体はかなり前倒しで進んでいる。だったら少しでも凪の力になれればと思ったのだが、凪は朗らかに首を横に振った。

「ううん、その件は解決したから大丈夫」

「じゃあなんで残業してんだよ」

「えーっと、あの問い合わせの調査で少し時間取られちゃって、午後にやろうと思ってた作業が終わってないだけ」

「だったら、その午後にやろうと思ってた作業を俺に振れよ」

「ああ、それももうすぐ終わるんだ。て言うか、圭吾こそ早く帰って？　いつも私の残業に付き合ってくれてるから、申し訳なさすぎるよ」

なかなか圭吾の気持ちを汲み取ってくれない凪に、内心で溜息を吐く。凪は何て事ないように笑っているが、ほぼ毎日こんな時間まで残っている事を考えると、やはり仕事量がオーバーしているようにしか思えない。しかも本人が自分一人で解決しようとするものだから、周りもそれに気が付きにくいのだ。

「なあ、凪。他人に振れる仕事はちゃんと振れ。じゃなきゃマジで身体壊すぞ」

圭吾の真剣なトーンに気が付いたのか、凪が笑みを引っ込めた。

「俺に早く帰って欲しいと思うなら、まずはお前が早く帰ってくれ。じゃなきゃ俺も心配で帰れない」

馬鹿が付くほど真面目で、力の抜き方を知らない凪だからこそ、そんな風に狡い言い方をした。そうでもしないと、凪はきっと圭吾の言う事を聞いてはくれないだろう。

「凪？」

俯いたまま言葉を発さない彼女の顔を、そっと覗き込む。

「……ごめん」

すると、そう小さく呟いた凪が、パッと顔を上げた。

「そうだよね。今日はもう帰ろっかな！」

パソコンを閉じ、テキパキと帰り支度を始めた凪に、圭吾は安堵の息を吐いた。

「今日だけじゃ駄目だぞ」

電気やエアコンを消しながら圭吾がそう言うと、凪が「分かってるよ」と頷いた。

「今週は二人で定時ダッシュしよ！」

勢いよく親指を上げた凪が、何かを思い出したかのように「あ」と声を上げた。

「どうせならさ、明後日に呑みに行っちゃおうよ！　水曜日だけビールが安くなる居酒屋があるんだ」

「おお。俄然ありですな」

そんな会話を交わしながら、二人は真っ暗なオフィスを後にした。

◆

木曜日の朝と言えば、まだ週半ばでなんとなく気持ちも浮かないようなものだが、今日の圭吾の足取りは軽かった。月曜日の説得が功を奏したのか、凪は約束通り2日連続で定時上がりを守っていた。そのため昨日の夜は、久しぶりに二人きりで呑みに行けたのだ。さすがに今日も仕事のため早めに帰宅したのだが、それでも会社以外で凪とゆっくり過ごす事が出来て楽しかったし、何より――

(――送ってくれてありがとう。おやすみ)

家まで送っていった圭吾に、ほろ酔いの凪がそう言って短いキスをしてくれたのだ。こんなに色々と順調で良いのだろうか。自然と込み上げてくるニヤニヤを隠そうともせず、オフィスへのエレベーターを待っていると、

「圭吾。おはよう」

ゆったりとした声が圭吾を呼んだ。振り向けば、社長の鎧塚亮が立っていた。

「ああ、おはようございます」

亮は、なぜか笑って圭吾をちょいちょいと手招きした。不思議に思いながら付いて行くと、圭吾を人気のない端のスペースまで連れてきて、ようやく口を開いた。

「最近、付き合い始めたんだって？　凪から聞いたよ」

どうやら凪は、叔父である亮にもしっかりと交際を報告したようだ。相変わらず真面目と言うか、なんと言うか。しかしながら、凪が自分を彼氏として周知してくれているのは、正直かなり嬉しい。

「あー……ええ、まあ」

曖昧に頷くと、亮が「うわー。凄いニヤけてる」と、可笑しそうに肩を揺らした。

「何はともあれ、おめでとう。ちゃんと仲良くしてる？」

「それなりに仲良くやってますよ。ちょくちょくデートっぽい事もしてますし」

「それなら良かった。ちゃんと二人の時間取れてるのかなーって心配だったんだ。土日も出勤しなきゃいけないくらい忙しそうだったから」

「え？」

驚いた圭吾に、亮の方が驚いたような表情を見せた。

「土日も出勤ってどういう事ですかっ？」

「いや、凪が今週の土日に休日出勤の申請出してきたから、てっきりそうなのかと……」

亮が戸惑ったように言った。休日出勤をする際には、原則ワークフローで上長への申請を出す必要がある。亮はその事を言っているのだろう。

「土日って……あいつ、いつ休む気なんですか？」

顧客の休みに合わせ、致し方なく土日にシステムの入れ替え作業などを行う事もあるが、凪にそんな予定はないはずだ。

「僕も少し心配になって凪に訊いてみたんだけど、大丈夫の一点張りで……」

圭吾は全てを悟った。凪は平日に溜まった仕事を、土日に回す気なのだ。確かに残業するなとは言ったが、圭吾が言いたかったのはそういう事ではない。

亮と別れた圭吾が憤然としながらオフィスに向かうと、出社していた凪が既に仕事をしていた。

「おはよう。ちょっと良いか？」

挨拶もそこそこにそう言った圭吾に、凪がきょとんとした表情を浮かべる。

「あ、うん……？」

不思議そうな顔をしながらも、彼女は大人しく圭吾に続いてオフィスを出た。ほとんど人が立ち入らない資料室に凪を招き入れた圭吾は、すぐさま口を開いた。

「今週の土日、出勤する予定なんだって？」

刹那、凪の頰が目に見えて引き攣った。やはり亮の言っていた事は間違いでは無かったようだ。

「……何で知ってるの？」

「亮さんから聞いた」

硬い声で返すと、凪は「あー……叔父さんね……」と言いながら不自然に目を逸らす。

〝しまった、口止め忘れてた〟とでも言うような心の声が、顔にははっきりと書いてあった。

「あのな、凪。俺が言いたかったのは全体の仕事量を減らせってことで、平日のしわ寄せを土日で解決しろって事じゃねえんだよ」

自分でも声が怒っているのが良く分かった。そしてそんな怒りをしっかりと感じ取ったらしい凪は、何も言わずに下を見つめている。不服そうな顔を見る限り、圭吾の言葉を素直に聞いてくれる気はなさそうだ。

「とにかくスケジュールから溢(あふ)れてる分は俺に回せ。何の案件だ?」

「……ううん、本当に大丈夫だよー」

厳しい口調の圭吾に、凪が不自然なほど明るく言った。

「そうしたら圭吾が帰れなくなっちゃうし。それに、私一人が休日出勤して解決する問題なら、そっちの方が全然良い――」

「っだから、そう言う考え方を改めろって言ってんだよ!」

怒鳴った瞬間、凪がびくりと肩を揺らした。大きく見開かれた彼女の眼を見て、ハッとした圭吾はすぐに「……悪い」と謝る。

自分でも驚くほどの激しい自己嫌悪に駆られた。凪が土日に出勤しようとしているのは、紛れもなく圭吾が〝早く帰れ〟と言ったからだ。彼女は、ただ圭吾に心配をかけまいとしただけ。悪いのは、凪がそんな風に考えるだろうという事を予想しきれなかった圭吾だ。凪は圭吾の彼女だが、決して圭吾の物では無い。思い通りに動いてくれるわけもないし、圭吾の考えを押し付けて良い相手でもないのだ。

「なあ、凪」

深呼吸をして自分を落ち着けた圭吾は、ゆっくりと口を開いた。

「前にも言ったけど、俺はお前が体調を崩さないか心配なんだ。頼むから何でもかんでも一人で抱え込むなよ。もっと俺を頼ってくれ」

圭吾は、この仕事は他には無い〝やりがい〟があると思っている。自分の作ったシステムが、顔も知らない大勢の人達の生活を支えているという事実は、作り手冥利に尽きるものだ。しかし、この業界では体を壊してリタイアしていく人間も多い。圭吾は凪がいつ限界を迎えてしまうのか心配で堪らなかった。思えば小島の時もそうだった。ヤミーフーズへの納品の直前で、凪達は小島のミスによってトラブルに巻き込まれた。そんな中、凪は周りを一切頼ろうとせずに一人で全てを解決しようとした。結局、圭吾が首を突っ込んで事なきを得たが、あの出来事は凪の良い所を——そして、非常に悪い所を象徴していたように思う。

「あのさ、俺は仕事してる時の楽しそうな凪が好きだし、凪のそういう一生懸命なところも好きだよ。でも俺は、やっぱり元気に笑ってる凪が一番好きなんだ」

圭吾は凪が大切だった。この世のすべてをひっくるめたって、幸せそうに笑う凪の顔に敵うものがあるはずないと思っている。馬鹿だと嘲笑われたって、圭吾にとってはそれがすべてなのだ。

「――圭吾って、私じゃなくてもそこまで心配するの？」

どこか冷めた声が、静かに空気を震わせた。

「え……？」

一瞬、何を言われているのか分からなかった。どういう意味だ？　と尋ねようとした時、

「……ううん、ごめん。なんでもない」

首を横に振った凪がすぐに、にこりと微笑んだ。

「じゃあ、もし良かったら少しだけ手伝ってもらっても良いかな？」

スイッチを切り替えたかのような完璧な笑顔だった。凪は、圭吾の気持ちを理解してくれたのだろうか？　それとも――何とも言えぬ違和感は胸に残るものの、結局圭吾は素直に頷く事にした。

「うん。そうしてくれ」

すると凪は「本当にありがとね」と眉尻を下げて笑う。申し訳無さそうな笑顔ではあったものの、いつもと変わりの無い笑顔だ。胸を撫で下ろしつつ、圭吾はふと腕時計を見やった。そろそろ始業の時間だ。

「凪って、今日は午後から客先だったよな？」

スケジュールを思い出しながらそう尋ねると、凪は「うん」と頷いた後、すぐにハッとしたように表情を強張らせた。

「あの……もしかしたら、ちょっと遅くなるかも……」

凪が圭吾を窺うように、おずおずと言った。

「じゃあ待ってるから。一緒に帰ろう」

なるべく優しい声でそう言うと、凪はほっとしたように笑った。

「へへ、ありがとう。終わったら急いで戻ってくるね」

素直な凪がいじらしく思えて、そっと頭を撫でる。嬉しそうに頰を緩めた凪に釣られ、圭吾もまた、口元に笑みを浮かべた。

「もう土日に出なくても大丈夫そうか？」

「うん、おかげさまで。休日出勤の申請取り下げるよ」

大人しく頭を撫でられながら、にこにこしている凪を見ている内に、圭吾の中で我儘な思いが頭をもたげ始めた。じゃあ、また泊りに来ないか、と訊いてみたかった。しかし圭吾の我儘で二週連続泊りに来てもらうのは、さすがに申し訳ない。これから幾らでも時間はあるんだし、今回は諦めよう。そう自分を納得させた圭吾の服を、凪がくいと引っ張った。

「ねえ、圭吾。良かったら今週も遊びに行って良い？」

「えっ」

「駄目……かな？」

「…………いえ、待ってます」

さて、今週は一体どこまで我慢できるのか。苦行を強いられるであろう未来の自分を思い、圭吾は嬉しいような不憫なような、複雑な思いを抱いたのだった。

◆

「結城さん。私、お先に失礼しますね」

「おー、お疲れ。気を付けて帰れよ」

帰宅していく早乙女の背中を見送り、圭吾はチラリと腕時計を確認した。時刻は20時過ぎ。早乙女が帰ったため、オフィスには圭吾一人だけが残っている。

「打ち合わせ長引いてんな……」

まだ帰社しない凪の事を思っていると、机の上に置いていたスマートフォンにタイミング良く凪から通知が入った。メッセージを開くと、『今、帰りの電車です』という文字と、兎のキャラクターが両手を合わせて謝っているスタンプが表示されている。ふ、と微笑んだ圭吾は、気にせずゆっくり帰ってくるように返信をした。

「……ふー」

大きく伸びをして一息ついた圭吾は、ふと今朝の出来事を思い出した。

(――圭吾って、私じゃなくてもそこまで心配するの？)

凪は、たまに核心を突くような事を言う。確かに彼女の言う通りだった。圭吾は凪だからこそ、これだけ心配をしている部分もある。冷静に考えると、今になって凪の言葉の裏に隠されている意味が分かった気がした。恐らく凪は仕事に関して圭吾に特別扱いされるのが嫌に違いない。となると、今回は素直に頼ってくれたが、放っておけば彼女はまた一人でどんどん仕事を抱え込むだろう。

さて、どうしたものか。出しゃばりたいのは山々だが、あまり度が過ぎると、それこそ凪が遠慮してしまい逆効果のような気もする。深く考え込んでいた圭吾は、ふと顔を上げた。目の前には鈍い光を放つパソコンが物言わず佇(たたず)んでいる。

「…………」

首を回し、オフィスに誰も居ない事を確認した圭吾は、ゆっくりとキーボードに手を伸ばした。

15th time.

お昼時、社員達が行き交う廊下を、凪と早乙女の二人はエレベーターに向かって歩いていた。前を歩いていた早乙女が廊下の角を曲がった瞬間、驚いたように足を止める。

「……っと、悪い」

危うく早乙女と衝突しかけた圭吾が、二人に道を譲った。

「飯行くのか？」

コートを羽織った二人の姿を見て、圭吾がそう尋ねてきた。

「うん。近くのカフェに行くの。季節限定のフルーツサンドがあるんだって」

「結城さんもご一緒されますか？」

早乙女の誘いに、圭吾は苦笑いしながら首を横に振った。

「いや、今コンビニで買ってきちゃったから俺は良いよ。楽しんで来て下さい」

「そうなんですね。じゃあまた次の機会に」

早乙女に「行きましょ」と促され、凪は圭吾とすれ違うようにして歩き出す。

「あ、凪」

不意に呼び止められ、エレベーターへ向かいかけていた凪の足が止まった。

「まだ肌寒いから、これ巻いてけ」

そんな言葉と共にグレーのマフラーがふわり、と首元に巻かれる。刹那、鼻を掠めた柔軟剤の香りが、圭吾に抱きしめられた時の感触をやけにはっきりと思い出させた。

「気を付けて行って来いよ」

ポン、と凪の頭に軽く手を置いた圭吾は、顔を赤くしている凪を尻目にオフィスへと戻って行った。数日前、凪を残業の事で叱って以来、圭吾はこんな感じで少し過保護だ。先週も圭吾の家に泊りに行ったのだが、凪が疲れているだろうからという理由で、ご飯からその後片付けまで、すべて圭吾がすると言って譲らなかった。そのため、トイレとお風呂以外は何もしないというお姫様のような土日を過ごす事が出来たので、確かにゆっくり休めたと言えば休めたのだが。

（――ちょっとだけキスしても良い？）

そんな圭吾の言葉に頷いてしまった結果、なかなかに体力が削られるようなキスを、結構な時間を掛けてされた。しかも、多少の悪戯付きで。色々と思い出してしまい、赤面しながらカフェへ向かっていると、隣を歩いていた早乙女が口を開いた。

「鎧塚さんって、最近何かありました？」

「へ？　な、なんで？」

どストレートな質問に、凪は素っ頓狂な声を上げてしまった。

「うーん……なんとなくです」

ふふ、と笑った早乙女は、動揺している凪に気が付いているのかいないのか、それ以上は何も言わなかった。凪は早乙女に圭吾と付き合い始めた事を、まだ報告していなかった。理由は二つあり、一つは、二人が付き合っている事で同じチームの早乙女に気を遣わせたくなかったから。そしてもう一つの理由は、凪が一時期、早乙女は圭吾の事を好きなのだと思っていたからだ。結局、ラブホテルの件が誤解だったと判明した後、彼女の口からはっきりと「結城さんの事は恋愛対象として見ていません」と断言された。すべては凪の勘違いだったのだと知ったものの、何となく気まずい思いは拭えず、未だに圭吾との関係を言い出せずに居たのだ。

しかしいつまでも黙っているのも早乙女に悪い気がする。そう思った凪は、意を決して口を開いた。

「じ……実は、圭吾と付き合う事になったの」

一思いに言った後、隣の早乙女をちらりと見やる。彼女は大きな目を更にまん丸に見開いていた。やっぱりショックを受けたのだろうか。不安になった凪が「黙っててごめんなさい」と慌てて付け加えると。

「ああ、やっぱりそうなんですね！」

意外にも早乙女は、そうあっけらかんと言った。

「へ？　やっぱりって？」

「最近のお二人の様子を見てれば、さすがに気付きますよぉ。いつ言ってくれるのかなーって思ってたんですっ」

早乙女が、ぺろりと可愛らしく舌を出した。まさか、とっくに気が付かれていたとは。凪が拍子抜けしていると、早乙女が「おめでとうございます」と満面の笑みを浮かべた。

「へへ……ありがとう」

何だか、どっと安心してしまい凪は力無く笑った。

「って事で、ぜひぜひお二人の惚気話、聞かせてくださいね」

「ないないない！　普通すぎて話す事なんて何もないよ！」

早乙女とじゃれ合いながら歩いていると、不意に鞄のスマートフォンが震え出した。早乙女に断ってディスプレイを見れば、そこには『ヤミーフーズ』の文字が。ヤミーフーズの通販サイトは納品以来、順調に安定稼働しているため、先方の担当者から連絡を受けるのは久しぶりだ。

どうしたのだろうか、と思いながら電話に出ると、すぐ焦ったような声が聞こえてきた。

『あ、鎧塚さん！　先ほどメールをお送りしたのですが、返事が無かったのでお電話させて頂いたんですけどっ……』

「申し訳ありません。今、外に出てまして……どうされました？」

『実は通販サイトのウェブページが全く見れなくなってしまったんです』

そんな言葉に、凪の胃がずしりと重くなった。

『幾ら更新かけても真っ白のままなんです。至急ご確認頂けませんか⁉』

「は、はい！　すぐに会社に戻って確認します！」

凪が通話を切ると、早乙女が「大丈夫ですか？」と心配そうに声を掛けてきた。

「うん……ヤミーフーズさんのサイトが見れないみたいなの」

「え！　そうなんですか!?」

二人が焦るのも無理のない話だった。通販サイトにアクセス出来ず、商品を購入することが出来なければ、消費者は簡単に諦（あきら）めて別の企業サイトへ移動してしまうだろう。即ちヤミーフーズは、売れるはずだったものが売れないという金銭的なダメージを、刻一刻と受ける事になるのだ。サイトが見られない原因は調べてみないと分からないが、万が一 Sync.System の過失だった場合、損害分を弁償しなければいけないという話になりかねない。

「ごめん、私会社に戻るね！　本当に申し訳ないんだけど、一人でご飯行って貰（もら）っても大丈夫……？」

「勿論（もちろん）です！　鎧塚さんの分のサンドイッチもテイクアウトしてきますので！」

力強くそう言ってくれた早乙女に「ありがとう！」と叫んだ凪は、急いで来た道を引き返した。全速力で走ったせいで、息も絶え絶えになりながらオフィスの扉を開ける。

「ああ、凪」

疲れきった様子でオフィスに入ってきた凪に、圭吾が声を掛けてきた。食事の途中だったのか、机の上にはペットボトルのお茶とおにぎりが二つ転がっている。

「ヤミーフーズの通販サイト、復旧したぞ」

「ええ!? 嘘、ほんとに……げほっ、げほ!」

走り過ぎたのと驚いたので咽せてしまった凪の背中を、圭吾が「落ち着け」と言いながら撫でる。凪の呼吸が整い始めた頃、圭吾がモニターを見せてくれた。

「ほれ」

そこには『全く見られない』と聞いていたはずのヤミーフーズの通販サイトが、しっかりと映し出されている。試しに簡単な動作確認をしてみたが、きちんと動いているようだ。

「一通り確認したけど、特にシステム自体に問題はなさそうだったわ。まあレンタルサーバーだし、たまたま他の利用者がサーバーに負荷掛けるような処理走らせたんだろ。一応、データベースのチューニングは見直しておいたのと、処理の一部でボトルネックになってそうな場所があったから、ついでに改善してアップしておいた。修正箇所まとめてチャットで送っておいたから、後で確認してくれ」

テキパキとそう告げられ、凪は「ありがとうございます……」と面食らうしかなかった。さすがは圭吾と言うか、なんと言うか。仕事が早い。いや、早すぎて逆に怖い。

「先方に報告しなくて良いのか?」

そんな圭吾の言葉にハッとした凪は「確かに!」と、慌てて電話を掛けた。すぐにシステム復旧の報告をすると、ヤミーフーズの担当者には怒られるどころか「素早い対応を頂きありがとうございます」と逆にお礼を言われてしまった。

恐縮しながら電話を終えると、横で様子を見守っていた圭吾が「お疲れさん」と声を掛けてくれた。

「本当にありがとう……圭吾のおかげだよ」

圭吾が早々に対処してくれたので、被害が最小限で済んだ。それにしても、どうやってトラブルの事を知る事ができたのだろう？　不思議に思っていると突如、ぐぅぅという鳴き声のような音が響き渡った。凪のお腹から発せられたものだ。

「……すみません」

消え入りそうな声で謝った凪に、圭吾が笑いを堪えながら「飯食べてないのか？」と尋ねてきた。

「うん……電話あったから途中で戻ってきて……」

「そりゃ腹減るよな。ほら、食えよ。まだ口付けてないから」

くくっ、と笑った圭吾はおにぎりを一つ差し出してきた。遠慮しようかとも思ったが、生憎お腹が限界だった凪はその好意に甘える事にした。

「何から何まですみません……あ、早乙女ちゃんが後からサンドイッチ持って帰ってきてくれるから、それと交換って事でお願いします……」

「真面目かよ」

可笑しそうに笑った圭吾と一緒におにぎりを齧っていると、机の上に置かれていた圭吾のスマートフォンが震え出した。

「……お、悠真だ」

画面を見た圭吾が呟いたその名前に、凪はピクリと反応した。佐伯悠真は圭吾の高校の時の友人で、凪の同級生でもある。

「もしもし。おー、どうした？　……はは、分かってるって。今月だろ？」

電話に出た圭吾は、凪に見せるのとはまた違う砕けた調子で悠真と話をしている。

「つーか準備進んでんのかよ。うん、うん……え？……いや、まあそうだけど……凪も？」

それまで楽しそうに話していた圭吾が、驚いたように眉根を寄せた。突如聞こえてきた自分の名前に、呑気におにぎりを齧っていた凪は、キョトンとしながら咀嚼を止めたのだった。

◆

「あ、桜」

「咲いてたか？」

「うん。でも、まだ満開じゃないみたい。暗かったから良く見えなかったけど」

すっかり日の暮れた車窓の景色を眺めていた凪は、前に向き直った。肌を刺すような冬の寒さも和らぎを見せ始めた3月の末、スーツ姿の圭吾と、チュールのセットアップ姿の凪は、自宅へ帰るべく電車に揺られていた。

「それにしても、悠真君の奥さん綺麗だったねー。ドレス似合ってたなあ」

「なんか料理も上手いとか何とかで、めっちゃ自慢してたぞ」

今日は圭吾の友人である佐伯悠真の結婚式だった。友人の圭吾はお昼の挙式から参加していたのだが、めでたく二人が付き合い始めたと聞いた悠真が、二次会に凪を誘ってくれたのだ。

「にしても、こういうの考えるの大変なんだろうな」

高校時代の友人たちから散々からかわれていた圭吾を思い出して一人で笑っていると、当の本人がそう言った。彼の膝の上には、引き出物袋が置かれている。

「だよね。ゲストによって中身変えなきゃいけないんだっけ？」

「って聞くよな。親戚関係と、会社関係と……それから新郎と新婦の友人でも、それぞれ中身変える人も居るらしいぞ。マメだよなー」

袋の中を覗きながらボヤいていた圭吾が、何かを思い出したように「あ」と呟いた。

「そう言えば苗さんが正月に、新しいトースター欲しいって言ってなかったか？」

「あー……言ってたかも？」

「じゃあこれ持って行こうぜ」と言いながら、圭吾が引き出物袋を持ち上げた。どうやら貰ったカタログギフトを苗にくれるつもりらしい。

「え？　良いよ、悪いし」

「実は最近結婚式ラッシュだったもので、まだ家にカタログが三つもあるんですよね……」

似たような状況の凪が「ああ……」と呟くと、圭吾が「って事で、実家寄ろうぜ」と笑った。

「きっと苗さんも、お前の顔見ると喜ぶと思うし」

「うん。ありがとう」

タイミング良く実家の最寄り駅に停止した電車を降り、二人は春夜の少し肌寒い空気の中、並んで歩き出した。高めのヒールを履いている凪を気遣ってか、普段よりもゆっくり歩いてくれる圭吾に、凪はふと切り出す。

「ねえ、圭吾。いつもお母さんのこと思ってくれてありがとうね」

先程、圭吾が口にしてくれた〝きっと苗さんも、お前の顔見ると喜ぶと思うし〟という言葉が、とても嬉しかった。父が亡くなって以来、お嬢様育ちの苗と一人娘の凪が生活できたのは、結城家のサポートがあったのも大きかった。結城家の面々には頭が上がらないな、と思っていると、隣の圭吾が静かに口を開いた。

「……あのさ。もし俺たちが、このまま一緒に居続けたとしてさ」

「うん」

「家建てるのかマンション買うのかとかは分からないけど、俺はお前と苗さんさえ良ければ、将来的に三人で一緒に暮らせれば良いと思ってるよ」

思わず立ち止まった凪を振り返り、圭吾が眼尻(めじり)を下げながら、優しく続ける。

「あの家に一人だと、やっぱり苗さんは寂しいだろうし、凪もその方が安心だろ？」

言葉が出てこなかったのは、嬉しいのもあったが、何よりも驚いたからだ。まさか圭吾がそこまで考えてくれていたなんて思っていなかった。今は一人暮らしをしている凪だが、将来的には実家に戻るか、もう少し広いマンションに引っ越して苗と共に暮らすつもりだった。しかし、もし凪が誰かと結婚することになった場合、その人は、妻の母親と一緒に暮らす事を笑って了承してくれるだろうか――凪は、父が亡くなって以来、ずっとそんな不安を抱えながら恋愛してきた。

「え……そ、それで良いの？」

信じがたい気持ちで尋ねると、圭吾は「当たり前だろ」と笑う。

「大切な人の大切な人は、そりゃ大切なので」

「……大切がゲシュタルト崩壊してる」

「確かに」

けらけらと笑った圭吾が「ほら、行くぞ」と右手を差し出してくる。

「……ありがとう、圭吾。本当にありがとう」

その手に指を絡めた凪は、心からそう言った。込み上げてくる嬉しさが危うく涙になってしまいそうだった。圭吾は何も言わなかったが、握った手にぎゅっと力を込めてくれたので、凪の気持ちはちゃんと伝わったようだ。

二人は手を繋いだまま住宅街を歩いた。二人が通っていた小学校の横を通ると、校庭の桜が少しだけ花を付けており、闇夜の中で薄ぼんやりと桃色を浮かび上がらせていた。夜はまだ少し冷えるものの、最近は春特有の、とろりとした温さが空気に混じってくるようになった。ついこの前、年が明けたばかりだと思っていたのに、もうそろそろ4月とは驚きだ。そうだ。この時期と言えば――

「ねえねえ、圭吾。今週の土曜日、誕生日でしょ。何かしたい事とか行きたい所とかある？」

去年の凪の誕生日は、無事にヤミーフーズの納品を終えた凪のために、圭吾と苗が日を改めてディナーを奢ってくれた。あの時のお礼として、実は数週間前から少しずつ準備をしていたのだ。今のところ、土曜日の昼間は圭吾のしたい事をして、夜はご飯の美味しいお店でプレゼントを渡す計画だ。圭吾が彼氏になってから初めての誕生日という事もあり、凪は自分でも驚くほど張り切っていた。

「あー……」

圭吾は、少し考える素振りを見せた。

「なになに？　なんでも言って？」

「いや、実は……げっ」

圭吾の視線を辿って前方を見た凪は、実家の前で含み笑いをしている圭吾の母の姿に気が付いた。どうやら、いつものように苗に会いにきたらしい。二人は光の速さで繋いでいた手を離したが、時すでに遅しだった。

「みーちゃった」

心底面白そうに笑った圭吾の母は、動揺している二人を尻目に、凪の家のチャイムを連打する。

「苗ちゃーん！　大変！　圭吾と凪ちゃんが手繋ぎながら帰って来たわよ！」

住宅街に響き渡るようなその大声に、圭吾が「マジで止めろ！」と叫んだのだった。


「そっかあ。それでうちに寄ってくれたのね。わざわざありがとう」

ダイニングテーブルに並んで腰掛ける凪と圭吾に、苗がお茶を出しながら嬉しそうに言った。

「それで？　いつから付き合い始めたのよ」

向かい側で頬杖を突いていた圭吾の母が、ニヤリと笑いながらそう言う。圭吾が不機嫌そうに顔を顰めた。

「……二か月とちょっと前くらい」

「もー、報告しなさいよ。親への義務でしょ？」

「んな義務聞いたことねえよ……あーもう、よりによって一番知られたくない人に知られた……」

「あら。そんな生意気なこと言って良いと思ってるの？　あんたの恥ずかしい寝言シリーズ、凪ちゃんにバラすわよ」

「すみませんでしたマジでやめて下さい」

相変わらずのやり取りに凪が笑っていると、同じく可笑しそうに笑っていた苗が、ふと隣の和室に目を向けた。

「パパもきっと喜んでるわねぇ」

和室のお仏壇には、優しい笑顔を浮かべる父の遺影が飾られている。その笑顔を見ていると、苗の言う通り、我が子のように圭吾を可愛がっていた父が、二人の交際を喜んでくれているような気がした。

凪が温かな気持ちで微笑んでいると、ようやく息子をからかい飽きたらしい圭吾の母が「ところで」と切り出した。

「あんた達、いつ結婚するの？」

ゴホゴホと咽せたのは、丁度お茶を呑んでいた凪だった。慌てて口元を拭いながら、ぶんぶんと首を横に振る。

「いやいや、結婚って……！　付き合ったばっかりだし、まだまだそんな気は無いよ！ねえ、圭吾？」

同意を求めようと、ぐりんと首を隣に向けた凪は固まった。圭吾が驚いたように凪を見つめていたのだ。その表情の意味が分からず狼狽えていると、やがて圭吾の顔が少しずつ怪訝そうに顰められていった。

「お前……30歳までに結婚したいって言ってたじゃねえか」

思わぬ言葉に、ぽかんと呆けてしまった。

「えええ？　ちょっと待って、いつそんな事言ったっけ？」

焦りながら記憶を辿るが、圭吾とそんな会話を交わした覚えなど一切無い。

「高2の時だよ」

「高2!?　覚えてるわけないでしょ!?」

こちとらもう28歳なのだ。圭吾は記憶力が良いから可能かもしれないが、凡人が10年以上前の会話をいちいち覚えているはずが無い。しかし、圭吾は凪以上に衝撃を受けているようだった。言葉を発さなくなってしまった圭吾を、三人が戸惑ったように見つめる。一体なんなんだ。にわかに凍り付く空気の中、やがて圭吾が椅子を引いて立ち上がった。

「……覚えてないなら良い。そろそろ帰ろう。苗さん、お茶ごちそうさま」

こちらを見もせずに荷物をまとめた圭吾は、足早に玄関へ向かって行く。

「え？　ちょ、ちょっと待ってよ！　ごめん、お母さん！　また来るね！」

慌ててヒールに足を押し込み、外に飛び出す。圭吾は外で待っていてくれたものの、凪が家から出て来るとすぐにスタスタと歩き出してしまった。

「あの……圭吾？」

怒っているらしい背中を追いかけながら、そっと声を掛ける。返事は無い。

「ねえ、圭吾。圭吾ってば」

「…………」

「っもう、ちょっと待ってよ！」

遂に痺れを切らした凪は、前を行く圭吾の腕を掴んで立ち止まらせた。圭吾は無言で振り向くと、静かに凪を見下ろす。冷ややかな眼だった。少し怖気づいた凪は、消え入りそうな声で「ごめん」と呟いた。

「あの……もしかして、〝そのつもり〟だったり……した？」

おずおずと尋ねる。もし圭吾が『30歳までに結婚したい』という凪の発言をずっと覚えていて、それを実現させようとしてくれていたのなら？

「……いや、覚えてないならもう良い」

圭吾は否定も肯定もしなかったが、凪にはそれだけで十分すぎた。何も言えなかった。本当ならもっと謝るべきだったのかもしれないが、たった三文字で終わらせて良い気がしなかったのだ。俯く凪を見下ろしながら、圭吾が静かに口を開く。

「マジで気にしないでくれ。そもそも10年以上前の言葉を覚えてる俺が気持ち悪いだけだし。ただ……」

ただ、の後に続く言葉を待ったが、いつまで経っても聞こえてこない。恐る恐る顔を上げた凪は、大きく息を呑んだ。

「圭吾……」

——圭吾のそんな切なそうな顔、見たくなかった。心臓が鷲掴みにされたように痛んで、しかし絶対に圭吾の方が辛いのが分かるから、何も言えやしなかった。

「悪いけど、今日はもう帰らせてもらっても良いか？」

「…………はい」

無言で歩き始めた二人が、その日、それ以上の会話を交わす事は無かった。

16th time.

「って事で、No.10とNo.25のバグに関しては、この共通関数から修正した方が、根本的な解決になると思うぞ」

「成程ねえ……でも、今から修正したとしてスケジュール間に合うかな……」

凪と圭吾は、凪のデスクにて一緒にモニターを覗き込みながら、そんな会話を交わしていた。丁度、去年の冬に受注したアパレルショップ『acsis』のシステムがいよいよ納品間近となり、最終テスト段階に入っている所だ。

打ち合わせが一段落した後、二人の間に一瞬だけ沈黙が走る。

「……あ、圭吾。あのさ……」

チャンスだと思って口を開きかけた凪だったが、

「じゃ、戻るわ」

凪の言葉に被せるようにそう言い、圭吾はスタスタと自席へと戻って行ってしまった。

ああ、また失敗した。向かい側でキーボードを打ち始めた圭吾をこっそり見やりながら、凪は溜息を吐いた。

あの土曜日の夜から早5日が経過し、既に週終わりも近い木曜日になっていた。週明けの月曜日、驚く事に圭吾は普段と全く変わらない様子だった。もう怒っていないのだろうか、と淡い期待を抱いた凪だったが、圭吾は仕事以外で凪と一切会話を交わそうとはしなかった。廊下で会っても回れ右をされたり、定時になったらさっさと帰ってしまったりは当たり前で、どうにか仕事中に会話を試みようとしても、今のようにするりと躱されてしまうのだ。カレンダーに目を向ければ、圭吾の誕生日である土曜日はもうほんの2日後に迫っている。結局、圭吾が行きたい所やしたい事は訊けずじまいだ。しかし、逆に言えばチャンスだ。さすがの圭吾も、土曜日のデート中にまで凪の言葉を躱し続けるのは不可能だろう。

とにかく、まずは謝って許してもらおう。それから目一杯お祝いをしよう。それで少しでも、今まで圭吾にしてもらった事の恩返しができれば——

「ごめん、凪。言い忘れてた」

突如背後から圭吾に声を掛けられ、凪は飛び上がった。

「はいぃ！　なんでしょう？」

「急で申し訳ないんだけど、明日って有給貰っても良いか？」

一瞬呆けてしまった凪は、圭吾の「難しいなら良いけど」と言う言葉にハッとした。

「あー……えっと、スケジュール的には全然大丈夫だけど……」

チームリーダーとして圭吾のスケジュールを管理している凪は、慌ててそう答える。

「……何か用事でもあるの？」

恐らくは社内でぶっちぎりの有給消化率の悪さを誇る圭吾が有給を取るとは珍しい。

「うん。まあ」

「そ、っか……」

決意に満ちていたはずの気持ちが、音を立てて萎んでしまった。もし叶うのなら、本当は金曜日に圭吾の家に泊まらせて貰って、0時になった瞬間にお祝いが出来ればと思っていたのだ。

「あの……ちなみに土曜日は空いてるんだよね？」

訊くまでもないだろうが念のために、と思って尋ねた凪は、次の瞬間耳を疑った。

「その事なんだけど、土曜は夜遅くまで空いてない。どうしても外せない用事がある」

「へ？」

素っ頓狂な声を上げてしまった凪に、圭吾が「ごめん」と短く謝った。そのとき、先週の土曜日に〝誕生日に何したい？〟と尋ねた時、圭吾が何か言い淀んでいた事を思い出した。そうか。だからあんな変な反応をしていたのか。

と言うか、誕生日に用事とは一体なんだろう。問い詰めたくて仕方なかったが、どうにか踏みとどまった。いつどんな用事を入れるのかは圭吾の勝手だし、そもそもちゃんと約束を取り付けておかなかった凪が悪いのだ。

「そ、そっか！　ちなみに用事って何時までかな？　良かったら、その後に会えると嬉しかったりするんだけどな」

せめて食事くらいは、と思った凪は、なるべく気にしていない風を装いながらそう尋ねたのだが――

「多分21時とか、それくらいになると思う」

そんな圭吾の言葉に、さすがに頬が引き攣った。えーっと、つまりほぼ一日中空いていないわけですね。

「会うならその後でも良いか？」

良いか？　と訊かれたところで、凪が嫌だと言ってどうにかなる訳でもなかろうに。

「……了解しました」

結局、凪はそう力無く頷くしかないのであった。

◆

金曜日の終電にて、凪は固唾をのんでスマートフォンを見つめていた。時刻は23時59分56秒……57、58、59――0時ぴったりになった時、凪は用意していた『誕生日おめでとう』の文字を、圭吾に宛てて送った。少しドキドキしながら画面を見つめていたが、数分経ってもメッセージに既読は付かない。やがて諦めた凪はスマートフォンを鞄にしまい込むと、ぐったりと座席に凭れかかった。本当に今日は散々な日だった。色んな事を考えすぎて一睡もできないまま出社し、空っぽの圭吾の席を見て落ち込み、眠気のせいで仕事の効率は落ち、そこにいつものごとくトラブルの電話が掛かってきて、結局今日もこの時間に帰宅だ。しかも仕事が終わらなかったので、会社のＰＣを持ち帰って家でも仕事をしなければいけない羽目になってしまった。

「……はあ」

重たい溜息を吐きながら辺りを見回せば、飲み会帰りらしき人々が、ようやく終わった平日に安堵した表情を浮かべていた。一人の乗客だって多いのに、なんだか凪は無性に寂しくなってしまった。きっとここ最近はずっと圭吾と一緒に帰っていたからだ。圭吾の顔を思い出すと、胸の奥が捩れるように痛んだ。

本当なら今ごろ圭吾と一緒に居たはずなのに。せめてメッセージなんかじゃなくて、直接おめでとうを言いたかった。

隣に居た女性の二人組が電車を降りて行き、すれ違うようにして入ってきた若い男性三人組が、凪の隣にドサッと腰を下ろした。

「――……それでさあ、俺は言ってやったわけよ。お前そんなチマチマ金稼いでて虚しくなんねーの？　って」

「――……うわ、キッツ――」

ギャハハハ、と隣の男達が笑うたびに、ぷぅんとお酒の臭いと油っぽい臭いが漂ってきた。金曜日の終電に飲み会帰りの人間が多いのはいつもの事だが、素面なうえ、寝不足で体調の悪い今の凪からすると、少し辛い臭いだ。

臭いにあてられた凪は、座席に寄りかかりながら固く眼を閉じた。暗闇の中で呼吸を繰り返しているうちに、耳障りだったはずの喧噪が徐々に遠ざかっていく。規則正しい電車の揺れが何とも心地好い。身体がゆっくりと沈み込んで行って、疲れ切った脳が様々なしがらみから解放されていく。

「――……てか次どうする？　俺、新しい時計欲しいんだけど」

「――……どうすっかなー。この前のタブレットは結構良い値が付いたし……なあ、おい。見ろよ」

「――……待てって。もう少し様子見てから……」

ノイズのような話し声をぼんやりと聞きながら、凪の意識は確実に眠りへと落ちて行った。赤、黄、緑――瞼を埋め尽くすほどの極彩色の紅葉が、すっきりとした青空を背景に、そよそよと揺れている。隣には圭吾の姿。スーツではなく、紺色のブレザーを着ている。懐かしい。高校の制服だ。二人は、自宅近くの通学路を並んで歩いていた。随分と長い間忘れていたが、そう言えば季節ごとに移ろいを見せるあの並木道が好きだった。

（――多分、特別な関係になるんだと思うぞ）

圭吾が言った。今よりも少しだけ声が幼い。何の話をしていたんだっけ？

そう考え込むが、記憶が穴のように抜けていて、上手く埋まらない。

（――特別な関係？）

そう尋ねた凪に、圭吾は「うん」と頷く。

（――幼馴染よりも恋人よりも、ずっと、当たり前な特別に）

あれ？　これって、なんの記憶だっけ――

「――……お客さん、お客さん。終点ですよ」

揺り起こされた凪は、ハッと目を開けた。青色の座席と、無機質なドア。そして仄かに漂うお酒の臭い。何が何だか分からず一瞬呆然としてしまった凪は、瞬きを繰り返す。終点？　その言葉の意味を理解した瞬間、凪はバッと後ろを振り返った。車窓の向こうに見えた馴染みの無い駅名。どうやら自分は、思いっきり寝過ごしてしまったようだ。慌てて立ち上がった凪は、何か強烈な違和感を覚え、恐る恐る座席を見下ろした。

「荷物が……無い」

愕然とした。そこには空っぽの座席があるだけだった。

◆

「……そうですか。分かりました、失礼します」

力無く頷いた凪は、絶望に苛まれながら通話を切った。たった今、駅から掛かってきた電話は『PCの落し物は届いていないようです』という内容だった。壁の時計を見やれば、時刻は14時を指している。荷物を盗られてしまってから、12時間以上が経過していた。あの後、すぐに部長へ電話で報告をした凪は、警察へ被害届を出しに行った後、夜通しPCを探し回っていた。しかしこの広い空の下、そう簡単に見つかるはずもなく、ついに諦めて家に帰ってきたのが先ほどの事だ。警察には、恐らくは電車で隣の席に座った男性達が怪しいと伝えたが、何の証拠もないので、すぐには動けないという回答しかもらえなかった。しかも、こういったケースで物が戻ってくる事はほとんど無いとも言われてしまい、もう心が落ちるところまで落ちるしかない。

凪は頭を抱え込んだ。自分の財布やポーチが盗られただけなら、まだ良い。大問題なのは、大事な顧客情報が入ったPC端末を盗られてしまった事だ。勿論パスワードは掛けているが、それなりにPCに詳しい人なら、最悪ハードディスクから直接情報を抜き出せてしまう。そうなれば状況は最悪も最悪だ。会社は顧客からの信用を失うだけではなく、社員の危機管理教育を怠ったとして、世間から激しく非難されるかもしれない。かつて顧客の口座情報を流出させてしまった、父たちのように――

「っ」

強烈な嘔吐感に襲われた凪は、バタバタとトイレに駆け込んだ。込み上げてくる吐き気に任せ、胃の中のものを全て吐き出す。昨日の昼から何も食べていないせいか胃液しか出てこなかったが、それでも容赦なく襲ってくる嘔吐の波に、気が付けば涙が出ていた。

「……っ、うー……」

ひっくり返りそうな胃を服の上から押さえつけながら、嗚咽を漏らす。もし、このままパソコンが戻って来なかったらどうしよう？　いや、それだけではない。もしパスワードが破られて、顧客の個人情報が悪用されてしまったら？　もしそれがニュースになって、莫大な損害賠償を払う事になったら？　もしSync.Systemが倒産してしまって、一緒に働いている同僚たちが露頭に迷う事にでもなったら？　そんな事になりでもしたら、一体自分はどう責任を取れば良いのだろう？

ぞくり、と背筋が冷たくなった時だった。ブー、ブー、とポケットに入れっぱなしだったスマートフォンが震えた。ディスプレイを見た凪はドキリとした。電話の主は亮だった。このタイミングの電話となると、部長から今回の事を聞いたに違いない。

恐る恐る電話に出た凪は、

『凪！　見つかったぞ！』

そんな亮の第一声に「へ？」と間抜けな声を出した。

「叔父さん！」

着の身着のままで社長室に走り込んできた凪を、亮が出迎えた。

「パ、パソコン、見つかったって……本当!?」

「ああ。これだろう？」

激しく息切れしている凪に、亮が一台のノートパソコンを差し出した。はやる気持ちを抑えつつ、パスワードを入れてログインしてみると、見慣れたデスクトップが表示された。ああ、間違いなく自分のパソコンだ。

「よ、良かった……」

全身から力が抜けて、凪はその場にヘナヘナと座り込んでしまった。心の底から安堵した凪だったが、すぐにバッと立ち上がると、亮に向かって勢いよく頭を下げた。

「この度は私の不注意により、多大なご迷惑をお掛けしてしまい大変申し訳ありませんでした……！　どんな処分でも甘んじて受け入れます！」

自分がどれだけ大変な事をしでかしてしまったのか理解していた。減給や降格どころか、首になってもおかしくはない。

「凪。良いから顔を上げなさい」

だが、肩に乗ってきた亮の手からは不思議なほどに怒りを感じなかった。

「失敗は誰にでもあるものだよ。今回は幸いにも機密情報は盗られてないし、そこまで気に病む必要はないさ。さすがに始末書は書いてもらわなきゃいけないだろうけどね。とにかく今後、同じ事を繰り返さないように気を付けてくれればそれで良いよ」

本当にこれで良いのだろうか。わざとではないとは言え、今回のことは間違いなく凪の気の緩みが原因なのだ。煮え切らない思いでいると、亮が「そう言えば」と口を開いた。

「犯人ね、大学生だったそうだよ。警察曰く常習犯だろうって。どうも犯人たちの中にPCに詳しい人間が居たらしくて、通報を受けた警察が訪ねた時も、どうにかファイルの中身を取り出そうとしてたみたい。まあ、圭吾の方が一枚上手だったんだけどね」

「え？　圭吾？」

唐突に出てきた圭吾の名前に混乱していると、亮がPCを指差しながら言った。

「何でも良いから、適当にファイルを開いてごらん」

不思議に思いながらもデスクトップ上のファイルを開こうとした凪は、思わず「え？」と声を上げた。

『このファイルは暗号化されており、開けません』

そんなメッセージが表示され、ファイルが全く開けなかったのだ。他のファイルも試してみたが、どれも同じだ。

まさか変なウイルスにでも感染してしまったのだろうか。パニックに陥りかけていると、亮がどこかへ電話をし始めた。

「……――あ、もしもし。うん、もう良いよ。暗号化を解いてくれる？　ありがとう。じゃあね」

ポカンとしながら見つめていると、スマートフォンをしまった亮が凪に顔を向けた。

「もう一度開いてごらん」

首を捻(ひね)りながらファイルをクリックすると、先ほど開けなかったはずのファイルが普通に開けてしまった。

「ど……どういう事？」

「この端末、圭吾が見つけてくれたんだ」

薄々勘付いてはいたが、まさかの言葉だった。全く関係のないはずの圭吾が、どうやってPCを見つけたと言うのだろう。

「圭吾には僕が知らせたんだ。何か知恵を貸してくれるかと思ってね。そうしたら無闇にPC本体をロックしてしまうよりは、犯人を泳がせた方が良いだろうって事で、とりあえずPCは通常通り使えるようにしておいて、遠隔で重要なファイルだけ暗号化してもらったんだ」

確かにPC本体をロックしてしまい、全く使えない状態にしてしまえば、犯人はすぐに諦めてPCを売り飛ばしてしまう可能性が高い。だが機密情報が目の前にあると分かれば、PCに詳しい人間ほど、どうにかファイルを開こうと躍起になるだろう。きっと圭吾はそれを見越していたのだ。

「彼らがファイルを復号化しようと必死になっている間に、圭吾がIPアドレスからおおよその位置情報を割り出したんだ。さすがに詳細な場所までは分からないから、夜通し周辺を探し回ったって言ってたけど……まあ、そのおかげで住所まで特定できて、警察にも通報できたみたい」

さすがにそこまで説明されれば、2日間ほど寝ていないせいで上手く働かない凪の頭でも理解できる事があった。

「えっと、つまり……全部、圭吾のおかげってこと……?」

恐る恐る尋ねると、亮が「そうだよ」と大きく頷いた。

「ちゃんと圭吾にお礼言うんだよ。多分さっきまで警察に居て、全然寝てないはずだから」

反射的に時計を見れば、時刻は既に15時を回っていた。

「え……でも……今日、夜まで絶対外せない用事があるって言ってたのに……」

◆

凪がチャイムを鳴らすと、すぐに扉は開いた。

「はーい……げっ」

中から出てきた圭吾が、凪の顔を見るなりそんな失礼な声を上げた。

「えーっと……大分早くね……？」

現在の時刻は16時。約束していた21時よりも随分と早い時間に訪れた凪に、圭吾が戸惑ったようにそう言った。

「ごめんね。少し早いけど来ちゃった」

そう言った凪は「良かったらお邪魔して良い？」と首を傾げる。

「あーっと……ちょっと片付けるから待っててくれ」

どこか焦った様子の圭吾は、「ごめん」と言いながら、ドアを閉めた。しばらくそのまま待っていると、また数分後にドアが開かれる。

「悪い、待たせた」

「……お邪魔します」

中に入った凪は、リビングのローテーブルの前に腰を下ろした。凪と向かい合うように座った圭吾は、気まずそうに眼を逸らしている。そんな圭吾を真っすぐに見つめながら、凪は口を開いた。

「叔父さんからPCの件、聞いたよ。本当にありがとう。おかげで無事に解決しました」

深々と頭を下げた凪に、圭吾が「いや、全然」と首を横に振る。

「まあ、なんと言うか……災難だったな」

「ううん、私が悪かっただけだから」

凪がそうきっぱりと言った後、二人の間に沈黙が流れた。心なしかそわそわしている様子の圭吾に気が付きながら、凪は静かに尋ねた。

「ねえ、用事は大丈夫だったの？　夜まで空いてないって言ってたと思ったけど」

ギクリ、と圭吾の肩が揺れる。ほんの少しだけ黙った圭吾は、あさっての方向を見つめながら、ゆっくりと口を開いた。

「いや……急に空いた」

――ああ、もう我慢の限界だ。

「嘘吐かないでよ！」

圭吾が弾かれたように凪を見た。とても久しぶりに圭吾と目が合った気がした。驚いている目。戸惑っている目。今日、そんな目を向けられるつもりなんて、少しも無かったのに。

「ねえ、私が結婚の話を覚えてなかったから怒ってるの？　確かに忘れてた私が悪いよ！　でも、だからって、そこまで避けること無いじゃん！」

だって今日は特別な日になるはずだったのだ。凪がリサーチしたお店のディナーを食べて〝美味しい〟って笑う圭吾を見て、渡したプレゼントに〝ありがとう〟って喜ぶ圭吾を見て、１日の終わりに〝楽しかった〟って言ってくれる圭吾を見て。それだけで心底幸せに思える日になるはずだったのに、どうしてこんな事になっているのだろう。

「つ、付き合って、初めての圭吾の誕生日なのに！　もうこれから一生、今日しかないのに！　夜からしか会えないってどういう事なの？　お祝いしてほしくないなら、は、はっきりと言ってくれればいいのに！」

この特別な日に、本当は〝おめでとう〟だけじゃなくて、もっと色んな事を伝えたかった。いつもありがとう。圭吾と付き合えて良かった。これからもよろしくね、って。

「大事な人の大事な日は、絶対に絶対に私がお祝いしたかったのに……」

――今、私は圭吾がとても大切だよ、って。ずっと凪を想い続けてくれた圭吾に、そう言いたかったのに。

「凪……」

涙で滲む視界の中、圭吾が唖然として眼を見開いているのが見えた。きっと凪が子どものような癇癪を起こしたから、驚いているのだろう。

「……ひっく、っご、ごめん、それだけだから……」

涙を袖で乱暴に拭った凪は、急いで立ち上がる。あらんかぎりの怒りをぶちまけたせいか、急速に冷静になり、自分の行動が恥ずかしくなってきてしまった。鞄を引っ掴むと、圭吾の方を見ないまま玄関へと踵を返した。

「い、一旦帰って、また夜に出直して来ま、す……」

その時、右手首に感じたのは、大きな指の感触。振り向けば、そこには凪の手首を掴んでいる圭吾の真剣な表情があった。

「帰るな」

圭吾はそのまま凪を引っ張ると、半ば無理やりにソファに座らせた。訳も分からずにいる凪を尻目に、圭吾はクローゼットへ向かっていく。数分後に戻ってきた圭吾はブラックのスーツに身を包み、しっかりとネクタイを締めていた。なぜスーツなんて着ているのだろう。ソファの上で呆けていた凪に、圭吾が手招きをした。

「凪。悪いけど、ちょっと付いて来てくれ」

圭吾は戸惑う凪の手を取って外に出ると、そのまま何処かへ歩き出した。どうやら駅の方へ向かっているらしいという事にだけは気が付いた。会社にでも行くつもりなのだろうか？　でも土曜日に？

無言のまま歩く圭吾に何となく訊けないでいると、やがて駅を目前にして、圭吾が立ち止まった。

「ここ寄っても良いか？」

それはビルの1階にテナントを構えるフラワーショップだった。凪が頷くと、圭吾は「ちょっと待っててくれ」と言い残し、所狭しと並べられている花を慎重に避けながら、店の奥へと消えて行った。しばらく間近の花を眺めながら待っていると、花束を手にした圭吾が出てきた。青色を基調とした落ち着いた雰囲気の花束だ。

「ごめん、待たせた」

そう言ってまた歩き出した圭吾はそのまま駅へ向かうと、20分ほど電車に乗って、とある駅で下車した。駅を出ると、すぐ目の前には大きな公園があった。凪は運動場やテニスコートが隣接されているその公園に、毎年必ず訪れていた。圭吾は迷わずその公園に足を踏み入れた。ようやく目的地が分かった凪だったが、それでも何故このタイミングでここに来たのかが分からなかった。不思議に思いながらも、その背中を追う。いつしか西の空は茜色に染まり始めていた。公園の奥へ進むにつれ、少しずつ人気が少なくなり、心なしか空気が厳かなものに変化していく。

やがて辺りには、数えきれないほどの墓石が整然と並び始めた。そう。ここは公園に隣接している霊園なのだ。

「此処だよな」

やがて、圭吾が立ち止まった。二人の目の前にある墓石には『鎧塚家之墓』という文字が刻まれている。ここは、父が眠っている墓だ。圭吾は墓石の前にしゃがみ込むと、先程買った花束を花立に丁寧に供えた。

「お久しぶりです、おじさん」

墓石に向かって両手を合わせた圭吾が、そう口を開く。お盆の時期になると、血の繋(つな)がりのない結城家が、父のためにこの墓に参ってくれている事を、凪は知っていた。

「今日はご報告があって来ました。実は今、僕は凪さんとお付き合いさせて頂いてます」

夕暮れの柔らかな風が、青い花弁をそよそよと揺らしている。身体を壊した父が入院していた頃、よく花束を買ってお見舞いに行ったことを思い出した。

「おじさんにはきっと気付かれていたと思いますが、僕は自分でも覚えていないほど昔から、凪さんの事が好きでした」

病室に行く度、最近学校であった事を喋(しゃべ)る凪を、父は静かに微笑みながら見つめていた。病室の窓際には、いつも父の好きな青色の花が飾られていた。

「自分でもどうかと思うくらい、長年片思いを拗(こじ)らせていましたが、凪さんは僕の自分勝手で一方的な思いを受け止めてくれて、真剣に僕と向き合おうとしてくれています」

――圭吾も今、あの頃の凪と同じように、父と向き合っているのだろうか。

凪は、墓石に向かってまっすぐ背筋を伸ばす圭吾の後ろ姿を見つめ続けた。

「それでもこの先、必ず互いが互いを理解し合えない事も出てくると思います。そしてその度に、喧嘩もすると思います」

少しだけ翳った圭吾の声。凪も同じ思いだった。時にくだらない理由で、時に深刻な理由で、きっと凪達は何度もぶつかり合うだろう。その度に凪は傷付けられるかもしれないし、圭吾を傷付けてしまうかもしれない。

「けれど、もし僕たちの間に幾つ分かり合えない事が出てきたとしても、僕は絶対に彼女を裏切りませんし、その自信があります」

価値観が違うという事は、とても哀しい。相手と自分が全く別の人間なのだと強く再認識させられるから。

「貴方の大切な娘さんは、何があっても守り抜きます」

でも、それは決して悪い事ではないのかもしれない。だって分かり合えない事が苦しいのは、それだけ圭吾を好きだからだ。

「だから、凪さんを僕にください」

――一際強く吹いた風が、辺りの木立を揺らした。思わず閉じた瞼をゆっくり開くと、父と向き合っていたはずの圭吾が、いつの間にか立ち上がってこちらを見つめていた。何かとんでもない発言をされたような気がしたのだが、気のせいだったのだろうか。そう思った凪だったが、真剣そのものの圭吾の瞳を見た途端、現実だったのだとすぐに分かった。

「……って事で、僕と結婚してくれませんか？」

そう言って圭吾が差し出したのは、彼がずっと手に持っていた紙袋だった。

「ご査収ください」

思わず受け取ったその袋は、ずしりと重量感があった。この流れなら中身は指輪のような気もするが——あれ？　指輪ってこんなに重いの？

混乱しながらも袋の中身を覗(のぞ)いた凪は、きょとんとした。中に入っていたのは一冊のスクラップブックだった。木製の表紙には細かな装飾が施されており、随分としっかりした造りになっている。表紙を捲(めく)った凪は、すぐに眼を見張った。ページに収められていたのは、綺麗(きれい)な曲線を描く指輪の写真だった。そしてその隣には『絶対凪に似合う。V字のデザインなので指が長く見えるらしい』と、手書きのコメントが書かれている。

「これって……」

凪は、呆けながら次々とページを捲った。どのページにも同じように、指輪の写真と手書きのコメントが残されていた。

『強い衝撃を加えると、石が取れやすいとの事。ただデザインがとても良い』

『デザインの種類は少なめだが、メーカーのアフターフォローが充実している』

『同じシリーズの結婚指輪があるので、重ね付けできる』

ただひたすらにスクラップされた指輪の写真と細かなコメントは、分厚いアルバムの最後の1ページにまで及んでいた。

「えーっと、これってどういう……？」

「好きな指輪を選んでください」

スクラップブックを閉じながら尋ねると、緊張したような面持の圭吾がそう言う。何がなんだか分からない凪の様子を見て、圭吾が説明をしてくれた。

「俺が勝手に決めるより、最終的には自分で決めたいかなと思いまして。かと言って丸投げされても困るだろうから、とりあえず俺が凪に着けてほしい指輪をピックアップした感じです」

「……既成のカタログにしなかった理由は？」

「だってあれ、お値段載ってるんですもの」

なんとも圭吾らしい気遣いだった。驚き半分、感心半分の気持ちのまま、もう一度スクラップブックをパラパラと捲る。

「圭吾って、こういうの作るの苦手じゃなかったっけ……？」

凪の記憶が正しければ、圭吾は昔から理数系や体育は得意だったものの、音楽と美術の成績は壊滅的だったはずだ。

「毎日仕事終わりに作ってたのに、なぜか一か月も掛かりました……」

だから最近早く帰っていたのか、と凪は納得した。恐らく毎日コツコツと作業をしていたのだろう。

「あと、実は一つ謝らなきゃいけないことがありまして。本当は今日の夜にギリギリ完成する予定だったんですけど、あと少しのところで終わってません……手先が不器用で申し訳ないです……」

「あ、だから昨日休んだの？」

凪はポンと手を打った。〝どうしても外せない用事〟と言っていたのは、これだったのか。

「はい……どうしても誕生日が終わるまでに渡したいなと思いまして」

「……なぜ？」

「俺が、自分の誕生日を理由にしないとプロポーズできないような小心者だからです」

大きな身体を縮こまらせる圭吾を見ているうちに、段々と何かが込み上げてきた。

「ふっ、あははは！」

突然笑い出した凪に、圭吾が驚いたように目を丸くする。どうにも可笑しくて、凪は目に涙を溜めながら、圭吾に「ごめん」と、息も絶え絶えに謝った。

「いや、本当にごめん……もうなんか、色々と予想外すぎて……！」

だって、こんなの聞いたことない。場所はお墓で、指輪の代わりにスクラップブックなんて、こんなプロポーズを誰が予想できるだろう？

「……すみませんね。色々と考えすぎたら、こんな方法しか思いつかなかったんですよ」

バツの悪そうな表情の圭吾に、凪は未だに顔中で笑いながら「違うよ」と言った。たとえば夜景の見えるレストランで、圭吾の選んだ指輪と共にロマンチックなプロポーズをしてくれることだって可能だっただろう。それでも圭吾は選んでくれたのだ。一生の宝物になるであろう婚約指輪を、凪に選択させてくれることを。そして、何よりもまず父の墓前に立って、報告をしてくれることを。

「ありがとう、圭吾」

サプライズが苦手な圭吾がいっぱい悩んで考えてくれた一世一代のプロポーズなのだ。それがどれだけ嬉しいかなんて、とてもじゃないけど言葉になんてできやしない。

「……っ、ありがとう……」

瞬く間に溢れ出てきた涙の理由がたくさんありすぎて、自分でも困ってしまうほどだった。

(――貴方の大切な娘さんは、何があっても守り抜きます)

圭吾が父に向かって誓ってくれた言葉が、何度も心の中で反芻される。嬉しかった。誰かが絶対的に守ってくれる安心感というものを、父が居なくなってしまったあの日から、失くしてしまっていた気がしたから。

ふ、と目の前に影が落ちた。顔を上げれば、すぐ目の前に圭吾が立っていた。

「お返事はいつでも結構ですので」

泣きじゃくる凪の涙をそっと拭きながら、圭吾がそう言葉を落とす。ああ、本当に馬鹿な人だ。そんなの考える必要すらないってことくらい、分かるだろうに。凪は両腕をいっぱいに広げて、目の前の身体に思うがままに抱き付いた。圭吾が愛おしい。緊張したように強張る身体を力いっぱい抱き締めながら、はっきりとそう思った。

「私で良ければ、是非お願いします」

決してその場しのぎの感情なんかじゃない、と確信があった。いつかこの燃えるような恋は落ち着きを見せ、互いが隣にいることがごく当たり前になる時が来るだろう。けれど、その時の自分に残された感情を想像したとしても、やっぱり凪は、圭吾と居るべきだと思った。

――この人となら、きっと、これから待ち受けている長い長い人生を、二人らしく生きていける。

「……うん、ありがとな」

胸を打つほどに綺麗な夕焼けの中、圭吾が泣いてしまいそうな笑顔を浮かべたのが見えた。

◆

（――僕と結婚してくれませんか？）

代り映えのしなかった日常の中、たった一つの『約束』がこんなにも自分を幸せな気持ちにしてくれるなんて、知らなかった。

「最近ご機嫌ですね、鎧塚さん」

軽快にキーボードを打っていた凪は、隣から聞こえてきたそんな声に手を止めた。

キョトンとしながら隣に顔を向ければ早乙女が、ふふ、と笑いながら自分の頬を指さす。その時、凪は初めて自分の口元が馬鹿みたいに緩んでいることを自覚した。

「ご、ごめん……」

「謝る事じゃないですよぉ。幸せ絶頂の時期なんですから、当然です」

クスクスと笑う早乙女にもう一度謝りながら、凪は油断すればまた緩んでしまいそうな口元を、きゅっと引き締めた。圭吾にプロポーズされてから、早二週間ほどが経過していた。式や籍の予定は詳しく決定していないものの、とりあえず準備は進めていこうということで、先週はお互いの親に挨拶へ行った。「結婚する事になりました」と報告した時の親たちの喜びっぷりと言ったら、今思い返しても少し笑ってしまうほどだ。圭吾の両親に至っては「お祝いだー！」と言ってビールを開け始めるし、「まだ昼間だっつの！」と窘める息子の声も聞かずに宴会をスタートさせていた。相変わらずな結城家を笑って眺めながら、苗と凪はお仏壇がある隣の和室で、こっそり二人だけの乾杯をした。

（――おめでとう、凪ちゃん。幸せになってね）

そう言った苗の目に涙が溜まっていて、何だか寂しいような嬉しいような不思議な気持ちになってしまった凪も、少しだけ泣いた。それから今週に入ってからは社長である亮と部長、そして同じチームメンバーである早乙女と才賀にも報告をした。初めは全く実感が湧かなかったが、こんな具合で準備を進めていく内、少しずつ『結婚』の二文字が現実味を帯び始めてきた。

〝幸せの絶頂〟

早乙女の言う通り、確かに今を表すのなら、そんな言葉がピッタリなのかもしれない。

プルルル——鳴り響いた内線電話に、またもやニヤニヤしてしまっていた凪は現実に引き戻された。焦りながら電話に出ると、受話器から『お疲れ様、鎧塚です』と言う穏やかな亮の声が聞こえてきた。

『仕事中にごめんね。ちょっと社長室に来れたりするかな？』

「えーっと……私だけで大丈夫ですか？」

そう尋ねた凪に、亮は『うん。凪一人で大丈夫だよ』と言った。受話器を置いた凪は、すぐに立ち上がるとオフィスを出た。一体何の用だろう。てっきり結婚の件だと思ったのだが、そうだとしたら凪一人だけを呼び出すのも不自然な話だ。

首を捻りながらも社長室に足を踏み入れる。凪の目に飛び込んできたのは、応接ソファに座っていた見知らぬ男性二人だった。二人は凪を見るとすぐに立ち上がり、名刺を差し出してきた。

「初めまして。邦国バンクの瀬谷と申します」

「松城と申します」

困惑しながらも名刺を受け取った凪は、そこに記載されている社名を再確認した。

『邦国バンク』と言えば、日本を代表するメガバンクの一つだ。会社経営には銀行からの融資が不可欠のため、よく銀行の営業マンが社長室に出入りしている事は凪も知っていた。しかし、なぜ凪が呼び出されたのだろう？

「凪、こっちに座りなさい」

亮に促された凪は、瀬谷と松城に向かい合う形で応接ソファに腰を下ろした。得体の知れない空気にそわそわしていると、お茶を一口啜った瀬谷が静かに口を開いた。

「実は、御社の結城圭吾さんが当銀行への入行を取り止めたいと仰っておりまして」

――何を言われているのか、到底一瞬では理解が出来なかった。

「……はい？」

刹那的に訪れた沈黙を破ったのは、凪のそんな掠れた声だった。

「申し訳ありません、瀬谷さん。まだ彼女には詳しい説明をしておりませんので」

石像のように固まっている凪の隣で、亮がそう口にした。納得したように頷いた瀬谷は、当惑している凪に「では、ご説明させていただきます」と言った。

「現在、当銀行には基幹システムを新システムへ移行するプロジェクトがございます。完全移行までに7年近くを要するだろうと言われている、正に一大プロジェクトです」

邦国バンクの基幹システム移行プロジェクト――それは凪もニュースで見て、知っていた。一般的に、銀行系のシステムは移管が非常に困難だと言われている。銀行系のシステムの多くは、１９８０年～１９９０年に掛けて作られたものが多く、かれこれ20年以上、物によっては30年近く稼働しているものもあると聞いた事があった。その間、休む間もなくツギハギの機能追加や書き換えを繰り返し行ってきたため、システム全体がとんでもなく肥大化してしまっている事がほとんどだそうだ。それに加えて、古いシステムであるが故に、当時作成に携わった関係者が定年を迎えており、全貌を把握できるような若い人材が居ないという、所謂『ブラックボックス化』の問題が大きいという。移管にあたっては、まずはそのツギハギだらけの複雑に絡み合ったソースコードを1から紐解き、慎重かつ綿密にプランニングを行っていく高度な技術が必要とされるのだ。そういった理由が重なっている事もあり、銀行系システムの移管の難しさは、IT業界でも有名な話であった。

「プロジェクトの構想が持ち上がったのは、今からおよそ6年前の事です」

瀬谷が言った。6年前と言えば、凪と圭吾が丁度大学4年生の頃だ。邦国バンクのシステム移行のニュースは最近見たと思ったが、構想自体はそんなに昔から持ち上がっていたのか。恐らく、邦国バンクもそれだけ慎重にこのプロジェクトを扱ってきたのだろう。

「その頃、結城さんは当銀行がスポンサーとなっていたプログラミング大会で最優秀賞を受賞しました。彼が学生の頃から、名だたるプログラミング大会で実績を残しておられたのはご存じですか？」

文系の学部に在籍しながらも、独学でプログラミングを勉強していた圭吾が、工学部の教授に勧められて大会に出場していた事は知っていたし、何かの賞を受賞していた事も噂では聞いていた。

「我々は審査員としても彼の作品を見る機会があったのですが……率直に申し上げますと、彼の技術力には驚かされました。一般的に、才能があると言っても所詮学生が組むコードには限界があります。ですが、結城さんの組むコードは完璧でした。それどころか我々の想像の上を行くほど前衛的なものだったんです」

瀬谷の言葉には、どこか熱が込められていた。何か話がおかしい気がする——もう一度貰った名刺に視線を落とした凪は、息を呑んだ。熱弁する瀬谷の名前の上部には、小さな文字で『ITシステム統括グループ　基幹システム構築部　マネージャー』という肩書が綴られていた。

「当時、我々は近い未来の基幹システム移行を見据え、優秀な人材を探しておりました。勿論、結城さんはその第一候補でした」

ようやく状況を理解し始めた凪に、今度は瀬谷の隣に座っていた松城がそう口を開く。

「彼のスキルに注目した我々は、将来的にプロジェクトの一翼を担っていただくため、当行に入行頂けないかとアプローチし続けていたのです」

凪が無言で松城の名刺を見下ろすと、そこには『人事グループ　人材マネジメント業務部　リーダー』の文字。凪は自分が大きな思い違いをしていた事を知った。目の前の二人は、帝都バンクの営業マンなどではない。基幹システムの構築に携わる部門と、人事部の人間なのだ。しかも肩書を見る限り、それなりの地位に属しているような人たちだ。

「圭吾を邦国バンクに……？」

心臓がドキドキと嫌な音を立て始めていた。小さな声でそう尋ねた凪に、松城が頷く。

「しかし彼は、当行に入行する条件として、数年間他の会社で実績を積ませて欲しいと言ってきました。我々も彼の思いを汲み、本格的にプロジェクトが始動する時期になるまで、彼の成長を見守る事としました」

「それが今だと言うことですか……？」

「そうですね」

力強くそう言い切ったのは、瀬谷だった。

「我々としては、結城さんに入行頂いた暁には、基幹システム移行プロジェクトの中枢を担うポジションに就いて頂くつもりです。無論、彼の働きぶりにもよりますが、評価次第では将来的に基幹システムの総責任者に選任されるでしょう——貴方のお父様と同じように」

付け足された言葉に、ぞっと背筋が凍った。凪は先ほどからずっと感じていた胸騒ぎの原因を悟った。『邦国バンク』は、かつて父がシステムの総責任者として勤めていた『帝都バンク』を吸収合併した銀行なのだ。

「……父の事をご存じなんですか」

そう尋ねた声は震えていた。瀬谷は僅かに視線を落とすと、小さく頷いた。

「同僚でした。私は、元帝都バンクの基幹システムに携わっていた者です」

凪は大きく息を呑んだ。途端、胸の奥にしまっていたはずの陰鬱な記憶が、わっと堰を切ったように溢れ出してきた。大量のフラッシュの中、カメラに向かって頭を下げる父の姿。無精ひげを生やして、一日中部屋に閉じこもっていた父の姿。病院のベッドの上で、澄み切った青空を見つめていたやせ細った父の姿。お経の声と大量の花に囲まれて、永遠に笑い続ける写真の中の父の姿。

ガタンッ――突然立ち上がった凪に、その場の全員が目を丸くした。

「今度は圭吾に死ねと言うんですか」

怒鳴らなかっただけ自分を褒めてやりたい。それ程までに腸が煮えくり返りそうだった。冗談じゃない。この人たちは凪の父だけでは飽き足らず、圭吾にまで同じ運命を辿れと言うのか？

「そうではありません」

必死に怒りを抑える凪とは対照的に、瀬谷が至って冷静に否定する。

「貴女も同業者ですからご理解いただけるかとは思いますが、銀行系のシステムは、それこそ一部のミスも許されません。お客様の命とも言える重要な情報を、何よりも安全に、かつ完璧に管理する必要があります。だからこそ、実力のある結城さんにもこのプロジェクトに参加頂き、パイオニア的な存在となって欲しいのです。それは、貴女のお父様のような犠牲者を出さない事にも繋がると思いませんか？」

「なっ……」

思わず言い返そうとした凪に、瀬谷が「それに」と言葉を続ける。

「これは結城さんが望んだ事でもあるんです」

爆発しかけていたはずの怒りが、驚きのあまりあっという間に静まった。

「……え？」

嘘だ。だって、そんな話は一度も聞いたことがない。

「本当だよ、凪。圭吾はずっと銀行系のシステムに携わりたがってたんだ」

立ち尽くす凪に、亮がそう声を掛ける。

「どうして……？」

「さあね。それは本人に訊くと良いよ。とにかく今は座りなさい。お二人に失礼だよ」

厳しい口調で促され、恥じ入った気持ちで腰を下ろした凪は、瀬谷と松城に頭を下げた。

「……取り乱してしまい、申し訳ありませんでした」

「いえ。貴女がお怒りになるのも至極当然の事です。私共の説明不足で申し訳ありません」

そう言って頭を下げ返した瀬谷は、俯いたままの凪に気遣わし気な視線を投げかけながら、慎重に言葉を続ける。

「只、先ほども申し上げた通り、結城さんが当行への入行を辞退したいと仰っているものでして……本日はその件に関して、鎧塚社長にご相談に来た次第でございます」

「僕も圭吾がいずれは邦国バンクに転職するものだと思っていたから驚いているんだ。凪、何か知らないかい？」

のろのろと顔を上げると、その場の全員の視線が凪を向いていた。答えを求められているのが分かったが、そんなこと、凪が知るはずもなかった。一番訊きたいのは、凪の方だ。

（——貴方の大切な娘さんは、何があっても守り抜きます）

暗闇を照らしていたはずの一縷の灯が、いとも簡単に吹き消されていく。二度と戻る事のない、かけがえのない命のように。

17th time.

〝良かったら、家に行ってもいい？〟

凪からそんなメッセージが入ったのは、仕事を終えて帰宅した圭吾が、丁度お風呂から上がった23時過ぎの事だった。

「急にごめんね」

圭吾がドアを開けると、凪はまるで夜闇に同化してしまいそうな程ひっそりと立っていた。凪を部屋に招き入れた圭吾は、20時頃には一緒に会社を出たはずの彼女が未だに仕事着のままだという事に気が付いた。

「まだ風呂入ってないのか？　飯は食ったのか？」

そう尋ねるが、凪からは「んー」と言う曖昧な返答のみ。不思議に思いながらも温かいお茶を用意した圭吾は、凪の前にそれを置いた。

「ありがとう」

にこりと笑った凪が、マグカップを両手で包み込みながらお茶を口にする。

「……なんかあったか？」

圭吾は頬杖をつきながらそう尋ねた。何かちょっとした用事がある時は電話かメッセージで済ませる事の多い凪が、わざわざ家を訪ねてくるとは珍しい。凪はマグカップをゆっくり机の上に置くと、静かに口を開いた。

「今日、邦国バンクの人と会って話したよ」

しん、とした沈黙が部屋に流れた。チッ、チッと秒針の音だけが響く部屋の中、二人は数秒間見つめあう。

「……は？」

やがてそんな声を発したのは圭吾の方だった。

「いやいや、話したって……え？　なんで？」

「圭吾が邦国バンクの入行蹴ったから、理由を知らないかって聞かれたの。叔父さんと……それから瀬谷さんと、松城さんって人に」

聞き覚えのある名前が凪の口から飛び出てきた事に衝撃を受けた。圭吾は、その二人の事を良く知っていた。彼らは、大学の頃とあるプログラミング大会で最優秀賞を受賞した圭吾の作品を高く評価してくれただけでなく、あの酷い就職氷河期に『邦国バンクに入行しないか？』とまで言ってくれた人達なのだ。しかも二人は『もう少し色々な分野で勉強したいから入行は数年間待ってほしい』と言った圭吾の我儘を呑んでくれただけではなく、定期的に『仕事は順調ですか？　困った事があれば、いつでも相談して下さい』と丁寧な連絡をくれるような人達だった。

そんな彼らからの誘いを、断腸の思いで断ったのは一か月前の事だ。二人とは何度も何度も話し合いをした。『考え直してほしい』と頭を下げる二人に、圭吾は『申し訳ありません』と、それこそ地に頭を擦り付けるような思いで謝罪した。なんとか二人が引き下がってくれたと思っていたのだが――まさか、凪にまで話が及んでいたとは。正直、胸の中に大きなしこりは残るものの、邦国バンクの件は圭吾の中では解決したと思っていた話だった。だからわざわざ凪に言わなくても良いだろう、と甘い考えを持っていたのだが、どうやら一番最悪な形で知られてしまったらしい。

「……黙っててすみませんでした」

小さな声で謝った圭吾に凪は〝良いよ〟とも〝良くないよ〟とも言わなかった。

「一つ教えて欲しい事があるの」

ただ一言、そんな言葉を発した。

「どうして、よりによって銀行系のシステムなの？」

凪の口調はとても静かなものだったので、圭吾といえどもそこから感情を読み取るのは至難の技だった。

「もし万が一の事が起きたら、始末書どころじゃ済まないんだよ。ニュースになって、マスコミに悪者扱いされて、それでお父さんは……」

「分かってる」

圭吾が食い気味に言ったせいだろうか、何かを言いかけていた凪が、ゆっくりと口を閉じた。彼女の言いたい事は良く理解できた。だから圭吾は、もう一度念を押すように「分かってるよ」と言った。

「だから断ったんだ。もう終わった事なんだから忘れろ」

我ながら無茶苦茶な話の切り上げ方だった。ただ、もうこれ以上はこの件に関して凪と話したくなかった。黙っていたのには理由がある。断ったのにも理由がある。圭吾なりに悩んで、考えに考え抜いて、そうして下した決断なのだ。

「………」

またもや二人の間を、陰鬱な沈黙が支配した。どうにも気まずい思いでいると、それまで黙り込んでいた凪がぽつりと口を開いた。

「……断ったのは、私が理由？」

「違う！」

思わず立ち上がりかけた圭吾を、凪が不思議なくらい冷静に見つめていた。一つ残らず感情を探り当てられてしまいそうな視線に晒され、圭吾はもう観念するしかなかった。

「……いや、ごめん。違わない」

そう認めたにも拘わらず、凪の視線は激しく追及を続けているような気がした。深い溜息を吐いた圭吾は、潔く口を開く。

「邦国バンクのプロジェクトが始動したら、絶対に忙しくなるだろ。そうしたらお前にあんまり会えなくなるだろうし、お前が心配するだろうなって思ったんだよ。それに……」

「――会社を離れると、今までみたいに私を守れなくなるから？」

凪の声色が、明らかな冷ややかさを孕んだ。

「圭吾、私の端末に監視ソフト入れたでしょ」

凪の言葉は、今度こそ圭吾を凍り付かせた。言葉を失っている圭吾を見て、何かを確信したらしい凪は「やっぱりね」と小さく呟く。

「不思議だったの。ヤミーフーズで障害が起きた時、私が連絡してないのに先回りして対応してくれてたし、私の端末が盗まれた時も遠隔操作なんてしてたから。そりゃ私の端末監視してれば出来るよね」

「…………」

「ずっとおかしいなって思ってたけど、邦国バンクの件を聞いて確信したの。私のために入行蹴るような圭吾なら、そこまでやりかねないなって。まさかと思って探してみたら、本当に見知らぬソフト入ってるんだもん。吃驚しちゃったよ」

凪の言っている事は全て真実だった。一時期、凪が残業を重ねていた頃、彼女が心配になった圭吾は、凪の端末に業務メールを装って自作の監視ソフトを送り込んだのだ。

そのソフトは凪のメールボックスに届くメールは勿論の事、閲覧したwebサイト、触ったファイルの履歴、そして端末の位置情報にいたるまで、ほぼ全ての情報が圭吾の端末から閲覧可能となる。それだけでなく、凪の端末を遠隔で操作できるようにもなっているのだ。オーバーワーク気味の凪を心配した圭吾は、事細かに彼女の端末情報を確認し、先回りして動いていたのだった。

とは言え、『心配だから』という理由だけで、他人の端末を勝手に監視して良いはずがない。岩のように沈黙していると「さすが圭吾だよね」と、凪が小さく笑った。

「上手く隠されてたから、ソフト自体探すのも凄く大変だったよ。でもちゃんとアンインストールしたから、もう人のパソコンに変なソフトは送り込まないでね？」

最早、弁解の言葉すら出てこなかった。

「すい、ません……でした」

本能的に正座をしながら、圭吾は消え入りそうな声で謝った。恐る恐る凪を見やると、彼女は腕を組んだまま、じっと黙り込んでいた。絶対に怒っているだろうと思ったが、なぜかその表情から怒りの類は見て取れない。

「叔父さんから聞いたよ。圭吾、昔から銀行系のシステムに携わりたかったんだってね」

「……まあ、そうですね」

凪にだけは言えなかったが、確かにそれは圭吾の夢だった。

「それなのに、私の〝せい〟で諦めるの？」

「お前の〝せい〟じゃない。お前の〝ために〟諦めるだけだ」

圭吾はすぐに言い返した。言葉の綾と言われればそれまでだが、その訂正は圭吾にとって至極重要な事だった。

「あのな、多分勘違いしてると思うから言わせてもらうけど、俺はこれっぽっちもお前のせいなんて思ってないし、誰かがそんな風に言うのなら全力で否定する。どれだけ周りから間違ってるって言われようと、それでたとえ人生が無駄になろうと、良いんだよ。俺にとってはお前が安心して笑ってる方が、よっぽど良い……」

「――私がいつそんな風に守ってなんて頼んだ？」

決して大きな声でも、荒ぶった声でもなかった。それなのに圭吾の声は、べっとりと喉に張り付いてしまい、それ以上何も言えなくなってしまった。圭吾は思い知った。もしかしたら凪は怒っていないのでは、なんて全くの甘い考えだったのだ。

「……な、ぎ……」

凪は激怒していた。ひょっとすると、今まで見た事ないほどに。それほどに彼女から向けられる視線は冷たく、鋭利で、まるで数百もの針を皮膚に突き立てられているかのようだった。

「凪、聞いてくれ！　俺はお前の事を、大事に思ってるからこそ……！」

「うん。そうだね」

思わず叫んだ圭吾の声を、凪が緩やかに遮る。

「凄く大事にして貰ってるのは、本当に良く分かるよ」

そう言って凪は笑顔を浮かべた。それを向けられた圭吾の方が泣き出してしまいそうなほど、悲しげに。

「きっと、圭吾にとって私は、大事な大事な〝お荷物〟なんだろうね」

「やめろ！」

勢いよく立ち上がった圭吾は、凪の両肩を強く掴んだ。

「凪、頼むからそんな風に言うな！　俺は自分が望んで断ったんだ！　お前のせいじゃない！　だから……」

それ以上、自分を貶めるような事を言うな——そう言おうとして、言えなかった。音も無く流れ落ちる、凪の涙を見てしまったからだ。

「……ごめんね。もう手遅れだって事は分かってるけど」

これ以上は聞いてはいけない。そう思うのに、圭吾の鼓膜はその落ち着き払った声を一つ残らず拾ってしまう。

「私は、私が圭吾の夢を諦めさせるような存在だって分かってたら、好きにならないようにしたし、圭吾と付き合いもしなかった。プロポーズも……オッケーしなかった」

ごめんね、と凪は何度も繰り返した。聞きたくない。このまま逃げ出してしまいたい。そう思うのに、その慟哭に眼を奪われて、身体が少しも動かない。

「もし時間が巻き戻せるのなら、圭吾とただの幼馴染に戻りたいよ」

そう言った凪の眼は、ぞっとしてしまうほど遠く、まるで初めから二人が、別の世界にいたかのようだった。

18th time.

重い。頭が重い。体が重い。心が重い。何もかもが重い。来週からゴールデンウィークを控えた4月下旬の月曜日、会社へ向かう凪の足取りはとんでもなく重かった。

(——時間が巻き戻せるのなら、圭吾とただの幼馴染に戻りたい)

そんな言葉を圭吾に投げつけてしまった金曜日の夜から、彼とは一度も連絡を取っていない。あの日、凪は呼び止める圭吾を無視して、半ば言い逃げに近い形で家に帰ってきてしまった。土日の間に何度か謝ろうかとも思ったが、どうしても圭吾に連絡を取る勇気が出ず、そして圭吾から連絡が来る事も無かった。

このまま別れてしまうのだろうか。感情に任せて言ってしまったあの言葉を、圭吾はどう捉(とら)えただろう。今日会社で顔を合わせたら『じゃあ別れよう』と言われるかもしれない。休みの間中、何度も何度もそう思った。その度に心臓が握りつぶされるように痛んだが、その一方で『それでも良いのかもしれない』と思っている自分も居た。このまま付き合い続けても、凪は圭吾の重荷になるだけだろう。圭吾が大切だからこそ、その事実に耐えきれる自信が無かった。

「おはようございまーす……」

おっかなびっくりオフィスに出社した凪は、いの一番に圭吾のデスクに眼を向けた。

しかし幸いな事に、そこに圭吾の姿は無かった。どうやらまだ出社していないらしい。普段ならもう着いている時間なのに、何とも珍しいものだ。僅かに安堵しながらデスクに座ると、すぐに隣の早乙女が声を掛けてきた。

「鎧塚さん。結城さんの事なんですけど……」

「えっ？　な、なに？」

ギクリと身じろいだ凪に、早乙女が言葉を続ける。

「体調、大丈夫なんでしょうか？　結構酷そうでしたけど……」

「へ？　なんの事？」

訳も分からず尋ねた凪に、早乙女が「あれ？　聞いていらっしゃらないんですね」と驚いたように言った。

「さっき会社に連絡があったんです。熱が酷いからお休みされるって。てっきり鎧塚さんにはお話しされてると思ったんですが……」

「いや、特に聞いてないかな……あ、でも私が連絡に気が付かなかっただけかも」

もしかしてと思ってスマートフォンを確認した凪だったが、そこには1件の通知も無い待ち受け画面があるだけだった。

どうして言ってくれなかったんだろう。途端、自分の心がずしりと落ち込むのが分かった。一番にとは言わないが、凪にも連絡してくれても良いのに。やはり凪と話したくないほど怒っているのだろうか。

「そ、そっか、分かったよ！　教えてくれてありがとう」

凪は無理やり口角を上げた。もしかすると、このあとメッセージを送ってくれるのかもしれない。深く考えるのは止めて、さっさと仕事に集中しよう。何度見ても通知のないスマートフォンを鞄の奥に押し込めた凪は、気持ちを切り替えてパソコンに向き直った。

結論から言うと、圭吾からの連絡は無かった。そして次の日も体調不良を理由に休んだ圭吾は、やはり会社に連絡を入れただけで、凪にはメッセージ一つ寄越さなかった。

「……うーん……」

21時のオフィスにて、凪は目の前のパソコンと一人睨めっこをしていた。圭吾が休んでいるので、彼に任せるはずだった設計部分を凪が代わりに進めているのだが、仕様が複雑な部分のため、なかなか進まないのだ。

頭を押さえながらぶつぶつ呟いていた凪だったが、やがて考え疲れた頭が限界を迎え、遂に背もたれに寄りかかって天井を仰いだ。駄目だ。悩みすぎて良く分からなくなってきた。これは一人で考えるよりも、一度圭吾に相談した方が良さそうだ。そう思った凪は、モニターの隙間から向かい側の圭吾に声を掛けた。

「ねえ、圭吾。ちょっと相談が――……」

そこまで言いかけた凪は、ゆっくりと口を閉じた。そうか。圭吾は居ないんだった。と言うか圭吾が居ないから代わりに設計しているのに、一体自分は何をボケた事をしているのか。自分の馬鹿さ加減にほとほと呆れてしまった凪は、そのまま机に力無く突っ伏した。

圭吾が邦国バンクに行ってしまったら、こんな感じなのだろうか。空っぽの席を見つめていると、無性に寂しくなってしまった。今更ながらに実感する。圭吾が傍に居てくれることは、決して当たり前ではないのだ。

ブー、ブー……と響いたバイブ音に、物思いに耽っていた凪は勢いよく身体を起こした。圭吾からかもしれない。そう思ってスマートフォンに飛びついた凪だったが、予想外の着信相手の名前を目にし、きょとんとした。

『あ、凪ちゃん？　急にごめんねぇ。まだ会社に居る？』

受話器から聞こえてくる声は、圭吾の母親のものだった。

「うん、居るよー。どうしたの？」

『本当に悪いんだけど、良かったら仕事帰りに圭吾のところに寄って適当な食べ物届けてくれない？』

「あー……」と言葉を濁した凪に気づかない様子で、圭吾の母親は話を続ける。

『さっきたまたま用事があって電話したら、なんか体調崩してるって言うじゃない？　熱が酷くて全然動けないみたいで、まあ放っておいても死なないだろうけど、本当に死なれても困るから一応、ね』

そんなに酷い体調なのに、どうして圭吾は頼ってくれないのだろう。途端、心に沸き上がったどす黒い感情を、凪はすぐに締め出した。

「分かったよ！　ヨーグルトとか、パウチのお粥とかで良いのかな？」

なんてことのない声色を装いながら言った凪に、圭吾の母親が『十分、十分』と頷く。

『玄関ドアのところに引っ掛けておけば良いと思うわ。あ、凪ちゃんにうつったら大変だから部屋の中には入っちゃ駄目よ』

「うん、了解」と言った凪は、一瞬だけ悩んだ後、おずおずと口を開いた。

「あのさ……圭吾、大丈夫そうだった？　そんなに酷いの？」

『うーん……いつものパターンだと結構長引くけど、最終的にはちゃんと治るだろうから、まあ心配しなくても大丈夫よ』

〝いつものパターン〟という言葉の通り、圭吾は昔からよく熱を出していた。大人になるにつれてそれも減っていったのだが、久しぶりに盛大に体調を崩してしまっているようなので、こんな状況だとしてもやはり心配だ。

「……圭吾、体弱かったもんね」

そう呟くと、圭吾の母親が短く笑った。

『て言うか、あれは心が軟弱なのよ。主に凪ちゃんに対して』

「え？　私？」

凪が首を傾げると「そうよー」と、圭吾の母親が頷く。

『昔からそうなのよ。凪ちゃんのことで何かあると、すーぐ体調崩して。あ、そういえば中学生の頃もそうだったわ。丁度、今みたいに凄い熱出した時があってね』

当時の事を思い出しているのか、圭吾の母親がくすくすと笑い声を漏らした。

『何でも凪ちゃんが彼氏と一緒に帰ってるの偶然見ちゃったらしくって。私は爆笑だったんだけど、本人からすると相当ショックだったんでしょうね』

相変わらず息子相手に容赦ないな、と凪が苦笑いを漏らしていると、

『まったく、普段は鉄の心臓のくせにねぇ。凪ちゃんにだけは弱いんだから』

圭吾の母親が仕方なさそうに言った。

『そう思うとやっぱり圭吾にとったら、凪ちゃんだけなんでしょうね』

――圭吾には、私だけ。

「……それじゃあ、圭吾の家に寄って帰るようにするね」

通話を終えた凪は、すぐにパソコンの電源を切ると、荷物をまとめて立ち上がった。

圭吾の家へ向かう途中、24時間営業のスーパーに立ち寄って、簡単に食べられそうなレトルト食品と、ゼリー飲料、それから冷却シートを購入する。マンションに着いた凪は、電気の灯っていない圭吾の部屋を確認した後、エレベーターに乗った。来慣れた部屋の前まで来た凪は、ずしりと重たいスーパーの袋をドアの取っ手に引っ掛ける。身軽になった右手は、しかしそのまま大人しく引っ込む事をせず、ゆっくりとチャイムへ伸びていった。

(――やっぱり圭吾にとったら、凪ちゃんだけなんでしょうね)

チャイムにそっと触れながら、凪は圭吾の母親の言葉を思い出していた。

「……私もだよ」

凪だって圭吾だけだと思っている。でも――

ぐっと唇を噛んだ凪は、押しかけていたチャイムから指を離すと、踵を返した。廊下の角を曲がる直前、肩越しに後ろを振り返る。何かを期待したのかもしれなかった。けれど真っ黒なドアが内側から開かれる事はなく、ただただ物言わぬ白いビニール袋がぶら下がっているだけだった。

◆

夢を見た。輪郭の淡い、けれど色鮮やかな。あれはまだ、凪が高校2年生の頃の話だ。

「……あ」

トボトボと住宅街を歩いていた凪は、前方から聞こえてきたそんな声に顔を上げる。目の前には、こちらを見て驚いた表情をしている幼馴染が立っていた。学校帰りに買い食いでもしていたのか、右手にはコンビニの袋、口には焼きそばパンが咥えられている。

「ど、うしたんだよ……？」

彼が戸惑ったようにそう言うのも無理はなかった。なぜなら凪は眼を真っ赤にして泣きながら歩いていたからだ。

「……彼氏に振られた」

ぼそりと呟いた凪の目から、またもや思い出したように涙が溢れ出る。つい先ほど、四か月ほど付き合った大学生の彼氏に電話で別れを告げられたところだ。

「あー……あれだっけ？　なんか年上の？」

「うん……もっと身長低い子の方が良いって言われた」

「おー……なるほど」

気まずそうに視線を泳がせた圭吾に「じゃ」とだけ言って、凪はスタスタと家に向かって歩き出した。

「あ、おい。待てよ」

すると、そう言って後ろから追ってきた圭吾が凪の隣に並ぶ。なぜかこちらの歩調に合わせて隣を歩く圭吾を、凪はじっとりと睨みつけた。

「……ねえ、何なの？」

「何が？　別に一緒に帰ってるだけじゃねえか。何怒ってんだよ」

凪は思わず「はあ？」と言いながら立ち止まった。忘れもしない、あれは二か月前の夏の事だ。彼氏と——ああもう、違う。元彼とのデートのためにメイクをして、普段より背伸びした恰好で家を出た凪は、丁度鉢合わせた圭吾に暴言を吐かれたのだ。

「〝なんだその恰好。似合ってねえ〟……って言ったじゃん！　まさか忘れたの？」

あまりにも腹が立ったので、一言一句違えることなく覚えている。現にあのとき口喧嘩になって、今の今まで二か月間まともに口も利いていなかったじゃないか。

「忘れた」

　しかし当の本人は、しれっとそんな事を言う。怒りのあまり口をパクパクさせていると、圭吾が唐突にコンビニの袋をガサガサと漁りだした。

「ほれ」と言って差し出されたのは、ソーダ味のアイスだった。

「これ食って元気出せよ。お前、これ好きだろ？」

「……好きだけど今は要らない。て言うか寒いし」

「マジかよ」と衝撃を受けている圭吾を無視し、凪は溜息と共に再び歩き出した。しかしすぐに追い付いてきた圭吾が、やはり当然のように凪の隣に並ぶ。

「寒い時に食うから美味いんじゃねーかよ」

　ブツブツ言いながら、隣でアイスの袋を開ける圭吾を本格的に鬱陶しく思い始めてきた頃――

「あ、おい。凪」

　肩に掛けていた鞄を後ろからぐいっと引っ張られ、凪は「わっ」と言いながら立ち止まった。

「もー……なに？」

「上」

　眉根を寄せながら上を見上げた凪は、次の瞬間「わあ」と感激の声を上げた。赤、黄、緑——眼が覚めるような鮮やかな紅葉が、すっきりとした青空を背景に、辺りを彩っていた。

「綺麗！」

思わず叫んだ凪は、無意識にくるくると回りながら夢中で紅葉を見上げた。

「すごいね、圭吾！　本当に綺麗……」

興奮しながら圭吾を見やった凪は、はたりと口を閉じた。一緒に上を見上げているものだとばかり思っていた圭吾は、なぜか凪を見て口元に笑みを浮かべていたのだ。

「……別に、背伸びして化粧とかしなくて良くね？　そうやって呑気に笑ってりゃ良いんだよ、お前は」

そう言って伸びてきた大きな掌が、凪の頭をわしゃわしゃと撫でて、すぐに去っていく。すっかり乱れてしまった髪の毛を撫でつけながら、凪は「……そうなのかな」と自信無く呟いた。

「そうなんだよ」

肩越しに振り返った圭吾が、目尻をくしゃりと下げて笑う。意味が分からないほど自信ありげなその笑顔を見たら、馬鹿みたいだが何となく『そうなのかもしれない』と思えてきた。

「……うん。分かった」

「おー」とだけ言った圭吾の背中に、今度は凪が走って追いついた。

「ねえねえ。やっぱりアイスちょうだい」

圭吾がくれたアイスを舐(な)めながら、凪は彼と並んで秋まっさかりの並木道を歩いた。

「わ、見て圭吾！」

突然、凪がブレザーの裾(すそ)を思い切り引っ張ったので、前方を歩いていた圭吾が「ぐえっ」と苦し気な声を上げた。凪が指さした方向に居たのは、ひらひらと舞い落ちる紅葉の中、手を繋(つな)いで佇(たたず)んでいる二人の男女だった。女性の方はまっさらな白無垢(しろむく)を着ていて、男性は対照的に深い藍色(あいいろ)の袴(はかま)を身につけている。二人の存在感に眼を奪われて気が付かなかったが、よくよく眼を凝らせば傍らには大きなカメラを構える男性と、白いレフ板のようなものを持つ女性が居た。

「素敵！　前撮りかなあ？」

この並木道は地元でも有名な紅葉スポットなので、前撮りの場所に選ばれてもおかしくはない。色鮮やかな紅葉の中に佇む真っ白な花嫁さんがあまりにも幻想的で、凪は興奮しながら「きれい、きれい」と連呼した。しかしその一方で、隣の圭吾は顔をしかめる。

「こんな所で写真とか、俺だったら恥ずかしくて絶対無理……いってぇ！」

雰囲気ぶち壊しな発言に、圭吾の脇腹を思いっきり抓(つね)った。

「もー、これだから男子は……本当に最低」

痛がる圭吾を放っておき、凪は再び遠くの二人をじっと見やった。手を繋ぐ二人の左手にはシルバーの結婚指輪が光っている。恥ずかしそうに、しかし溢れんばかりの笑顔を浮かべる二人が眩しくて、凪は思わず見入ってしまった。

「……でも、本当に綺麗。良いなあ」

ぼんやりとしながら呟くと、痛そうに脇腹を擦っていた圭吾が凪の視線を追うようにして、幸せそうな二人に眼を向けた。

「お前は結婚したいとか思ってるの？」

二人を見つめ続けてしばらく経ったころ、圭吾が不意にそう尋ねてきた。

「んー……どうだろう？　あんまり想像付かないなあ」

「まあ彼氏も居ないしな……いてて！」

先ほど以上の力で脇腹を抓りながら「人の傷を抉るの止めてくれない？」と凪は言う。

「この暴力女……」と涙目で言っている圭吾を尻目に、凪は再び歩き出す。

「……でも、どんな感じなんだろうね」

どこまでも続く並木道を手で透かしながら、凪はぼんやりと呟いた。

「結婚ってどんな感じなのかな？　彼氏とはまた違うのかなあ」

少しだけ考える素振りを見せた圭吾は、ややあって口を開いた。

「多分、特別な関係になるんだと思うぞ」

「特別な関係？」

首を捻る凪に、圭吾が「うん」と頷く。

「幼馴染よりも、恋人よりも、ずっと――当たり前な特別に」

そんな風に言った圭吾が、普段よりも少しだけ大人びた笑顔を見せた。

「当たり前の特別……かあ」

いつか大人になった時、凪にも圭吾にもそんな人が現れるのだろうか。何となく想像してみた凪だったが、残念ながら自分の隣にも圭吾の隣にも、二人が知らない誰かが立っている未来はうまく想像できなかった。

「じゃあ私、なるべく早く結婚したいな」

朗らかに言った凪は、すぐに「そうだなあ……」と少し考える。

「……うん。よし、決めた！　私、30歳までに結婚する！」

拳を握って意気込んだ凪に、圭吾が「いきなりどうしたんだよ」と苦笑いを零した。

だって、と凪は続ける。

「1日でも長く、大好きな人と〝当たり前な特別〟で居たいじゃん」

きっとそれって、とっても幸せな事だろうから。

「ふーん。まあ頑張って下さい」

「何そのやる気のない応援」

夢を見た。輪郭の淡い、けれど色鮮やかな。二人が幼くて、純粋で、誰かと一生添い遂げるということが、きらきらと綺麗に光るものだとばかり思っていた頃の話だ。

◆

「だ……大丈夫ですか……？」

水曜日の朝、出社してきた凪を見て、早乙女が開口一番にそう声を掛けてきた。

「へ？　何が？」

すっ惚(とぼ)けた凪だったが、早乙女がそんな風に言ってくる理由は分かっていた。恐らく彼女は、泣きすぎて腫(は)れている凪の眼を見て心配してくれたのだろう。だが凪がニコニコと首を傾げ続けていると、何かを察してくれたらしい早乙女は「いえ……なんでもありません」と、控えめに首を横に振った。

笑顔を崩さないままパソコンの電源を立ち上げる。隣の早乙女が、気遣わし気な眼でこちらを見ているのが分かったが、凪は気が付かない振りをしてメールチェックを始めた。

「あ、鎧塚さん。そう言えば……」

顧客からのメールに返信をしていると、早乙女が遠慮がちに声を掛けてきた。

「昨日、設計書見てて気が付いた事があったんです。えーっと、この部分なんですけど……」

凪は早乙女の方にキャスターを転がし、一緒にモニターを覗(のぞ)き込んだ。

「この部分のクラス設計って、無理やり一つに纏めるより分割した方が良いかもしれないなと思いまして」

「そっかぁ……確かにそうだよね。ってなると、圭吾が設計した部分と調整が要りそうだなぁ……」

そう呟いた凪は、いつものようにモニターの隙間から向かい側の席を覗き込んだ。

「ねえ、圭吾。ちょっと良い……」

空っぽの席に向かって声を掛けた凪は、すぐに「あ……」と口を噤んだ。しまった。またやってしまった。

「あはは、ごめん……圭吾、今日も休みなんだよね？」

誤魔化すように笑った凪は、次の瞬間ぎょっとした。

いつの間にか立ち上がっていた早乙女が、凪の腕を掴んでいたのだ。

「鎧塚さん。少し外に行きません？」

「へ？　で、でもまだ来たばっかりだし……」

「良いんです。ただの小休憩ですから。ほら、行きましょう」

なかなか力の強い早乙女に半ば強引に連れ出され、二人は外テラスにまでやってきた。

数組のテーブルと椅子、そしてパラソルが置かれているテラスはお昼時に来ると混みあっているのだが、さすがに今は凪たち以外に誰も居ない。早乙女と一緒に手近な椅子に座った凪は、困惑顔で彼女を見つめた。

「あの、早乙女ちゃん……？　急にどうしたの？」

すると早乙女が凪の目の前に、ずいっと茶色い紙袋を突き付けた。

「これ一緒に食べませんか？　最近美味しいドーナツ屋さんを見つけたんですっ」

動揺しすぎていて気が付かなかったが、どうやら早乙女は凪だけではなく、お菓子もオフィスから持ってきたようだった。戸惑う凪を尻目に、早乙女は袋の中からガサガサとドーナツを取り出す。

「どうぞ。これ、私のお勧めです」

鼻先に差し出されたのは、トロリとチョコレートが掛けられたチュロス生地のドーナツだった。条件反射的にそれを受け取った凪は、早乙女にじっと見つめられながらも、おずおずと端っこを齧る。

「おいしい！」

途端、凪は思わずそう声を上げた。表面はサクッとしているのに、中身がモチモチだ。生地に練りこまれているらしいシナモンが、これまた良い味を出している。

「良かったです。人気のお店なのでなかなか買えないんですけど、今日はたまたま開店と同時に入れたのでラッキーでした」

早乙女が安心したように笑った。

「そっかあ……そんな貴重なドーナツを頂きまして、ありがとうございます……」

「いえいえ。一人で食べるより誰かと食べた方が美味しいですもん」

　そう言って自分もまたドーナツを頬張った早乙女が「わ、本当においしいですね」と顔を綻ばせた。

「……ありがとう、早乙女ちゃん」

　もう一度お礼を口にした凪は、また一口ドーナツを食べる。朝ごはんを食べる気分になれず胃が空っぽだったので、尚更に美味しく感じた。体中に染み渡るような優しい甘さを堪能していると、

「……結城さんって、会社辞めるつもりだったんですね」

　早乙女がそんな事を口にした。驚いた凪はドーナツを口に咥えたまま、早乙女を見つめる。

「し……知ってるの？」

「実は、部長と社長が話してたのを偶然聞いてしまいまして……下品な真似をしてしまい、申し訳ありません」

　ううん、と首を横に振る。結局、圭吾の転職の話は宙ぶらりんのまま停滞している。一体どうなる事が正解なのか、凪にはもう分からなかった。

「鎧塚さんの元気が無いのは、それが原因でしょうか？」

　早乙女が言った。彼女の眼を見たら、本気で凪を心配してくれているのが分かった。

　もうこれ以上は、早乙女に誤魔化しては駄目だ。そう思った凪は、ぽつりぽつりと先週の事を話し始めた。

圭吾が学生の頃から邦国バンクへの入行を勧められていた事。しかし経験を積むためという理由で、入行を数年間待ってもらっていた事。しかし今になってそれを蹴った事。そしてそれは、恐らく凪が原因だという事――

「……そうだったんですね」

凪から話を聞き終えた早乙女は、静かに呟いた。すっかりドーナツを食べ終えた彼女は、ナプキンを綺麗に折りたたみながら、何かを考えるような表情をしている。暗い気持ちで俯いていた凪は、

「鎧塚さん。私、鎧塚さんの事が大好きです」

そんな言葉に驚いて顔を上げた。早乙女はその大きな瞳を、真っすぐ凪へと向けていた。

「ど……どうしたの、急に？」

狼狽えながら尋ねると、それまで真面目な顔をしていた早乙女が、ふ、と表情を和らげる。

「えへへ。言いたくなっただけです」

可愛らしく首を傾げた早乙女に、凪もまた小さく笑った。

「ありがとう。私も早乙女ちゃんの事、大好きだよ」

「わあい、ありがとうございます」

嬉しそうにはにかんだ早乙女は、ゆっくり笑みを取り去ると、静かに睫毛を伏せた。

「……けど、きっとあの人には敵いません」

凪が「え？」と口にすると、俯いていた早乙女がパッと顔を上げた。

「私、思うんです」と、彼女は微笑みながら言う。

「結城さんは鎧塚さんの事になると、そのー……ちょっと残念な感じになりますけど、決して浅はかな考えをするような人じゃありません。結城さんなりに色々な事を考えて、今回の事を決めたんだと思います」

圭吾は昔から勉強も仕事もそつなくこなす人だが、だからと言ってそれらに対して適当な態度は絶対に取らない。人間相手にもそうだ。友人にも、家族にも、同僚にも、凪にも。そして、自分自身にも。

「結城さんは、誰が何を言っても、何をしても、自分の考えを曲げないと思います」

そうだね、と頷く。何事にも真摯に向き合う圭吾だからこそ、凪達がいくら説得したところで意見を変えはしないだろう。

もちろん本音を言えば、邦国バンクに入行なんてしないでほしい。銀行システムになんて携わらないでほしい。何の心配も無い生活の中で、ずっと凪の傍に居て欲しい。

――でもそれ以上に、自分の力で夢を叶える圭吾が見たい。

気持ちが複雑に絡まり合っているせいで、自分でも良く分からなかったが、今ようやく理解できた気がした。身勝手な凪の思いのせいで、圭吾が持つ本来の実力や、彼が抱き続けてきた夢を潰したくない。大好きな事に全力で挑戦する圭吾の背中を、一番近くでそっと押し続けたい。けれど、どうすればこの気持ちが伝わるのだろう？

頑として決意を変えようとしなかった圭吾を思い出していた凪は、

「でも私は、鎧塚さんなら結城さんの考えを変えられると思います」

そんな早乙女の言葉に「へ？」と顔を上げた。

「結城さんが鎧塚さんを大好きだからってだけじゃありません。まあ勿論、多少は惚れた弱み的な所もあるんでしょうけど……でも、ずっと鎧塚さんの近くに居た私が言うんですから、間違いないです」

きっぱりと言い切った早乙女は、呆けている凪に、そっと手を伸ばしてくる。

「私の好きな鎧塚さんは、そんな風に大人しく守られているだけの人じゃありません」

机の上に置いていた凪の手に、早乙女の掌が重なった。ぎゅっと握ってくれる指はとても華奢なのに、どこか力強く、迷いが無い。

「本当はどうすれば良いのか、鎧塚さんならもう分かっているんじゃないでしょうか」

そんな早乙女の手に導かれるようにして、凪はゆっくりと考えた。

圭吾は優しくて、強くて、いつだって真っすぐに凪を思ってくれる大切な人。それなのに凪が迷ってばかりなせいで、圭吾もまた、誤った道を進もうとしている。きっと、このままでは駄目なのだ。今の凪がいくら圭吾を応援しようとしたところで、絶対に届くわけがない。

――だったらもう、凪が変わるしか方法はない。

圭吾が心から好きだ。だから、ちゃんと覚悟を決めよう。この絶対的に安心な『幸せ』を、自分から手放す覚悟を。

19th time.

体調不良のため3日連続で会社を休んでしまった圭吾が危機感を覚えたのは、木曜日の朝の事だった。ここ数日、熱は上がったり下がったりを繰り返し、体調は一向に安定する気配を見せなかった。とても回復したとは言えないコンディションだったが、さすがにこれ以上は会社を休めないと思った圭吾は、倦怠感の激しい身体を引きずりながら、マスク姿でオフィスへと出社した。

「はよーございます……」

朝の通勤ラッシュにも何とか耐え、普段の数倍ほど疲弊しながらもデスクに辿り着いた圭吾は、崩れるようにして椅子に座り込んだ。ぐわんぐわんと回っている頭を押さえながら溜まっているメールを確認していると、休んでいた間に凪から『圭吾の分の設計は既に終わらせたので、気にしないように』という旨のメールが届いていた。ああ、そうだ。3日間も休んでしまった謝罪を凪にしなければ。ヨロヨロと立ち上がった圭吾は、向かいの席の凪に声を掛けようとした。

「……あれ……？」

が、そこに凪の姿は無かった。

「あ、鎧塚さんなら今週ずっとお休みされるそうですよ」

突っ立ったままの圭吾に、早乙女がそう声を掛けてきた。

「え？　そうなのか……？　なんで？」

「さあ……て言うか結城さん、体調大丈夫なんですか？　出社してくるのは別に良いですけど、ぶっ倒れないで下さいね。迷惑なので」

心配してくれているのか怒っているのか良く分からない早乙女に「すみません……」と力なく謝りつつ、再び椅子に腰を下ろした圭吾は、数秒間ぼーっと宙を見つめた。

何しようと思ったんだっけ。ああ、そうだ。凪にメッセージ送ろうと思ったんだった。ぼんやりとした頭のまま、鞄の中からのろのろとスマートフォンを取り出す。指先を動かす事すらしんどく思いながらもメッセージアプリを起動した圭吾は「……ん？」と声を上げた。何と2日前に凪から『ドアの所に食べ物置いておいたから』とメッセージが届いているではないか。

一昨日の夜、ベッドで眠っていた圭吾は、玄関から聞こえてきた物音に気付き、外に出た。しかしそこには誰もおらず、ドアの取っ手に食べ物と冷却シートが引っ掛けられていただけだった。てっきり母親かと思っていたのだが、まさか凪が来てくれていたのだとは露ほども思わなかった。まずい。熱で朦朧としていて、メッセージを見てすらいなかった。慌てて返信を打とうとした圭吾だったが、そう言えば会社に体調不良の連絡をするのに精いっぱいで、肝心の凪に連絡するのを忘れていた事にようやく気が付いた。

「……やらかした……」

圭吾は頭を抱えながらその場にぐったりと項垂(うなだ)れた。ただでさえ喧嘩(けんか)別れをしてしまったこのデリケートなタイミングで、一体自分は何を火に油を注ぐような真似をしているのだ。

いや、とにかく今は謝罪だ。怠い身体に鞭打(むちう)って起き上がった圭吾は、すぐさま凪にメッセージを打った。彼女である凪に体調不良の連絡をしなかった事への謝罪。熱で意識が朦朧としており、メッセージの返信どころか確認すら出来なかった事への謝罪。そして、この前の話し合いで泣かせてしまった事への謝罪。

謝罪しかしていない文面を情けない気持ちで読み返し、圭吾は意を決して送信ボタンを押した。しかしその日も、その次の日も、そして更にその次の日も、凪からの返信はなく、そのまま世間はゴールデンウィークに突入してしまった。

◆

まさに行楽日和とも言える陽気の連休3日目。ようやくそれなりに体調が回復した圭吾は、凪のマンション下まで来ていた。あれから何度かメッセージも送ったのだが、今日まで凪からは全く音沙汰(おとさた)がない状態だ。さすがに心配になったので、こうしてマンションまで来てしまったのだが、黙って訪ねてきた事を気持ち悪がられたらどうしよう。絶対立ち直れない気がする。でも、このまま会えないよりマシだ。長い連休の間ずっとこんな状態で居れば、それこそ凪は圭吾に愛想を尽かしてしまうかもしれない。

覚悟を決めた圭吾は、凪の部屋がある4階へ向かった。エレベーターに乗っている最中、何度も何度も頭の中でシミュレーションした。会ったらまずは謝る。とにかく謝る。それでも凪が怒っているのなら、お詫びの品として持参したタルトを即座に渡す。もし凪が怒ってはいないけれど、気持ち悪がっている場合は……うん、その時に考えよう。頑張れ未来の自分。せめて前者でありますように、と祈りながらエレベーターを降りた圭吾は、ピタリと足を止めた。

「……え？」

何か様子がおかしい――そう思った次の瞬間に、圭吾は走り出していた。凪の部屋のドアは開きっぱなしになっており、近くの壁にはブルーの保護資材が大量に貼られている。嫌な予感を覚えながら部屋の中を覗いた圭吾は、玄関に積まれている大量の段ボールを目にして言葉を失った。慌てて部屋番号を確認するが、間違いなく凪の部屋で合っている。

「なんだこれ……？」

パニックに陥っていると、不意に部屋の奥から一人の男性が出てきた。

「あれ？　ここの住人の方のお知り合いですか？」

青色の制服に身を包んだその男性は、どこからどう見ても引っ越し業者だ。彼は玄関に突っ立っている圭吾を見て、不審げに眉根を寄せた。確かにどう見ても自分が怪しいのは分かっていたが、それでも圭吾は男性に向かって詰め寄っていた。

「あのっ……この部屋の人って引っ越すんですか？」

〝いいえ、違いますよ〟と。こんな状況でそんな言葉が返ってくるはずが無いとは思いつつも、圭吾は一縷の願いを込めて尋ねていた。

「ええ、そうですけど……」

あ、もう駄目だ。キャパオーバーです。


好きだけでは解決しない事なんて、世の中にはごまんとある。それを知らずに大人になる事は出来ないけれど、叶うのならば、昔の気持ちのまま凪を好きでいたかった。

（――私がいつそんな風に守ってなんて頼んだ？）

親父さんが灰になってしまったあの日。凪を初めて抱き締めたあの日。彼女を守りたいのに、自分の腕の幼さを悲観するしかなかったあの日。

（――きっと圭吾にとって私は、大事な大事なお荷物なんだろうね）

違う。あの日からずっと凪の足を引っ張っているのは、自分の方なのだ。だって凪はいつだって圭吾のずっとずっと前を見据えていて、迷ってばかりの圭吾を振り向いては、優しく手を差し伸べてくれる。

（――時間が巻き戻せるのなら、圭吾とただの幼馴染に戻りたいよ）

いやだ。やっと手に入れたんだ。戻りたくなんてない。このままで居たい。でも、凪はそれを望んだ。圭吾が自分自身の想いの大きさをコントロールできなかったから。

結局いつも想いは実らない。こんなに苦しいなら早く手放してしまえば良いのに、それすら出来ないで居る。傷付いて、傷付けて、嫌になって、でもまた好きになって、また傷付いて。いつになったらこの果てしないループから抜け出せるのだろう。あと何回繰り返せば、この恋は報われるのだろう。


雨の音で眼が覚めた。薄暗い部屋の中、寝ぼけ眼で天井を見つめていた圭吾は時計を見やる。時刻は16時を指していた。

「やべ……寝すぎた……」

ゆっくりと起き上がり、締め切ったカーテンを少し開く。窓の外には重たい雨雲が広がっており、細かな雨粒が窓を滴っていた。ゴールデンウィーク真っ只中だというのに、今日は生憎の雨模様だったようだ。圭吾はベッドサイドに置いていた体温計を手に取ると、熱を測った。ピピッという短い音が鳴り、小さなディスプレイに眼を凝らす。『37・5℃』と表示されている電子文字を眼にし、圭吾は深い溜息を吐いた。多少は下がったと思われた熱が、恐らくは昨日の出来事が原因でぶり返してしまっていた。

女々しいにも程がある。自分自身に毒づきながら、圭吾はベッドからのっそりと立ち上がった。冷蔵庫からミネラルウォーターを取り出し、渇いた喉に流し込んでいると、ふと何か小さな違和感を覚えた。うまく考えが纏まらない頭で、ぼんやりと原因を探った圭吾は、やがて「ああ」と声を漏らす。そうか、雨の音が大きすぎるのだ――その時、ようやく外の雨音に混じるようにして、バスルームの方からシャワーの音が響いている事に気が付いた。途端、霞掛かっていた頭が一瞬で晴れる。

「やっべ、マジか……！」

しまった。どうやら熱で呆けていたせいか、シャワーを出しっ放しにしてしまったらしい。慌ててバスルームに走った圭吾は、何故か電気が点いているのを疑問に思う事もなく、ドアを開け放った。

「きゃあ！」

「……へ？」

そこにあったのは、一糸纏わぬ凪の姿だった。なんということだろう。熱のせいで、遂に凪の幻を見てしまっているようだ。自分の体調の悪さに愕然としつつ、しかし圭吾は眼前に広がる夢のような光景から目を逸らせなかった。赤く染まった凪の頬には、濡れた髪の毛がしっとりと張り付いていて、そしてその髪先から垂れる雫は細い首筋を伝い、二つの膨らみの隙間へ導かれるように潜り込んでいく。以前、泊りにきた時は暗くて良く見えなかったが、なるほど、こうして見ると小ぶりながら何とも圭吾好みの胸の形である。

「……うん。やっぱ俺、デカさより形だわ」

「どうでも良いからさっさと閉めてよ、馬鹿圭吾！」

そんな怒声の直後、顔面に勢い良くシャワーをお見舞いされたのは言うまでもなかった。

◆

「……で？」

目の前には、腕を組んで仁王立ちしている凪の姿。リビングで正座をしている圭吾は、すっかり服を着こんで髪も乾かし終えた凪に、氷のような眼で見下ろされていた。

「いやだから、シャワー出しっ放しにしてたのかと思って、慌てて開けただけです……決して覗こうとは思ってませんでした……」

「そうだとしても、すぐにドアは閉めれるよね？」

「えーっと……なんと言いますか、熱のせいで頭が朦朧としてまして……」

「…………」

「……嘘です。ちょっとラッキーと思いながら見てました」

そう白状すると、ビシッと良い音を立てて、凪のチョップが脳天に振り下ろされた。

「いってぇぇぇ……」

じんじんと痛む頭を押さえていると、凪が「まったく……」と呆れたように言った。

「……つーか、そっちこそ何でこんな時間に風呂入ってんだよ？」

　圭吾は不服な気持ちでそう尋ねた。確かに勝手にドアを開けた圭吾が悪いが、そもそも凪が風呂に入っているとは、普通思わないだろう。すると、しかめっ面だった凪の顔が、みるみるうちに般若のようになった。

「なんでもなにもっ……昨日の夜から連絡付かないし、家に来たら鍵(かぎ)も掛かってないし、中覗いたらリビングでぶっ倒れてるし！　それで私がベッドまで運んだの！　そしたら汗掻(か)いたの！　〝シャワー借りるよ〟って言ったら、ちゃんと返事してたじゃん！」

「……マジで？」

「マジだよ！」

　記憶を遡(さかのぼ)ってみるが、生憎凪の家に行った後、どうにかこうにか帰宅してきた所までしか覚えていない。だが着替えた覚えのない部屋着や、いつのまにか額に貼られている冷却シートが、凪の言うことが真実なのだと証明していた。

「色々とご迷惑をお掛けしてすみません……」

　ムスッとしている凪に向かって頭を下げた圭吾は、自分の馬鹿さ加減にほとほと嫌気が差してしまった。ああ、もう。最近、凪に謝ってしかいない。こんなの愛想尽かされても当然だ。この世の終わりのような気分で項垂(うなだ)れていると、あまりの消沈ぶりを哀れに思ったのか、凪が少しだけ眉間(みけん)の皺(しわ)を取り除いた。

「……私の方こそ、ずっと連絡返してなくてごめん。それで、熱はどう？」

　仕方なさそうな表情の凪がそっと手を伸ばし、圭吾の首筋に手を当てた。こんな時だというのにやっぱり優しい凪の眼には、心配そうな気持ちが見え隠れしている。

「えーっと……それなりに下がりました……」

「何度？」

「平熱くらい、だと思います」

「本当は？」

「……37・5℃です」

「下がってないじゃん！」と、怒声が飛んできたので、圭吾はまた「すみません」と謝る羽目になってしまった。

「どうして嘘吐くの⁉」

「だってお前が心配するかなって思って……」

「嘘吐かれる方が心配になるって分かんないの⁉　馬鹿圭吾！」

本日二度目の『馬鹿圭吾』を叫んだ凪は、やがて脱力したように大きな大きな溜息を吐いた。

「……私には頼れって言うくせに、なんで人の事は頼らないかな」

そんな小さな呟きを零した凪は、次の瞬間には勢いよく立ち上がっていた。

「とにかく早く横になるよ。ほら、立って……」

凪がピタリと動きを止めた。圭吾が彼女の右手を咄嗟に握ったからだ。静寂の中、窓を打つ雨音だけが部屋に響く。凪の手からは力が抜けきっていて、圭吾の手を握り返してくれるような気配もない。圭吾が指を離してしまえば、そのまま何処かへ行ってしまいそうなほどだった。

『別れたいのか？』

一番訊きたい事がどうしても訊けないままで居ると、不意に衣擦れの音がした。

「圭吾」

そのたった一声が、俯いていた圭吾の視線を上げさせた。凪は目の前で両膝を突き、圭吾の顔を覗き込んでいた。圭吾の気のせいでなければ、どこか申し訳なさそうな表情で。

「30歳までに結婚したい、って話のこと思い出したよ。今まで忘れててごめんね」

伸びてきた右手が、そっと頬に添えられる。優しく撫でられた皮膚が、じんわりと熱を帯びた。

「でも、あれは私の子どもじみた夢なだけだし、圭吾が無理に付き合ってくれる必要はないよ」

ごめんね、とまた凪が謝る。そう言えば圭吾だけではなく、凪もまた最近謝ってばかりだ。

「……違う」

小さく呟いた圭吾に、凪が「え？」と首を傾げる。

「それ、ただの俺の願望」

そう言った圭吾は凪の手を取って、ぎゅっと握りこんだ。雨のせいで部屋の中はどんよりとした灰色に染まっていた。にも拘わらず、瞼を閉じれば二人で見上げたあの日の極彩色が、色あせることなくはっきりと浮かぶ。

「……お前さ、自分の誕生日嫌いだろ？」

そう圭吾が尋ねると、凪が驚いたように目を見開いた。

「知ってたの？」

もちろん知っていた。親父さんの命日である9月17日が近づくたび、彼女がいつも元気をなくす事を。そしてそれを決して周りに悟られまいとしている事を。

「だから、誕生日に結婚式でも挙げれば、少しは好きになるのかなって思ったんだよ」

どれだけ圭吾が努力をしても、9月17日が凪にとって悲しい日である事に変わりはないだろう。だったらいっそ、幸せな思い出で上書きしてしまえば良い。鮮やかに舞い落ちる紅葉の下、白無垢姿で佇む未来の凪を想像しながら、あの日の圭吾はそう思ったのだ。

「だから、とりあえず邦国バンクに転職して、職場に慣れるまで1年くらい掛かったとして……そうしたら来年の誕生日までに半年あるだろ？　その間に式の準備とか進めれば、丁度お前の30歳の誕生日に式挙げられると思ったんだよ」

特に言うつもりもなかったはずの人生設計を赤裸々に話し終えた時、目の前の凪はポカンとした表情を浮かべていた。〝そこまで考えてたの？〟と言うような心の声が、思い切り顔に書いてある。ええ、考えてましたよ。何なら結構前から。割と本気で。

「あのさ、俺の中では大きな目標が二つあって」

ここまで来たらもう全部ぶちまけてしまおう。そう思った圭吾は、首を掻きながらぽつりぽつりと話し出した。

「一つは、まあ……お前を嫁に貰う事。んでもう一つは銀行系のシステム開発に携わること」

その単語が出てきた時、それまで呆けていた凪の表情がふと神妙なものになる。

「お前、親父さんが死んだときに言ってたろ。〝どうして皆のために頑張ってたお父さんが皆に殺されたの？〟って」

「……うん」

眼を伏せた凪が、悲し気に頷いた。

「なんつーか……お前に証明したかったんだよ。頑張っても報われない事ばっかりじゃない、って」

幼かった圭吾は、あの日答えを求めた彼女に『分からない』としか言えなかった。しかし大人になった今だとしても、口先だけの言葉では、正しい答えを彼女に伝えられれはしないだろう。

「だから俺が邦国バンクのプロジェクトを成功させて、その後もちゃんと元気に居続けて、お前と一緒に年取って……そうしたら、お前のトラウマ的なものも消えるのかなって……」

　言葉が駄目なら行動で示そう。たとえ何年かかったとしても、自分の人生が大きく変わる事になったとしても。

(——1日でも長く、大好きな人と〝当たり前な特別〟で居たいじゃん)

　だって、ただ好きなんだ。幸せそうに笑う凪の顔が。

「……でもやっぱり、二つは同時に叶えられないわな」

　はは、と口から漏れ出てきたのは乾いた笑いだった。『二兎を追うものは一兎をも得ず』と言うが、本当にその通りだ。傲慢な願いを抱いた圭吾は、結果的にこうして両方とも失いかけている。

「ごめんな、凪」

　ごめん。こんな自分で、ごめん。

「……本当、いつも私のことばっかりだね」

　頭上から降ってきたそんな声に、圭吾はのろのろと顔を上げた。

「これ見て」

　途端、目の前に突き付けられる一枚の書面。A4サイズのその用紙を、圭吾は戸惑いながら受け取った。まず目に飛び込んできたのは『採用通知書』という文字だった。

　採用？　なんの？　と言うか誰の？

　訳も分からないまま書類を流し見し始めた圭吾は、徐々に自分の顔が強張っていくのを感じた。

「え？　これって……まさか……」

　書類を確認し終えた圭吾は、信じられない気持ちで顔を上げる。凪は、こっくりと頷いた。

「うん。私、邦国バンクに入れる事になった」

　そんな、まさか。絶対に何かの間違いに違いないと思った。だが生憎、手の中の『採用通知書』とやらには、凪の名前と邦国バンクの行名が書かれていて、何度見直したってそれは変わらない。

「私がSync.Systemに居るせいで圭吾が迷ってるなら、私が邦国バンクに行けば解決するでしょ？　だからキャリア採用受けてきたの。大卒以上かつ業務経験2年以上っていう応募要件は満たしてたから」

　穴が開くほど書類を見つめている圭吾に、凪がサラリとした口調でそう説明する。

「マジで受かった……のか？」

「うん。とは言っても、とりあえずは準社員からだけどね。でも社員登録制度があるから、ちゃんと試験をパスすれば正社員になれるみたい」

「これから頑張らなきゃね」と意気込む凪は、茫然としている圭吾を見て、なぜだか吹き出した。

「急に言われても驚くよね。まさか私も受かるとは思ってなかったから吃驚したよ。あ、ちなみに私の所属は運用支援部っていうところね。圭吾の部署とは離れてるし、業務内容も全然違うけど、一応ＩＴ関連の部署だよ」

最早、頷く事すら忘れてしまった圭吾を置いてけぼりにして、凪は何てことないような顔で説明を続ける。

「それと言っておくけど、今まで通り大人しく圭吾に守られてるつもりは無いからね。バリバリ働いて、最短で正社員になって、圭吾の仕事に物申せるくらいまで昇りつめてやるから」

だから覚悟しておいてね――と、悪戯っぽく笑う凪の顔に普段なら見惚れてしまうであろう圭吾も、さすがに今回ばかりはそういう訳にもいかなかった。

「いやいやいや、Sync.System 辞めるのかよ!?」

掴みかかるような勢いで凪に迫ると、彼女は「そうなるね」とあっさり頷いた。

「社長も部長も、それから早乙女ちゃんと才賀君もちゃんと納得してくれたよ。さすがに引き継ぎとかがあるから、一か月ほど後にはなるけど。あ、ちなみにこれ私の新しい住所。一足先に邦国バンクの寮に住める事になったの」

鞄の中からメモを取り出した凪は、それを圭吾に差し出した。そこには凪の字で、寮のものらしい住所が記載されている。

「あ……だから引っ越してたのか……？」

「あれ、知ってたんだ？　報告遅くなってごめんね。多分反対されるだろうから、全部終わってから言おうと思ってて」

なんだ。そういう事だったのか。申し訳なさそうに謝った凪に全力で脱力しかけた圭吾だったが、すぐに我に返った。

「いや、そうじゃなくて……！」

相変わらず頭は本調子ではないし、何故か全く普通の顔をしている凪の考えは読めないが、これだけは分かる。こんなの、どう考えたって絶対に絶対に間違っている。

「今すぐ断ってこい！　今ならまだ間に合うだろ⁉」

彼女の両肩を掴みながら圭吾は必死に訴えた。凪がこんな無鉄砲な事をしてしまったのは、すべて自分のせいだ。

「Sync.System なら俺も亮さんも居るんだから、お前にとって安全だろ⁉　そりゃたまには僻(ひが)みとか、やっかみとか言ってくる奴は居るかもしれないけど……だとしても俺が絶対に守るから！　それに環境が変わるって大変な事なんだぞ⁉　何もわざわざそんな大変な思いしなくてもっ……」

「――だから何⁉」

鋭い声が、圭吾の怒鳴り声を掻(か)き消した。思わず口を噤(つぐ)むと、凪が勢い良く立ち上がり、圭吾をキッと睨(にら)みつけた。

「そんな事くらい分かってる！　確かに Sync.System は居心地がいいよ！　わざわざ転職しなくたって、圭吾が居てくれればきっと私はずっとあの場所で守られてる！」

言葉を発するたびに、凪の眼に薄い膜が張っていくのが分かった。そしてそれに比例するようにして、その声が震えていく事も。でもね、と彼女が次に言葉を絞り出した時、その声はほとんど泣き声と言っても良かった。

「好きな人の足枷になるような〝安心〟なら、私は要らない！　そんな下らないもの、丸めてゴミ箱に捨ててやる！」

——それでも凪は、決して涙を落とさなかった。

「凪……」

今にも涙が飽和してしまいそうな双眸から、どうしても眼が離せなかった。零れそうで零れない雫。それがまるで、怖がりながらも知らない世界へ踏み出そうとしている凪のように見えて。

「……ねえ、圭吾」

鼻を啜りながら、彼女が静かに口を開いた。

「これから死にもの狂いで頑張って、絶対にプロジェクトを成功させてよ。私にはそんな大層な力はないけど、圭吾にはその力があるんだから」

ゆっくりとしゃがみ込んだ凪が、圭吾と視線を合わせるように膝を突いた。

「圭吾がしようとしてる事は、誰にでも出来る事じゃないよ。本当に凄い事なんだよ」

少しだけ震える凪の掌が、圭吾の両頬をふわりと包み込む。優しい指。嬉しさが溢れて、胸が苦しくなった。凪の指先には、圭吾の大好きなものがいっぱい詰まっている。

「だからお願い。圭吾は圭吾の作るシステムで、色んな人達の生活を支えて」

するりと頬を滑った指が、ゆっくりと背中に回されていった。鼻を擽る嗅ぎ慣れた香り。凪の香り。強張る圭吾の身体を、凪の腕がぎゅっと力強く抱き締める。

「それで、圭吾の事は私が支えるから。絶対に」

耳元で囁かれた声に、迷いなんてものは一つも無かった。

唐突に分かった気がした。どうして圭吾は、こんなにも凪を何かから守る事だけに必死だったのだろう。守るだけでも、守られるだけでもない。多分『当たり前な特別』って、そういうことなんだ。

「凪……」

身体の横に投げ出していた腕を持ち上げて、凪の身体にそっと回した。簡単に覆い隠してしまえるような細っこい身体を、彼女の真似をして、けれど自信が持てないまま、おずおずと抱き締めてみる。すると凪の腕に、ことさら力が籠ったので、途端に愛おしさが募ってもう収拾が付かなくなってしまった。

好きだ。凪が好きだ。こんなの、何度想ったって想い足りやしない。気持ちが溢れて、その度に想いの海に溺れて、苦しさを知って、それでもきっと圭吾は、また性懲りもなく凪を好きになる。だってそれが、圭吾の幸せの理由だからだ。

「……やばい」

彼女の肩に顔を埋めながら呟くと、「なにが？」と言う声が返ってきた。抱き締めていた身体をゆっくり離した圭吾は、不思議そうな表情をしている凪を真っすぐに見据える。

「物凄くベッドに行きたいのですが、宜しいですか」

糞真面目な顔をして、とんでもなく馬鹿な事を言っているのは重々承知していた。だから目の前の凪が二、三度瞬きを繰り返した後、怪訝そうに眉を顰めたのも、納得だった。

「この前、悟り開いたって言ってなかった？」

「凪さんの威力がそれを上回ってきました」

きっぱりと答えると凪が、ふ、と呆れたような笑みを零す。

「馬鹿圭吾」

ぺち、と頬を軽く叩かれた次の瞬間、そのまま引き寄せられた。柔く重ねられた唇に、知らず息が止まる。束の間のキスはあっという間に去って行って、しかし離れた隙間を寂しいと思う暇もなく、凪がぴったりと身体をくっ付けてきた。

「……うん。行こっか、寝室」

そう呟いた凪の頬の赤さと、触れ合う身体の間で響く、どちらのものとも付かない鼓動の速さ。

「はい……」

大変に情けない話だが、その日の圭吾が正気を保っていられたのは、その辺りまでだった。

昔から、ずっと願っていた。

――例えば挨拶。朝起きて、その日1番目の〝おはよう〟を伝えられる人。

「おはよう、圭吾」

眼が覚めると、朝の透き通る光の中に彼女が居た。白いシーツにすっぽりと覆われた彼女は、未だ寝ぼけ眼の圭吾に微笑みを向ける。

「寝ぼけてるの？　そろそろ起きようよ」

伸びてきた指は髪に差し込まれ、まるで圭吾を愛でるように撫でた。昨日の夜、何度も重ね合った掌の熱さとは対照的に、穏やかな体温。夢のようで、夢じゃない朝。

「……うん。おはよう、凪」

圭吾は目の前の大好きな人に、その日1番目の〝おはよう〟を伝えた。

――例えば食事。同じ食器で、同じ物を食べて、美味しいねと言い合える人。

「うわ。このドーナツ、めっちゃ美味い」

お揃いのプレートの上には、ドーナツとイタリアンサラダ。そして大きなマグカップいっぱいのカフェオレが、湯気と共にコーヒーの香りを鼻に届ける。

「でしょ！　早乙女ちゃんに教えて貰ったお店なんだー」

圭吾のTシャツに身を包み、少し髪に寝ぐせを付けたままの彼女が嬉しそうにドーナツを頬張る。

「ほーん、さすが女子。いやそれにしても、これマジで美味いわ」

「ね。本当に美味しいよね！　今度また買ってくるよ」

圭吾は目の前の大好きな人と、同じ食器で、同じ物を食べて、何度も美味しいねと言い合った。


——例えば言葉。〝好きだ〟って言ったら〝ありがとう〟と嬉しそうに笑ってくれる人。


「……凪ー」

休日の午後特有の、ゆったりとした空気。ソファに並んで腰かけて、雑誌を読んでいた彼女が、圭吾の呼びかけに顔を上げた。その瞳が自分だけに向いているというその事実だけで、圭吾の気持ちは呆気なく飽和する。

「好きです」

瞬きをするくらいの自然さで、呼吸をするくらいの大切さで、自分の唇から好きが零れだしていた。案の定、彼女は「急にどうしたの？」とくすぐったそうに言う。

「どうしても言いたくなりました」

そう白状すれば「何それ」と笑われる。それから彼女は、何処か仕方なさそうな笑みを浮かべながら、うん、と頷(うなず)いた。

「ありがとう」

圭吾が目の前の大好きな人に〝好きだ〟と伝えると、〝ありがとう〟と嬉しそうに笑ってくれた。

昔から何でも長続きするタイプで、物持ちも良い方だった。それは幼馴染(おさななじみ)である鎧塚凪に対しても同じで、どれだけ長い間この気持ちを抱いているのか、もう覚えていないほどだ。そして今、28歳の自分は、他の何よりも根拠の無い〝好き〟という気持ちを、今日も心底大事に抱き続けている。

「私も、圭吾が好きだよ」

——当たり前で特別な、愛(いと)おしい人に向けて。

last time.

誕生日が嫌いだった。きっちり1年分の経験を得たはずなのに、同じだけ何かを失っている気がするから。

「はっぴばーすでー、でぃあおかあさーん！　はーっぴばーすでーとぅーゆー！」

蠟燭の柔い明かりだけが灯る薄暗い部屋の中、舌足らずな幼い声が、たどたどしく歌い上げた。

「ありがとう、樹人！　いつの間に誕生日のお歌、覚えたの？」

息子の歌に合わせて手拍子をしていた凪は、彼の頭を撫でながら嬉しい気持ちでそう尋ねた。

「おばーちゃんがねえ、おしえてくれたのー」

そう言って、小さな指が向かい側に座っている苗を指さす。

「樹人ちゃんはお歌が上手ねぇ。ほんとうに良い子」

苗にも頭を撫でられ、樹人が「えへへー」と誇らしげに笑った。

「さーてと、ケーキ食べたい人は誰かなー？」

「けーき！　たべる！」

お皿を準備しながらそう言うと、途端に元気よく上がる樹人の腕。

「樹人、チョコの部分食べたい？」

「うん！」

樹人のお皿にチョコプレートを置くと、彼はそこに書かれている文字をじっと眺めた。

「おかあさん、おとうさん、おめでとう……？」

最近ひらがなが読めるようになった樹人が、不思議そうに首を捻(ひね)った。

「どうしておとうさんもお祝いするのー？」

「お父さんが一生懸命頑張ってきたお仕事が、ようやく終わったからだよ」

意味が分かっているのかいないのか「そっかあ」と言った樹人は、凪の隣の人物に笑いかけた。

「それじゃあ、おとうさんもはっぴばーすでぃ」

「はは。ちょっと違うけど、ありがとな」

可笑(おか)しそうに肩を揺らした圭吾が、さっそくチョコプレートに齧(かじ)りついている樹人の頭をぐりぐりと撫でる。誰に似たのか、最近の樹人はとっても食いしん坊だった。もっと大きくなったら、それこそホールケーキを丸ごと食べてしまいそうな勢いだ。さすがは圭吾の子どもである。ケーキに夢中な息子を苦笑いしながら眺めていると、不意に目の前にグラスが差し出された。

「凪、ほれ。たまには呑(の)めよ」

「わ、ありがとう」

グラスを受け取ると、圭吾がワインを注いでくれた。凪もまた圭吾のグラスにワインを注ぎ、二人は静かに乾杯を交わす。

「誕生日おめでとう」

「圭吾もプロジェクト完遂、本当におめでとう」

7年にも及ぶ邦国バンクのシステム移行プロジェクトは、この夏にようやく終わりを迎えた。圭吾と同時期に邦国バンクに入行した凪が数年後に妊娠をし、産休を取って、また復帰した間もずっとプロジェクトは動き続けていたのだから、本当に長かったと思う。凪は他部署のため詳細な事情までは分からないが、これだけの規模のプロジェクトだ。きっと圭吾は幾多の壁にぶち当たり、その度に大いに悩んだだろう。現に、圭吾の帰りが連日のように深夜になる事も珍しくなかったし、一時期は家でもずっと仕事をしていたほどだ。それでも一度も弱音を吐かず、プロジェクトの中心メンバーとして奮闘し続けた圭吾を、凪は本当に凄いと思っていた。

「うん、ありがとな。今まで心配かけてごめん。と言うか、これからも色々とご心配お掛けすると思うので先に謝っておきます……すみません」

にも拘わらず、圭吾がそんな風に自信無げな声を出すものだから、凪は笑ってしまった。ああ、もう。たぶん何年経ったって、圭吾はこんな風なんだろうな。

「気にしないの」

そう言い聞かせながら、テーブルの上に置かれていた大きな掌をそっと包み込む。

「言ったでしょ？　圭吾の事は私が絶対に支えるんだから、ちゃんと前だけ向いてれば良いの」

　きっと、ずっと変わらない。圭吾が優しくあり続けるのと同じように、凪もまた圭吾をこんな風に思い続けるに違いないのだ。

「……うん、そうだな」

　そう呟いた圭吾の目尻が、安堵したように柔らかく下がる。その緩んだ笑顔を、凪はやっぱり心の底から愛おしいと思った。

　誕生日が嫌いだった。きっちり1年分の経験を得たはずなのに、同じだけ何かを失っている気がするから。大人になってから得られるものなんて、夢や理想からかけ離れたくだらない事ばかりだと思っていた。それでも――

「これからもよろしくな。凪」

　こうして積み重なっていく苦くも甘い1年1年が、凪を大切な人達との思い出で満たしていく。だから今、こんなにも誕生日が待ち遠しい。

本書は、魔法のｉらんど大賞２０２０　小説大賞〈キャラクター小説　特別賞〉受賞作「再帰的オーバーフロー」を改稿・改題の上、文庫化したものです。

この物語はフィクションであり、実在の人物・地名・団体等とは一切関係ありません。

n回目の恋の結び方

上條一音

令和4年 1月25日 初版発行

発行者●青柳昌行

発行●株式会社KADOKAWA
〒102-8177 東京都千代田区富士見2-13-3
電話 0570-002-301(ナビダイヤル)

角川文庫 23012

印刷所●株式会社暁印刷
製本所●本間製本株式会社

表紙画●和田三造

●お問い合わせ
https://www.kadokawa.co.jp/(「お問い合わせ」へお進みください)
※内容によっては、お答えできない場合があります。
※サポートは日本国内のみとさせていただきます。
※Japanese text only

ISBN 978-4-04-111795-8 C0193

角川文庫発刊に際して

角川源義

第二次世界大戦の敗北は、軍事力の敗北であった以上に、私たちの若い文化力の敗退であった。私たちの文化が戦争に対して如何に無力であり、単なるあだ花に過ぎなかったかを、私たちは身を以て体験し痛感した。西洋近代文化の摂取にとって、明治以後八十年の歳月は決して短かすぎたとは言えない。にもかかわらず、近代文化の伝統を確立し、自由な批判と柔軟な良識に富む文化層として自らを形成することに私たちは失敗して来た。そしてこれは、各層への文化の普及滲透を任務とする出版人の責任でもあった。

一九四五年以来、私たちは再び振出しに戻り、第一歩から踏み出すことを余儀なくされた。これは大きな不幸ではあるが、反面、これまでの混沌・未熟・歪曲の中にあった我が国の文化に秩序と確たる基礎を齎らすためには絶好の機会でもある。角川書店は、このような祖国の文化的危機にあたり、微力をも顧みず再建の礎石たるべき抱負と決意とをもって出発したが、ここに創立以来の念願を果すべく角川文庫を発刊する。これまで刊行されたあらゆる全集叢書文庫類の長所と短所とを検討し、古今東西の不朽の典籍を、良心的編集のもとに、廉価に、そして書架にふさわしい美本として、多くのひとびとに提供しようとする。しかし私たちは徒らに百科全書的な知識のジレッタントを作ることを目的とせず、あくまで祖国の文化に秩序と再建への道を示し、この文庫を角川書店の栄ある事業として、今後永久に継続発展せしめ、学芸と教養との殿堂として大成せんことを期したい。多くの読書子の愛情ある忠言と支持とによって、この希望と抱負とを完遂せしめられんことを願う。

一九四九年五月三日